唇间的美色

孟晖 著

唇间的美色

南京大学出版社

目　录

铜雀春深锁军备

"铜雀春深锁二乔",如果翻成西班牙语,是不是得用"可能式完成时"时态呀?甚或要动用"虚拟式过去未完成时"?因为诗句所表达的纯粹是一种虚拟的可能,在真实的时空中一丝不曾发生。诗人喜欢"立意必奇辟"(《瓯北诗话》),读者却或许就此产生误会的印象,以为铜雀台是类似隋炀帝"迷楼"的建筑,供帝王在其中不仅骄奢而且淫逸。

曹操建铜雀台的本意何在?

陆翙《邺中记》记载说:

> 建安十五年,铜爵(雀)台成。曹操将诸子登楼,使各为赋,陈思王植援笔立就。金凤台初名"金虎",至石氏改今名。冰井台则凌室也。金虎、冰井皆建安十八年建也。铜爵台高一十丈,有屋一百二十间,周围弥覆其上。金虎

台有屋百三十间；冰井台有冰室三与凉殿。皆以阁道相通，三台崇举，其高若山云。

至后赵石虎，三台更加崇饰，甚于魏初。于铜爵台上起五层楼阁，去地三百七十尺，周围殿屋一百二十房……又于铜爵台穿二井，作铁梁地道以通井，号曰"命子窟"。于井中多置财宝饮食，以悦蓄客，曰"圣井"……南则金凤台有屋一百九间……北则冰井台有屋一百四十间，上有冰室，室有数井，井深十五丈，藏冰及石墨。石墨可书，又熬之难尽，又谓之石炭。又有窖粟及盐，以备不虞……三台皆砖甃，相去各六十步，上作阁道如浮桥，连以金屈戍，画以云气龙虎之势，施则三台相通，废则中央悬绝也。

建安十五年至十八年(211—213)，铜雀台及其南侧的金虎台、北侧的冰井台相继建成，到十六国时期，后赵石虎"更加崇饰，甚于魏初"。关于石虎时期的铜雀三台，《邺中记》的描述光怪陆离，然而，其中透露的一些信息却很关键：铜雀台上建起五层楼阁，同时，在高台基中挖出两口深井，通过地道与台上相通，井中则贮满财宝、饮食；冰井台是在台顶建冰室，冰室内挖有深度达十五丈的大井多口，不过，这一处建在高台上的大窖虽然名为"冰室"，其实却是储存各种生存基本物资的仓库。深井里分别贮存着最重要的几种生活物资：有的井里藏冰，有的井里藏煤(石墨),有的井里藏粟米,有的井里藏盐。

最惊人之处在于,三台之间交通的空中阁道采用"浮桥",也就是活动吊桥的形式。按书中的说法,这一对浮桥用"金屈戍"也就是金属合页接合起一段又一段的桥面,"施则三台相通,废则中央悬绝也"——利用连缀桥面的金属合页可以打开的功能,再结合其他一些必备的机关,将浮桥伸直,平铺在高台之间,便形成来往的通道;一旦将机关反向操作,各个合页收折起来,那么,浮桥的各节桥面也会两两折叠,三台之间的通道消失,作为主体的铜雀台便变成一座巍峨高耸、易守难攻的空中孤岛。如果这一记载属实,那么,石虎时期的铜雀三台上已然运用了折叠伸缩式活动浮桥!

不难看出,石虎所完善的铜雀三台其实是一组非常强大的军事工程设施,其目的在于一旦外敌突然来袭时打好防卫战。三台均非常高大,所有房阁都建在台顶,这样就不易被敌人攻陷。台体的上部建有大量房屋,不仅可供上层贵族的重要人物暂时避难,同时还能容纳人数众多的军队将士。主台铜雀台内的一口深井贮藏财宝,部分承担了国库的功能;另一口深井则贮藏现成的饮料、食品,这是随时预备一旦突然发生意外情况,撤退到台上的人们可以免受饥渴之苦。冰井台上的深井内贮藏冰、煤、粮食、盐,《邺中记》明确指出,意图在于"以备不虞",防备各种突发的意外情况。显然,这是一批重要的战备物资,一旦邺都被外敌攻陷，国君率军队撤退到三台之上，利用冰井台内的储备，还可以坚守一段时间，等待远方援军的驰救。

粮食与盐足以维持人的生命；煤比炭燃烧更持久，如果用于冬季供暖，能提供更高效率的热量。那么，冰呢？何以非要在高台之上藏冰？显然，是为了解决战备中最重要也最难解决的一项，水！

要在高台上打防守战，供应饮水是个极其令人困扰的问题。且不说很难利用引水工程从湖河中将水抽汲到台上，即使建成这样的工程，在战时也会被敌军轻易破坏。另一种方案是在高台上直接挖水窖，但以当时的技术水平，无法解决窖壁渗漏的问题，水窖中的储水会慢慢渗干。因此，用储冰代替储水，竟是一个方便而又实用的计策。高台的厚实的夯土台基起到了良好的隔温作用，让冬冰在台基体内的深井中长年不化，而固体的冰块当然无渗漏之虞，到了战时，便是洁净的水源。

石虎时期的铜雀三台虽然华丽辉煌，但仍然只是对于当初曹魏三台的扩充与完善。因此，可以推断，曹操在建安年间营建铜雀三台，一样是出于军事目的。实际上，《魏书·王脩传》里曾提到，"严才反，与其徒属数十人攻掖门"，曹操当此变乱之际的反应，便是立刻撤到铜雀台上避险。

不可否认，曹操与石虎在建设铜雀三台的时候，都在高台上加设了富丽堂皇的宫阁建筑，让军事设施同时还具备政治的功能以及享乐的功能。例如,在冰井台顶,曹操就顺手给自己盖了座凉殿。不过,其实更该注意的倒是,冰井台创建于建安时期,故而,在高台上设冰室,大量储藏冬冰作为水源,以此解决战时用水,这一妙计的专利权属于曹操这位了不起的历史斗士。另外,也不能遗忘铜雀三台上曾经的"折叠伸缩式活动浮桥"。在军事工程学这一纯属男性的充满暴力与智慧、然而也闪烁着美感的角斗场中,曹操与石虎的名字都曾用发光的颜色写在浮沙上,然后被时光拂灭痕迹。

偶然想起孙策之死

一册陆灏公子的《东写西读》在手,我才惊觉此君之于《三国演义》的一往情深。以前见面也听他提起对于《演义》的挚爱,但却无法就着这个话题往下谈,因为我偏偏对此名著完全找不到感觉。相反,曾经偶然到手的《三国志》,随便翻阅,便觉触电。

可见,一个读者对于经典的好恶,他或她的性格、情趣等等实在起了很大的作用,难以遵循一定的标准。我读"演义"的时候,总觉得书中主题先行,根据意识形态立场而设计人物的性格、行为与命运,如此的写法对于那些被设定的"反派"人物就非常不公,比如吴国一方的人物就个个颟顸到可笑,好像那地方的人集体智力低下。也许正因为有这一层反感在心里,一旦翻《三国志》,让我自己都很意外的,立刻被《吴书》的世界迷倒了。

别人不说,就一个孙策已让我大惊失色。原来还有这样的中国男人!不仅因为他"美姿颜,好笑语,性阔达听受,善于用人,是以士民见者,莫不尽心,乐为致死",真正让人为之动容的,是他的死,或者说,是关于其死亡的一种传说。先说他的受伤:

> 策性好猎,将步骑数出。策驱驰逐鹿,所乘马精骏,从骑绝不能及……(许)贡奴客潜民间,欲为贡报仇……猎日,卒有三人即贡客也。策问:"尔等何人?"答云:"是韩当兵,在此射鹿耳。"策曰:"当兵吾皆识之,未尝见汝等。"因射一人,应弦而倒。余二人怖急,便举弓射策,中颊。后骑寻至,皆刺杀之。

这是裴松之注所录《江表传》的说法。其实,《吴书》"裴注"关于孙策之死,还载录有《搜神记》所给出的解释。这也是今日所见之《三国志》的可爱,或者说,是"裴注"的独出人上——让我们看到那个时代的众声嘈杂。当时人对于自身所处年代的认识,以及随后三四代人对于尚未久远的往事的理解与想象,在"裴注"中隐约闪烁光彩。"绘事以众色成文,蜜蜂以兼采为味",裴松之对于历史写作的理解,实在超出很多后代人之上。

用今天人的话说,"裴注"给读者提供了一个开放的空间。

逢到我这个"后欧洲浪漫主义时代"的读者,一想到男人,脑海里就是大卫《荷加斯之誓》的形象,于是当然更容易接受这样的信息:

> 策既被创,医言可治,当好自将护,百日勿动。策引镜自照,谓左右曰:"面如此,尚可复建功立事乎?"椎几大奋,创皆分裂,其夜卒。(《吴历》)

在"天下英豪布在州郡,宾旅寄寓之士以安危去就为意,未有君臣之固"的脆弱形势下,孙策却因为喜欢打猎而遭袭,真是莽撞得可以。受伤之后,本来是可以活下去的,但是,当他发现自己的俊美容貌因箭创被毁,却以一种近乎自杀的方式,放弃了生命。"面如此,尚可复建功立事乎?"对他来说,美的形象,是男性的完整生命的一个必要部分,当生命变得残缺的时候,他绝不肯苟活下去。

争论这是传说还是历史事实,当然没有意义。重要的是,如此传说的产生与流传,反映了那一个时代——裴松之以及他的前辈们所创造的时代——的英雄观。对我这个"后浪漫"读者来说,关于孙策之死的这一种记述,其意义并不在是否客观反映了孙策的生平,而在于呈现了一个风云时代的道德世界。在这个道德世界里,"苟活"不被肯定,"尊贵"才是生存应有的品质。显然,《江表传》及《吴历》所讲述的孙策之死,是在另一层意义上呈现了历史真实——价值观念的历史真实,从而有着重要的历史学价值。

原来我们不必非向欧洲传统寻求伟岸的人格、强悍的生命。一个无比伟大的世界始终静静存在,只是落在了今人的目光之外而已。

捕快的先驱

《晋书·贾皇后传》里有个段子,让人非常怀疑其作为史料的可靠性:

后遂荒淫放恣,与太医令程据等乱彰内外。洛南有盗尉部小吏,端丽美容止,既给厮役,忽有非常衣服,众咸疑其窃盗,尉嫌而辩之。贾后疏亲欲求盗物,往听对辞。小吏云:"先行逢一老妪,说家有疾病,师卜云宜得城南少年厌之,欲暂相烦,必有重报。于是随去,上车下帷,内箧箱中。行可十余里,过六七门限,开箧箱,忽见楼阙好屋。问此是何处,云是天上。即以香汤见浴,好衣美食将入。见一妇人,年可三十五六,短形青黑色,眉后有疵。见留数夕,共寝欢宴。临出赠此众物。"听者闻其形状,知是贾后,惭笑而去,尉亦解意。时他人入者多死,惟此小吏,以后爱之,得全而出。

当时洛阳南城负责管治刑事犯罪的"盗尉",手下有个相貌特别漂亮的"小吏"听其调遣。忽然一天,这位小吏穿上了异常高档的华服,大家因此都怀疑他在工作中有贪赃枉法的行为,舆论让盗尉大人也生了疑心,于是命令小吏当着众人的面解释清楚。

小吏便坦白道:那天正走在路上,忽然一个老太太来和我搭话,说是她家里有人生病,请巫师占卜,得到的卦辞却显示,需要找到城南少年进行厌胜,因此她请我务必帮个忙。我就答应了,于是她让我上了车,放下车帘,又让我藏身在一只大箱里。车行了十几里,再过了六七道门,箱子才打开,我发现置身在重楼画阁当中,后来又见到一个三十多岁、矮小、很黑的女人……盗尉恍然大悟,这小吏是被偷运进了皇宫,给贾皇后做了几天情人! 连忙不了了之。

在那个时代,形容某后妃淫荡,就传说她偷运少年入宫,似乎是个流行套路,《西京杂记》里便说赵飞燕让民间少年穿上女子衣服藏在牛车里潜入皇宫。因此,贾皇后与捕盗小吏的这段情事大概是出于当时的民间创作。不过,这个故事的生动曲折很吸引人,像成功的好莱坞电影的剧情一样,明明在整体上完全不可信,但每个情节、每个细节都处理细致,让人在阅读的那一刻会因细节的可信而坠入故事预设的圈套。

最重要的一个细节,就是男主人公的身份设置——捕盗小吏。如果随便一个普通男子,那样轻易地被骗上车、骗进箱子,实在很难让人相信——谁会如此缺乏自我保护的本能?(当然,老太太公然哄骗陌生少年钻箱子,这个前提恰恰最不可信——但前提的离奇是一切传奇故事的基本特点。)然而,一个侦缉犯罪的专业人员,面对可疑的异常行为,反应却应该与常人不同,他会立即嗅到犯罪的气味,并激发起职业的责任感、职业的好奇心,乃至勃然生发出把犯罪团伙"起底"、摧毁犯罪行为的欲望。另外,他见多识广,胆略过人,所以,将计就计钻进那只奇怪的箱子,然后随机应变,就是非常合理的行为——想必他是怀着"卧底"的心态而大胆进箱的。唐宋以来俗文学中重要、活跃的捕快形象,在这位晋代捕盗小吏身上看到了雏形。

实际上,这个故事已然呈现出二十世纪一类侦探小说的模式:主人公本意只是要侦破普通的底层犯罪,结果却在不自觉中卷入了远为复杂诡谲的高层政治风云。正如故事的情节发展所示,一旦到了宫中,他对付普通犯罪的所有本事都无用武之地。换上一位现代作者,可以想象作品的结局将会多么深沉,捕盗小吏会意识到宫廷政治的残酷与黑暗远非民间犯罪可比,最终对正义产生怀疑,崩溃感让他需要去看心理医生。可是晋人显然还没有现代人的这种深刻,挺危险的开局,进展却是乐乐呵呵、没心没肺。

捕盗小吏从箱子里出来之后,宫中人骗他说,他是到了"天上",他不动声色;随后像个宠物似的被带去香汤洗澡、吃了好饭、换了好衣,他还是随人摆布。等到了贾皇后面前,想来小伙子终于明白了,这次遭遇确实与一向熟悉的刑事犯罪无关,他那一套对付民间盗跖的看家本事此时用不上了。但是,这少年以他天不怕地不怕的胆量以及轻松豪爽的性情,索性高高兴兴享了几天福,贾皇后始终没有透露真实身份,他也不追究。少年自己都不知道,也许正是无忧无虑、会玩爱开心的性格救了他的命。据说,其他被骗进宫里的少年事后都会被悄悄处死,但贾皇后很喜欢这位英俊、机灵的少年"侦探",所以几天之后送了些礼物、衣服,就让他出宫了。

更神的是,在上司和旁听众人面前,少年还坦然地,甚或是得意洋洋地,细述此一番"艳遇",结果听者倒猜出了真相,只好一哄而散。看起来,对这位捕盗小吏来说,世界非常简单,只要不是他职业管辖范围内的刑事犯罪,其他任何行为都谈不上罪恶。这样纯真、明朗、快乐、自信的青春形象,什么时候起,从我们的故事当中消失不见了?

子敬书裙

少年沉睡在夏日的午后,一位风度翩翩的成年男子渐近的清悦屐声似乎也未能将他惊醒。男子走过来,对着不意间撞见的场景出一会儿神,信手拿起一旁案上的笔砚,坐到睡榻边,开始向少年束在腰间的一条新绢裙上纵笔题写诗赋。在那个一千六百年前的下午,后世人视为"百代之楷式"的"二王"书风,便若古老的流水一般,就着少年腰胯与腿股如山谷一般多变的起伏,于似云霞散落、闪着丝丝素光的裙衣上,随意宛转奔淌:

(羊欣之父)不疑初为乌程令,欣时年十二,时王献之为吴兴太守,甚知爱之。献之尝夏月入县,欣着新绢裙昼寝,献之书裙数幅而去。欣本工书,因此弥善。(《宋书·羊欣传》)

羊欣始终在熟睡吗？也可能，他朦胧醒来，但却一直假寐，任凭王献之在自己的身体上，哦，是在以自己身体为衬胎的光洁素绢上，完成一次即兴的书法创作。《宋书·羊欣传》也没有记载，当时是否有蝉声，是否微风划过帘影，只如此讲述：王献之将几幅裙片写满之后，忽然觉得兴尽，便搁笔离去。然而，正是被墨迹覆了一半的绢裙，让富有天赋的少年羊欣事后得以静心琢磨王献之书风的真谛所在，最终成为新一代的大家。也或者，羊欣在假寐中感受到近在身畔的成熟艺术家执笔时最细微的呼吸韵律与动作起落的节奏，从而领悟到这一门艺术的神气吧。这里展现的是那个时代推崇的一种交往方式，交流不靠语言，甚至排斥面对面的相觑，以类似后世"禅悟"的风格，通过某种场合，某种情境，某种行为，让一方的感受与观念传达到另一方的心灵之中，形成一次"神交"。在书裙的过程中，王献之与羊欣彼此未交一言，甚至不曾有过一次眼神的对接，但书法艺术的神髓却悄悄完成了代际的传接，并且，这是一次"岩上无心云相逐"式的、偶然而随性的传接。

在现代文学中，我一向敬而远之的一个神话题材就是，艺术家要创造出伟大的作品，就得活得特痛苦，就得自我毁灭，尤其是，得毁灭一些别人，比如模特情妇什么的。也许这是"资本主义时代的抒情诗人"的宿命吧。在晋代，中国历史上首批留下名字的杰出艺术家大多出身于贵族世家，可能正因为此，那

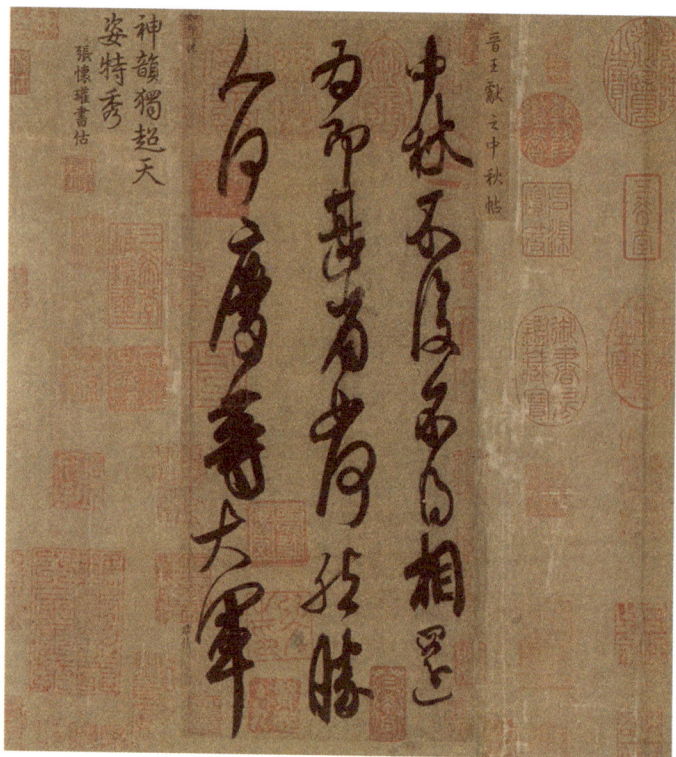

晋王献之《中秋帖》（现藏北京故宫博物院）

个时代涉及艺术创造的轶事讲述的总是风度与格调。品味这些轶事的涵义,探索藏在其中的密码,似乎对于今天之人的心智能力构成了某种考验。在关于王献之的几则创作故事中,竟然有两则都与少年以及白衣有关,是因为这位大书法家对于少年以及绢素特别敏感吗? 为什么偏偏是少年与白衣?

据说一位喜欢搞花花点子的少年特意制作了一件绝好料子的白纱长外衣——这个"狡童"显然了解王献之的癖性——然后穿在身上登门造访。不出所料,艺术家立刻中计,欣然让少年脱下纱衣,由他在衣上放笔挥洒。这一刻王献之的兴致竟是春花勃发一般,不仅"草正诸体悉备",而且一直写到双袖上,还不过瘾,又转战衣缘的镶边:

> 有一好事年少,故作精白纱裓,着诣子敬。子敬便取书之,草正诸体悉备,两袖及褾略周。年少觉王左右有凌夺之色,掣裓而走。左右果逐之,及门外,斗争分裂,少年才得一袖耳。(《虞龢论书表》)

与"书裙"的过程不同,这一则故事中情节有着意外的转折,创作者几乎将一件长衣都写满了还意犹未尽,那兴起事端的少年却鲁莽地从他笔尖下将纱衣忽然掣走,夺路而逃。原来,少年察觉到王献之的门生们个个流露出意欲劫宝的神色。

虽然他反应迅速，但还是刚跑出房门就被大家追上围住，一阵激烈的抢夺之后，纱衣裂成片片，少年只保住了一只袖子。

究竟该怎样理解这两则似乎异常纯洁、清雅并且轻悦可爱的轶闻呢？从宋代起，文人们忽略"书裙"一事中两位当事人的年龄差距，将之作为喻示士大夫知识分子之间知音与情谊的典故，元四家之一的倪瓒就有诗句云："……潘郎狂嗜古，容我醉书裙。鼓枻他年去，相从远俗氛。"明人田艺蘅甚至批评说，他看到一幅《王子敬书羊欣白绢裙图》的画作，画中的羊欣居然是个三十多岁的中年人，完全违背史料信息。事实是，《宋书》记载羊欣时年十二，《法书要录》中的《虞龢论书表》则说他当时为十五六岁，与时任吴兴太守的王献之显然存在着未成年与成年的差异。因此，这个故事肯定不是在讲述同辈朋友之间的知遇感。

据记载，羊欣"美言笑，善容止"，有着那个时代最重视的优雅举止与过人风度，不过，王献之更是"虽闲居终日，容止不怠，风流为一时之冠"（《晋书·王献之传》）。因此，这也不大像是《死于威尼斯》那一类的故事。那么，晋人的故事，到底该怎样去感受呢？

别的姑且不论，一旦穿上白绢或白纱的衣裳，竟足以催发一位艺术家的创作激情，东晋的少年们究竟曾经是怎样的神采动人哦。

面纱下的健儿

如何让一群勇士在光天化日之下潜入一所城池以发动突袭？叫他们围上女人的长裙，把武器藏在裙下，然后兜头罩一条长拖到裙边的面纱，将身影完全地遮藏在面纱之下。

这可不是当代影视作品中忽发奇想的虚构，据史书记载，李密在其最终败亡的过程中就真的使到了这一招：

> 乃简骁勇数十人，著妇人衣，戴羃䍦，藏刀裙下，诈为妻妾，自率之入桃林县舍。须臾，变服突出，因据县城，驱掠畜产，直趣南山，乘险而东……（《旧唐书·李密传》）

在中国历史的浩荡大河中，李密的小小计策只能归为了无意义的一星溅沫吧，因此，不太有人愿意去注意，何以一顶"羃䍦"就能保证偷袭成功？

是啊,很难把面纱与中国古代贵妇联系在一起,更难想象它会与中国古代的武士发生关系。然而,北朝隋唐时期,却真的流行过类似今日阿富汗妇女所戴的那种遮蔽全身的长面纱:

> 武德、贞观之时,宫人骑马者,依齐、隋旧制,多著羃䍥,虽发自戎夷,而全身障蔽,不欲途路窥之。王公之家,亦同此制。(《旧唐书·舆服志》)

北朝、隋、唐的女性,尤其是贵族女性,习惯于骑马出行,那个时期的观念是,女性骑马外出不是问题,但是,却不应该暴露她的面容与形象在路人的眼光里,也于是,能够障蔽全身的羃䍥便大行其道。至于具体的形制,"类今之方巾,全身障蔽,缯帛为之"(五代马缟《中华古今注》),在新疆阿斯塔纳出土屏画上可以看到,羃䍥是将长幅布料对折,缝合两边,供人兜头罩下,在当眼处则开有方孔,便于罩在其中的人观看与呼吸。从《旧唐书·吐谷浑传》中"男子通服长裙缯帽,或戴羃䍥"的记载,服饰史研究者们判断,这种长面纱来自北方的游牧民族,最初的用途在于骑马时罩住全身以挡蔽风沙,因此男子也经常地穿用到它。不过,在传入北朝以后,其性质发生了改变,固定成为贵族女性骑马外出时专门用以遮蔽形象的服饰。

也于是,便有了藏身在羃䍥之下的彪悍偷袭者。同样的招

数,隋文帝的第五个儿子、汉王杨谅也使用过:

> 汉王谅之反也,以(丘)和为蒲州刺史。谅使兵士服妇
> 人服,戴羃䍦,奄至城中。和脱身而免,由是除名。(《旧唐
> 书·丘和传》)

面衣

明人王圻《三才图会》中展示的"面衣",于遮面方巾上相当于双目的位置裁出"窗口",并罩以一片轻纱;巾角缝缀长带,以便在脑后交系在一起。形制接近《树下人物图》中的"羃䍦",不过两者都比较短小,长度仅及肩脑处,不足以遮蔽全身。

杨谅兴兵造反的时候,胁迫"少便弓马,重气任侠"的丘和去做蒲州刺史,并派手下士兵装成女人,羃䍦蔽身,悄然进入蒲州城中。丘和自然也得一样打扮着参与偷袭,不过,也恰恰是借着一顶羃䍦,他得以趁人不注意抽身逃离,没有卷入杨谅的兵乱。《资治通鉴》关于丘和在蒲州之变中所扮的角色有不同的叙述,不过,对杨谅的诡计却有更为生动的描述:"谅简精锐数百骑,戴羃䍦,诈称谅宫人还长安,门司弗觉,径入蒲州。"他着意挑选几百名精锐骑兵,一起披挂上羃䍦,假扮成汉王宫中的美人!

与今天的那些长面纱不同,隋唐贵妇的羃䍦往往用红、紫等色彩艳丽的绢罗制成,而且其上缀饰珠翠,以华丽斗胜。杨谅之兄秦王杨俊就曾经为王妃郑氏制作"七宝羃䍦",长面纱上有多种珠宝星星闪亮,让旁人看在眼里,反而要对那纱下的人更起遐想吧。数百位披着精美羃䍦的宫女一起骑马在山林间穿行,仿佛夕阳中的一阵彩云匝地飘来,逶迤进入城门,那场面是否近似"灵之来兮如云"的缤纷? 然而,羃䍦下其实并不是美人、舞伎之辈,却是屏息沉默的、只待拔刃那一刹的精悍健儿,这就有一种沉重的惊心了。

一如麦克阿瑟的名言:"老兵并不会死去,他只是渐渐消蚀身影。"《隋唐演义》讲述李密之败,居然一字未提他巧取桃林县城这个环节。原因想来在于,羃䍦仅仅流行到宋代,并且由宋人起了个新名"盖头"——后世新娘出嫁时一定要戴的红盖头，正是冪䍙的遗意。由于头罩面纱出行的风俗在明清社会不复存在，人们也就不再能够理解"戴冪䍙，藏刀裙下，诈为妻妾"这一行为的确切涵义，因此只好绕开它编故事。

然而，那其实是一个苍凉得足以值得记住的场面，一位末路英雄，没有铠甲，没有旗帜，便装轻骑，身后跟随着一群长长面纱直拖到脚蹬的突袭勇士，最后一次策马驰行在注定属于李唐天下的严冬大地上，威武地，不屈地，径直奔向已经为他们轰然打开的、闪动着血海火光的地狱大门。

燃灯使者

在其大部头的专著《中国绘画通史》中,美术史家王伯敏先生特意提到了敦煌 220 窟壁画《东方药师经变》中的一位"点灯菩萨"形象。曾经在中国美术馆举办的《盛世和光——敦煌艺术大展》上,这一壁画作品借临摹之作的形式得以展示,王伯敏先生所特别赞誉的"点灯菩萨"也由此呈现在北京观众面前,但见她专心地屈一膝蹲在地上,因为怕刚点亮的灯被风吹灭,而小心地用两手捧住灯碗,完全是一位人间宛约少女的情态。

啊,夜色将要降临,狂欢的情绪已经在空气中隐隐鼓荡,但是此刻还得暂时控制住心中涌动的欢乐啊,她必须趁着余辉的残光,和同伴们一起把高大的灯树燃亮。君不见,就在她身边,另一位菩萨正把一个个点亮的灯碗小心翼翼地放到灯树的圆轮上。

如今的正月十五"元宵节"基本上只剩下了吃元宵、汤圆这一项简单内容。但是,大家都知道,这一天在古代叫作"上元节",是最盛大的传统节日之一,入夜以后的"赏灯"活动才是节日的重头戏。正月十五日成为"灯节"的风俗正是确立于唐代,不过,彼时上元节所燃之灯并非各种灯笼,而是"灯树"。敦煌220窟《东方药师经变》中恰恰描绘了两株巨大美妙的"灯树",可以看到,其构造是在木座上树起一个高高的木柱,木柱从上到下、由小到大撑起一个又一个圆轮,一盏盏小灯碗被放在这些圆轮上,碗中亮着灯焰。另外,灯树的顶端装有宝盖,宝盖周边垂下一圈吊灯,同样是光苗颤颤。唐人苏味道《正月十五夜》一诗中的名句"火树银花合",可说是神传出了灯树的独特灿烂,在夜色中远望,灯轮的架子被黑暗隐去,只见一圈又一圈的灯焰,点点浮现在半空,就像是一棵火树,也像是银色的花朵群相盛开。

由于灯树上盛载灯碗的托架形如圆轮,所以灯树又叫"灯轮"。据《朝野佥载》记载,唐睿宗先天二年十五、十六两夜,在长安的安福门外树立了高达二十丈的灯轮,裹锦绣、饰金银,同时,轮架上不是简单地放置灯盏,而是做出一个个花树形的小灯插,整座灯轮居然装了五万个灯插,"燃灯五万盏"!另外,唐人薛能作有《上元诗》,描写中唐时代徐州上元狂欢的景象:"十万军城百万灯,酥油香暖夜如炁。红妆满地烟光好,只恐笙歌

敦煌莫高窟 220 窟的两位点灯菩萨

敦煌莫高窟 220 窟的两位点灯菩萨

引上升。""百万灯",那得有多少棵灯树在徐州城中伫立？显然,不仅首都长安的上元夜处处"火树银花",帝国的各个大小城镇在这一夜也同样呈现着人间点点灯焰与天上星光争辉的璀璨景象。

由"酥油香暖夜如烝"一句可知,灯树上所点的是小油灯,在灯碗里注满酥油。敦煌220窟《东方药师经变》则非常细致地描绘出,这些小油灯是一个个无座无把的收口小圆碗,在碗内灯油里放有一根灯捻。画面甚至展示了灯树被点亮的具体方式:把无数小灯碗放在地上,一一点燃灯捻,然后,将它们一只只小心地放到轮架上。不同的是,在这一恢宏而美妙的画作中,点灯者是四位美丽的菩萨！每株灯树下,都有一位飘带盈荡的菩萨蹲在地上点亮灯盏,另一位则接过亮起的灯,小心地将之放上灯树。在时光中消失了名字的画家,竟把人间的节日场景移到了天上,把他所眼见的现实中唐代女性的贤淑与灵巧,通过这四位菩萨窈窕修长的身姿而呈诸永世。

一代名相张说如此咏赞盛唐时代的上元夜:"花萼楼前雨露新,长安城里太平人。""点灯菩萨"这个形象让人们看到的,其实乃是艺术家对于"太平人"的向往啊。在今生今世的一个春节,通过敦煌壁画的画面,而得以重温千百年前的正月十五之夜,重温千百年前的渴望幸福的心情,这实在是很别致的经历。

天步下的香尘

华生、黑斯廷斯们真是能起鉴照作用的典型人物啊。倘若福尔摩斯或波洛看到北宋人庞元英《文昌杂录》中的这一则记录，想必会微微扬起眉毛：

> 唐宫中每有行幸，即以龙脑、郁金铺地。至宣宗，性尚俭素，始命去之。方唐盛时，其侈丽如此。国朝故事，乘舆亲祀郊庙，拂翟后，以金合贮龙脑，内侍捧之，布于黄道，重齐洁也。

从唐代起，有个可邪乎的说法在人们当中流传：皇帝不管去哪里，凡是御辇所过之处，都有专人事先向地上撒龙脑香末和郁金香末。直到唐宣宗崇尚"俭素"，才把这一铺张浪费的作风予以废除。(《杜阳杂编》)万乘之尊的辇前要一路地撒香粉，天天撒,处处撒,不分时间场合地撒,听着是真诗意,只是也忒浪费了吧?

庞元英似乎对这一说法信以为真。有趣的是,他随即谈到了宋朝的制度:在"乘舆亲祀郊庙"的重大仪式上,倒确实有用龙脑香末为天子铺路的时刻。《武林旧事》"大礼——南郊、明堂"一节对这一做法有更细致的介绍:

> 上服衮冕,步至小次,升自午阶。天步所临,皆藉以黄罗,谓之"黄道"。中贵一人,以大金合贮片脑,迎前撒之。礼仪使前导,殿中监进大圭。至版位⋯⋯

仅仅是皇帝走向"郊坛"并登上坛阶的这短短一段路,会用黄罗铺出一条专设的御道,同时还有个太监捧着大金盒,陪随在皇帝的前侧位置,不断从盒里抓起龙脑香末,散在"天步"将临的黄罗道上。"大礼——南郊、明堂"一节中还录有"弁阳老人"专为咏赞郊祀仪式而作的一首颂诗:

> 黄道宫罗瑞脑香,衮龙升降佩铿锵。大安辇奏乾安曲,万点明星簇紫皇。

恰恰是以黄罗铺道、扬撒龙脑香粉的细节为起句。

《梦粱录》"郊祀年驾宿青城端诚殿行郊祀礼"一节记录南宋咸淳年间"度宗亲祀南郊"的事件,其中也有赞诗为:

> 天步徐舒曳衮裳,旒珠圭玉俨斋庄。欲腾明德惟馨远,黄道先扬瑞脑香……

《梦粱录》还记载,宋家天子"驾宿明堂斋殿行裡祀礼","遵先朝亲祀明裡故事",更换祭服之后,走向明堂殿——文德殿——的一段路程,也同样是"上自黄道,撒瑞脑香而行"。

"明堂大祀,三年一次"(《梦粱录》)、"三岁一郊"(《武林旧事》),明裡、郊祀两项重大活动都是每隔三年才举行一回。另外,《宋史·仪卫志》中记载,宋太宗太平兴国初年所制定的"宫中导从之制",明确规定御辇前长达十七行的前导队列中,有"奉龙脑合二人"、"执拂翟四人",不过,这一堂皇阵势只限于"每正、至御殿,祀郊庙,步辇出入至长春殿,用之"。也就是说,在宋代,除"祀郊庙"之外,便只有元日(正月一日)、冬至这两个重要的节日会用到"黄道先扬瑞脑香"的排场,目的则很严肃,在于表示敬慎。

可是,生活于两宋之交的张邦基所著《墨庄漫录》中,却出现了一个所谓"翠羽帏"的版本:

孔雀毛著龙脑则相缀。禁中以翠尾作帚，每幸诸阁，
掷龙脑以辟秽，过，则以翠尾扫之，皆聚，无有遗者。亦若
磁石引针、琥珀拾芥，物类相感然也。

在这个说法里，宋朝皇帝变得同唐朝皇帝一样，也总是喜
欢派专人事先向御辇将经的路上撒龙脑香末，以此来驱避邪
秽。然而，通过《文昌杂录》、《宋史》、《梦粱录》等文献的记载，
我们得知，实际情况恰恰相反，为天子撒香铺道的仪式虽然真
实存在，但运用得很是克制。由此进行推测，多半是朝廷大礼

南宋佚名画家《孝经图》(现藏辽宁省博物馆)中的"郊祀"场面。

上以龙脑香撒黄道的制度刺激了民间的想象力,结果夸张出了皇帝随便到哪儿都要散布香粉的传说。

这样看来,关于唐宫中类似做法的记载,大概也催生于同样的背景,是唐时已有在郊庙、明堂的仪式上为天子香粉铺道的规矩,但是这一做法被民间迅速地渲染成为宫廷内的日常做派,形成了一个大家都很喜欢流传的华美传说。庞元英在客观记述本朝"撒香"制度的同时,其实已经破解了前代传说的虚妄。他先列出历史的谜面,随后又给出了历史的谜底,但却丝毫没有意识到自己的成绩,恰如福尔摩斯就他的华生、波洛就他的黑斯廷斯时而会说的:我的这位朋友非常有趣,他总是在不知不觉中说出真相。

与前代传说相比,《墨庄漫录》变得更加浪漫与玄奇。将孔雀尾扎成扫帚,在御辇行过之后,用这样的翠羽帚在地上扫来扫去,散在四处的龙脑便会粘缀到孔雀尾上,于是就可以回收再利用了。古人怎么就能编造出这么瑰美但又这么不靠谱的传说呢?

答案恐怕还是已由《文昌杂录》揭示:"拂翟后,以金合贮龙脑,内侍捧之,布于黄道。"在捧着金盒撒香的太监之前,还有执"拂翟"的专人。好玩之处在于,《宋史·仪卫志》中有条消息道是:

元丰元年,详定所言:"大驾舆辇、仗卫仪物,兼取历代所用,其间情文讹舛甚众。或规摹苟简而因循已久;或事出一时而不足为法。"诏令更定。……旧制,亲祠南郊,皇帝自大次至版位,内侍二人执翟羽前导,号曰"拂翟"。拂翟不出礼典,乃汉乾祐中宫中导从之物,不宜用诸郊庙。诏可。

元丰元年(1078)这次"详定礼文"的重要事件,《文昌杂录》中也有记录,但并未提到关于废弃"拂翟"一条。不过,陈襄《古灵集》"祥定礼文"卷中,"拂翟"条详细记下了此一仪制细节的首尾:

臣等伏见:亲祠南郊,皇帝自大次即位版,内臣二人执翟羽前道,号曰"拂翟"。历考前代礼典,无此制仪;注亦不载;寻牒内侍省尚衣库,亦不见所出。惟《国朝会要》"御殿仪"称:五代汉乾祐中,宫中导从童子,执丝拂二人,高髻、青衣;执犀盘二人,带髻头、黄衫;执翟羽二人,带髻头、黄衫。本朝太平兴国初,稍增其制:捧真珠七宝翠毛花二人,衣绯袍;捧金宝山二人,衣绿绣袍;捧龙脑合二人,衣绯销金袍;执拂翟,内侍省差内侍二员执之,各公服系鞋。每大庆殿宿、斋景灵官、太庙、南郊,自大次至小幄,皆用之。原其所出，乃汉乾祐中导从之物，其制不经。今郊庙大礼，乃用此以为前导，失礼尤甚。伏请除去。

从中可以知道——

所谓拂翟乃是以翟鸟的彩羽制成；

重大仪式上，两位太监手执拂翟，充当皇帝的前导，这一安排是沿袭五代的做法；

北宋太平兴国初，把五代的导从仪式加以增华，形成了如此的前导行列：捧着珠宝翠花的宫女一对、捧着金宝山的宫女一对、捧着金龙脑香盒的宫女一对，然后还有手执拂翟的太监一对；

如此的仪仗队伍，只用在最为隆重的大典上"大次至小幄"的短短一段路程；

直到元丰元年，"郊庙大礼"等场合也确实真实地执行着这一规定；

元丰元年，因为此般礼仪不见于古代典籍，所以正式将其废除。

在废弃之前，拂翟这种斑斓长羽制成的拂子，在仪式上恰好与撒香的行为一前一后排列出现。也许正是如此，催动当时的人在二者之间建立起了神秘关系，并进一步将拂翟美化为"翠羽帚"。特别是当拂翟被清除出真实的仪式之后，传说的翅

　　佚名画家留下的道教绘画画稿《八十七神仙卷》中，天帝之前安排有专门举持孔雀扇的玉女，无疑是对宋代一度真实存在的"翟拂"制度的采纳。这一细节显示，翟拂在民间想象中广泛地被转化为孔雀扇，当时的普通人通过宗教绘画即会熟悉这一"典故"。

膀就更加轻快地起飞了,最终演变成"禁中以翠尾作帚,每幸诸阁,掷龙脑以辟秽,过,则以翠尾扫之,皆聚,无有遗者"的离奇神话,说皇帝的御辇之前有人一路撒香粉,跟着辇后就有人拿孔雀扫帚一路扫收香粉,然后投入二次利用。

剥开"翠羽帚"式的不可信的浪漫,看到真相,让人心安,也让人愉快。元丰元年停用拂翟之后,重大仪式上龙脑香粉撒黄道的做法却一直得以沿袭。"步步生香"似乎一直是与美女相连的想象,然而,历史上真正曾经有过的香尘逐步,却是绽现在唐宋天子的足下。

最华丽的"汉服"

　　真正看到"绣䄡"实物，才体会到汉代女服有多么靓丽。

　　在东汉墓出土的女陶俑上，可以看到一种很流行的短袖外衣样式，其最主要的特色就是袖料上叠出密密细褶，于是，一双短袖不仅满布放射状褶纹，而且呈现为向袖口逐渐放大的喇叭形。由于新疆独特的干燥气候，居然有这样一件"千褶短袖上衣"的实物在两千多年前陪葬入墓之后，历经时光不曾腐灭，却在近年被重新发掘出来。于是，在不久前首都博物馆举办的《千古探秘——考古与发现》大展上，观众有缘亲眼看到汉代美人们的时装一种。

　　最为奇迹的是，这件出土上衣的颜色鲜艳依旧，让我们看到，衣身采用浅色的天青色绮，两袖却改用红绮的料子，形成很悦目的对比式配色；在袖口，还依次镶缝有天青、酱色以及白色的三道窄缘。类似的女用短袖上衣，据《后汉书》中的消息披

楼兰故城北墓葬出土东汉绣鼺(现藏新疆维吾尔自治区文物考古研究所)

四川丰都出土东汉舞俑(现藏重庆中国三峡博物馆)

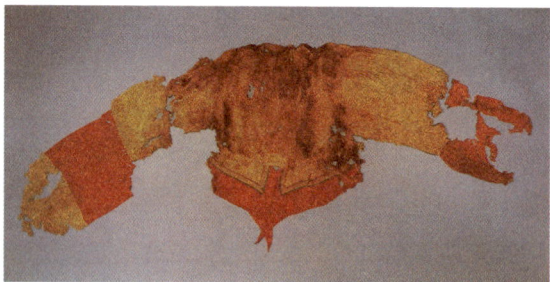

新疆尉犁县营盘墓地出土的东汉魏晋时代绮夹襦（现藏新疆维吾尔自治区文物考古研究所），这是一件吸收了袿衣形式的"胡服"。

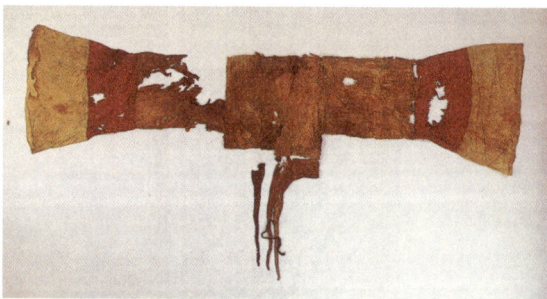

营盘墓地出土的一件绢襦（现藏新疆维吾尔自治区文物考古研究所）小尺度地模仿了袿衣的裗饰，这件上衣的前后正中均缝接一对袿角，角尖则垂下长细带。

营盘墓地 M19 墓的墓主为一位男性,入葬时身上所穿一件交领褐袍(现藏新疆维吾尔自治区文物考古研究所)颇为奇特。此袍分为上衣与下裳相连的形式,下裳两襟的表面均竖向缝缀五片一端相连的长方形深褐色褐片。如果穿衣人是采用立姿,则这些饰片会自然向下垂坠。如此奇异的装饰手法,很可能也是吸收了裪衣的特点。图中为该袍出土时带有饰片的部分。

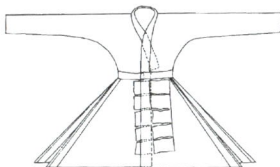

M19 墓出土交领袍形制示意图(引自《新疆尉犁县营盘墓地 1995 年发掘简报》,《文物》,2002 年 6 月,第 31 页)

露,在当时被称为"绣镼"。"镼"一做"裾",是汉代人对于短袖衣的习惯称呼。

《后汉书·光武帝纪》记载:

> 时三辅吏士东迎更始,见诸将过,皆冠帻而服妇人衣,诸于、绣镼,莫不笑之。

初唐李贤注云:

> 《前书音义》曰:"诸于,大掖衣也,如妇人之袿衣。"字书无镼字,《续汉书》作裾,并音其物反。杨雄《方言》曰:"襜褕,其短者自关而西谓之䘯。"郭璞注云:"俗名裾掖。"据此,即是诸于上加绣裾,如今之半臂也。

依初唐学者们的看法,绣镼相当于隋唐时的"半臂",也就是短袖上衣。因此,将新疆出土汉代的"千褶短袖上衣"定名为绣镼,应该是可以成立的。

西汉末年,绿林军拥戴刘玄为天子,浩浩荡荡进入长安,不料这支起义军的将领多出身社会下层,缺乏见识,结果闹了笑话——他们看到"绣镼"一类女人服装花花绿绿的很好看,就拿来穿在自己身上。一个大男人如果身上所着类似于新疆出土

传为顾恺之作品的《列女图卷》(现藏北京故宫博物院)中的"晋伯宗妻"

陕西长武唐张臣合墓出土女舞俑(现藏陕西历史博物馆)

山西大同北魏司马金龙墓出土漆画屏风(现藏山西省博物馆)中展示的袿衣

传为顾恺之作品的《洛神赋图》(现藏北京故宫博物院)中的"洛神"

的这件短袖衣,走起路来喇叭袖飘飘,那确实很滑稽可笑啊。

还应注意的是,李贤注指出,绣蜼的穿法,是罩在"诸于"即"大掖衣"之外,而大掖衣"如妇人之袿衣"。从各类文物资料来看,"绣蜼",或者说细褶喇叭袖短上衣,在东汉魏晋南朝,恰恰是与贵族女性的正式礼服"袿衣"组合在一起,形成一种异常繁丽奢侈的高档服装样式。

所谓"袿衣"是一种连身长袍,其最大的形式特点是用彩色织物做成一条条上宽下窄的尖角形饰片,重重垂挂在腰部周围。这些饰片叫作"袿角",没有任何实际用途,纯粹在于制造重重叠叠的视觉效果。从《洛神赋图》、司马金龙墓出土漆屏画等艺术表现中可以看到,袿衣的裙摆部分总是非常长大,裙裾拖坠在地面,堆叠如云,特别有富贵气势;在裙的正前还会垂系一片近似围裙的"蔽膝",也就是一块下端为椭圆形、满是彩绣纹

敦煌莫高窟 203 窟初唐壁画《维摩诘经》中的天女

山西芮城永乐宫元代壁画中的玉女

饰的宽饰片;蔽膝两侧则显露出条条桂角,这些桂角上还被接缝上叫作"襳"的长飘带,于是,穿衣人的周围就有着数条飘带拖曳逶迤,迎风飘袅。

细褶喇叭袖短上衣"绣䙱"作为桂衣的配套衣饰,罩穿在桂衣之外。由于绣䙱的袖长只有桂衣袖长的一半,因此桂衣的那一双喇叭形超阔大袖会从绣䙱的短袖口中奔泻而出,垂垂荡荡。桂衣的袖口、裙缘也缝接有细褶饰边,其上往往贴有金箔的纹饰,与绣䙱的千褶袖形成形式上的呼应。可以想象,这一套绣䙱与桂衣的组合既是繁饰重重,以华丽取胜,同时又具有飘逸轻盈的效果。

在东汉魏晋南朝,这一套衣饰一直是富贵女性在各种隆重场合使用的礼服,如《宋史·礼志》记载:

> 今皇后谒庙,服桂褾大衣,谓之袆衣。

南朝灭亡之后,隋唐女性贵族服饰完全没有沿用桂衣的传统,因此,这一服装样式在实际生活中就此绝迹了。然而,有意思的是,唐墓中屡屡出土有一种女俑,高髻巍巍,穿着样式特别夸张的绣䙱与桂衣,推测起来,大约唐代所流传的南朝舞蹈中还沿用着往昔的传统服装形式,而这些女俑则代表着表演南朝舞蹈的舞姬。

更为重要的是,在东晋南朝时代,发生了一场将外来的佛教艺术本土化的伟大艺术运动,顾恺之、戴逵们在创作中用他们自己所熟悉的音容笑貌、服饰器具取代了陌生的异域形象,其中之一,就是把菩萨表现为穿着绣裾、袿衣的晋代美女。因此,在热门题材《维摩诘问疾品》中,散花的那位天女便始终身穿晋代高档时装。实际上,穿着绣裾、袿衣的美丽女性形象,在宗教绘画中沉淀为一个被长久沿袭的"图式",呈现出惊人的持续性——永乐宫的元代壁画中,玉女等形象也依然穿着千百年前的华服,不过,由于辗转流传,一代代的艺术家在复制当中不免会添加上自己的艺术创造,因此,绣裾与袿衣遭受了很大程度的变形。

最近,一场"汉服运动"有着日趋炽热之势,不过,参与者所复原出的女性"汉服"看来似乎很接近南朝下层劳动妇女所穿的衣服样式。是不是南朝的农妇、女奴们的衣着就可以代表"汉服"?与东汉魏晋南北朝具有礼服身份的高档服装——袿衣相比,哪个更具有代表性?此外,马王堆出土的西汉前期贵族女服又与东汉以后的袿衣在样式上断然不同,那么,这两种当中又是哪一种更具有正统性?这些实际的问题,汉服推崇者们都必须加以面对吧。

汉晋也兴荷叶边

　　看着今年流行的塔裙上那一层层的荷叶边，我不由想起，大约从公元初到五世纪，打满细褶的宽镶边，在中国服饰上也曾经风光一时。

　　早在汉代，女服中就有一种样式华丽的短袖衣"绣裾"，于袖口缀饰着打褶的荷叶边，有时在领口还镶有齿状花边。更始皇帝刘玄与拥戴他的绿林军进入洛阳之时，将领们因为粗鄙无知，看见这种女人穿的带有花边与荷叶边的短袖衣很漂亮，就纷纷拿来穿在身上，于是乎，一群穿着女装的硬汉赫然出现在长安民众面前，当然是极具喜剧效果。

　　在东汉、魏晋时期，荷叶边最重要的用场，是缝在袍或裙的底缘，形成一圈在色彩、纹饰上与主体面料既相对比又相映衬的饰带。在北魏司马金龙墓出土漆画屏风等艺术品上可以看到，在那个时代，女性的长裙、男性的长袍，都在底缘缝缀一圈细褶荷叶边作为装饰。奇怪的是,虽然男人穿带荷叶边的短袖衣会被笑话,但男性贵族的长袍在底缘镶一道荷叶边,却非常普遍,甚至成为当时官服上必不可少的饰物。相传阎立本所作的《历代帝王图》中,自东汉至隋,多位天子的冕服,都以一圈细褶密密的荷叶边作为"下裳"的缘饰。

营盘墓地出土的一件东汉魏晋时代贴金衣褶(现藏新疆维吾尔自治区文物考古研究所)

晋武帝像的细部

传为阎立本作品的《历代帝王图》中的"晋
武帝"（现藏美国波士顿美术博物馆）

  与艺术表现足为互相印证的是，在新疆营盘、山普拉等地
汉晋时代的墓葬中，出土了缝在裙、袍上的荷叶边实物。如山
普拉出土的多件毛织裙或毛织裙的残片，均在底缘缝缀荷叶
边，这说明，在当时，西域各民族与中原地区在服装样式上互相
影响，像荷叶边这样的装饰在不同民族当中同时地流行着。

  另外，营盘出土的一片"贴金衣褶残片"，本是一件绿绮袍
的"绮袍下摆"，也就是说，是这绿绮袍的一道荷叶边。它用大
红绢为面，本色纱为里，均匀叠出宽 0.8 厘米的衣褶，最珍贵的
是，每道衣褶上都用小片薄金箔贴成几何花纹。文献记载，东

汉以来，奢侈服装中最热门的就是用薄金箔贴在服装上，形成灿烂耀眼的金色花纹。而新疆营盘出土的"贴金衣褶残片"则告诉我们，汉晋时代的男女贵族的拖地长袍或长裙上，不仅饰有做工细致的荷叶边，荷叶边上还有金箔闪闪生辉，放射着富贵与华丽。

然而，到了北朝末期，荷叶边就从中原服饰上消失了，隋唐之后，男女华服上再也看不到它的形象。荷叶边再度出现在中国人的服装上，已是千余年之后——二十世纪初，受西式服装的影响，中国女性一度时兴把荷叶边接在袖口以及旗袍的底缘上。为什么荷叶边会在那么长的时期内失宠？这是个值得琢磨的现象。

胡服变作汉衣冠

　　"乌纱帽"的含义可说是路人皆知,"戴上了乌纱帽"、"丢了乌纱帽"这类表达在今天仍然得到经常性的应用。经由古代绘画以及戏曲表演,人们形成了深深的印象:头戴乌纱帽,身穿盘领袍,腰挂玉带,足蹬皂靴,便是中国古代官员的经典风貌。不过,这一套服饰在历史上其实有个鲜明的起点,那就是北朝后期。在秦汉魏晋,在南朝,甚至在北朝前期,都绝对看不到类似的男服样式。

　　对于发生在北朝的这一次重要的服饰变革,唐宋学者们心里都明镜儿似的知根底。如沈括在《梦溪笔谈》中指出:

　　　　中国衣冠,自北齐以来,乃全用胡服。窄袖、绯绿短衣、长靿靴、有蹀躞带,皆胡服也。窄袖利于驰射,短衣、长靿皆便于涉草。

朱熹也在《朱子语类》中明确道：

今世之服，大抵皆胡服，如上领衫、靴、鞋之属。先王冠服，扫地尽矣。中国衣冠之乱，自晋五胡，后来遂相承袭，唐接隋，隋接周，周接元魏，大抵皆胡服。

江苏金坛南宋周瑀墓出土上领衫实物（现藏镇江博物馆）

陕西礼泉唐章怀太子墓壁画（现藏陕西历史博物馆）中的初唐军官形象。可以清楚看到，一对"上领"一旦打开并反折，便形成类似今日西服的翻领。

朱子提到的"上领衫"、"上领服",就是"盘领袍"的前身,在北齐时代最初出现的时候,这种上衣确实是"窄袖"的"短衣",一如沈括所指出,其形制处处都是为了便于骑马、射箭、在草原上跋涉而设计。这种上衣最特殊之处便在其领式,唐宋时称为"上领",明代则称为"团领"、"盘领"或"圆领",是将领口挖裁成紧绕脖颈的圆形,纽扣的结扣处在两肩头。如此的形式显然是为了防止风沙从领口灌入,另外,一旦天气转热,解开肩头的纽扣,将一对"上领"外翻,便形成敞开的"翻领",犹如今日西装的翻领,这样一来,就可以散热透汗了——因此它也是中国服饰传统中唯一有翻领的衣式。也是在上领袍、衫上,为了骑马的方便,而开创性地引入了可能是从波斯传来的"开衩"。纽扣、开衩这些在秦汉服饰中从不曾有的元素,从此将逐渐变幻为中国传统服装上闪闪生光的亮点,而其最初出现在上领袍、衫上,都是为了服务于马背轻驰的便利。

扎在上领袍腰间的皮带是一种形制特殊的"蹀躞带",在带身上嵌有一个个金属铃环,其中装缀细长皮带——叫作"蹀躞"——这些垂带上均设有多个带扣,可以把佩刀、箭囊以及各种随身所需的小物件一一挂在上面,恰恰是适合游牧生活的一种携物方式。入唐以后,农业社会的定居生活方式成为常态,人们无需在腰带上携挂日常物件了,铃环便逐渐化身成华贵的饰牌,演变出文学中经常提到的"玉带"。至于长勒靴,则显然是"皂罗靴"的源头。

在北朝后期,还出现了一种新型的头饰"幞头"。按《隋书·礼仪志》的观点,幞头倒是来源于"汉衣冠"——前身是东汉以来的幅巾,即方头巾。(不过,孙机先生认为,幞头是由鲜卑帽改进而成,因此仍然是"胡服"的一种。)在北周武帝的时代,幅巾被加以改造,在巾的四角缝缀上系带,同时发明了一种非常漂亮的结系方式,将一对巾带结在脑后,另一对巾带反系向前,于头顶的髻前绾结,因此也叫做"折上巾"。发明幞头的目的,同样是"便武事者也"(《新唐书·车服志》),用轻质的绢罗将头发束紧,头顶上轻便利落,自然无碍驰射。不过,大致在隋唐之间,为了追求造型的美观,幞头之内被加上硬质衬冠。自唐至宋,巾角也转换成花样翻新的帽翅,同时改用硬挺的漆纱当做面料,最终形成"乌纱帽"。

内蒙古锡林郭勒盟出土唐代狩猎纹金蹀躞带

孙机《从幞头到头巾》中关于幞头具体系结方式的示意图［原图见于《中国古舆服论丛》（增订本），第210页］

陕西礼泉唐章怀太子墓壁画《打马球图》局部

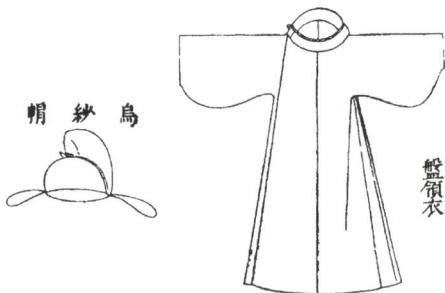

《三才图会》中展示的"乌纱帽"与"盘领衣"

　　总之，幞头、上领袍、蹀躞带、长靿靴，本是一套完整的骑马服，是战服，或者说，是一套完整的骑兵军服。隋、唐都是以马上得天下，其上层社会由剽悍的军功贵族构成，于是，这一群体日常所穿的服装便在国家政治中心自动确立为一种服装标准。早在南北朝时代，上层社会的"常服"便发生了南北的分野，南朝男性贵族仍然保持上襦下裙的衣式，而"北朝则杂以戎夷之制"，并且"虽谒见君上，出入省寺，若非元正大会，一切任用"。隋唐两朝沿袭了北朝时代的作风，虽然非常认真、严谨地以"复礼"的精神制定了全套的繁复的仪服制度，可惜在马背上跑野了性子的健儿们没一个能习惯长裙、高履、危冠之类——你能指望艾森豪威尔天天穿裙子四处走吗？所以，除了"元正大会"一类的庄严场合，平常还是照穿方便利索的战服。唐家天子就带头不认真尊行古礼，据《旧唐书·舆服志》：

　　　　其常服，赤、黄袍衫，折上头巾，九环带，六合靴，皆起自(北)魏(北)周，便于戎事。自贞观以后，非元日、冬至受朝及大祭祀，皆常服而已。

　　李渊、李世民这两位天生的战士，都是以巾、袍、带、靴完整配套的战服作为常装——整个上层社会也都是如此。

　　日久相沿，这一套轻捷剽悍的服装竟逐渐演变成宽缓华贵、雍容温雅的宋、明官服。直到清代强行确立一套新体系的"胡服","乌纱帽、圆领袍、腰带、皂靴"才成为"前朝职官公服"（清人叶梦珠《阅世编》）而汇入历史记忆。

（有兴趣者可进一步阅读孙机《南北朝时期我国服制的变化》、《从幞头到头巾》、《中国古代的带具》、《两唐书车[舆]服志校释稿》，均见于《中国古舆服论丛》，文物出版社 2001 年。）

明吕纪、吕文英《竹园寿集图》（现藏北京故宫博物院）局部

红霞帔的命运

《大长今》一出，以后宫争宠为题材的剧集热行一时，据说是从后宫的险恶反映职场的残酷，因此众女白领心有戚戚焉。那么，为什么没人想到选取宋代宫廷的"红霞帔"或"紫霞帔"做主角呢？演绎出身社会底层的女人的血泪奋斗史，这大约是最合适的选择了。

霞帔本来只是服饰的一种，据专家们的研究，它来源于唐代女性的"帔子"。但是，在宋代，霞帔变成了女性礼服的一部分，也变成了女性社会身份的一种标志。南宋人陈元靓所辑《事林广记》中即明确记载："今代，霞帔非恩赐不得服，而直帔通用于民间也。"所谓"霞帔"，必须由皇帝降恩颁赐之后，女性才有使用的权利，自然这样的使用者若非皇亲、嫔妃，便是高官的眷室。民间平民女性可以佩戴一种形式类似的帔，但只能叫做"直帔"。

福建福州南宋黄升墓
出土绣花霞帔实物
（现藏福建省博物馆）

黄升墓出土的霞帔
及金帔坠

　　福建南宋黄升墓中出土有宋代霞帔的实物，其形制是两条
绣满花卉纹的细长带，长带尖角一端相连在一起，形成"V"字
形。穿用的方式，是将两条长带搭在肩头，在颈后以线相缝连，
而尖角一端垂在身前，下坠一个金或玉的圆形"帔坠"作为装
饰。这样的霞帔是宋代内、外命妇常礼服的一部分，如《宋史·
舆服志》所记：

宋宣祖昭宪皇后像（现藏台北故宫博物院）

常服，后妃，大袖、生色领，长裙，霞帔、玉坠子。

所谓"常服"并非指日常服装，而是在国家大典之外的各种礼仪场合所应着的正式礼服。

正因为霞帔是贵妇常礼服的一部分，并非人人可佩，所以，在宋代宫廷中衍生出了"红霞帔"、"紫霞帔"这样的后妃名号。如《建炎以来系年要录》记，绍兴九年（1139），"后宫韩氏为红霞帔"。将韩氏泛称以"后宫"，说明她只是一位普通宫女，原本没有任何位阶。再如宋人张扩《东窗集》中记有《红霞帔冯十一、张真奴、陈翠奴、刘十娘、王惜奴等并转典字，红霞帔鲍倬儿、紫霞帔王受奴并转掌字制》一则,实际是皇帝所开具的"授任书",把一批原为红霞帔、紫霞帔身份的宫女,"提升"为典字、掌字。据《说郛》中的《趋朝事类》,在宫廷"内命妇"中,典字为正八品,掌字为正九品,在后妃、女官的正式编制当中属于最低的两级,而红霞帔、紫霞帔以及地位更低的听宣、听直、书直则根本"不系入品"。

看得出来,皇帝如果喜欢上了一位普通宫女,往往先给她一个红霞帔或紫霞帔的名分,让她与一般的宫女有所区别。如果这位宫女能够继续获得皇帝的恩宠,才有可能被封为"正式"的嫔妃,在礼法体系中占据一个堂堂正正的席位。至于何以呼为"红霞帔"、"紫霞帔"? 推测起来,普通宫女当然没有佩戴霞帔的权利,于是,受了皇帝恩宠的宫女,会被特别赐以红霞帔或紫霞帔。在宫中的各种礼仪场合,有正式名号的后妃们要按规制穿戴符合各自地位的常礼服,尚未获得"职称"的承恩宫女们当然没有这一资格,但是,她们可以在宫女服装上加佩红霞帔、紫霞帔,标示其特殊身份。

于是,那个时代的文献记叙陪随皇帝出宫、回宫的后妃队列,便会是:

诸殿阁分:皇后、贵妃、淑妃、美人、才人、婉容、婕妤、国夫人、郡夫人(国夫人与郡夫人也是妃嫔或女官的名号）、紫霞帔、红霞帔,大内棕檐外,约有五百余乘轿……
(《西湖老人繁盛录》)

　　从史料中可以看出,宋朝皇帝赏赐红、紫霞帔,那是相当的
大方,宫廷中经常会有成群身为红霞帔、紫霞帔的低级妃嫔。
对于陈翠奴、刘十娘这样显然出身社会底层的女孩子,一袭霞
帔,无疑如同一张入场券,让她们得以进入争夺后妃尊位的游
戏场。南宋高宗的妃子当中,就有一位刘氏入宫后从"红霞帔"
做起,一路升到贵妃。

　　但一旦争斗失败,迎来的命运也格外悲惨。《续资治通鉴
长编》记载,北宋哲宗晏驾未久,皇太后便下令废黜一批哲宗身
边的妃嫔、宫人,其中有位韩氏女子,便由正五品的才人直降为
红霞帔。皇太后指责韩才人路数不正,脾气还坏,"且与一红霞
帔名目,令往守陵",实际是硬塞给韩氏一个最卑微的妃子身
份,借此罚她去为哲宗守陵,在陵园中埋没一生。在此,"红霞
帔"成了暗算的手段,也是侮辱的标志。

满朝朱紫贵　皆如郝思嘉

　　韩国连续剧《女人天下》的观众也许会注意到,在剧中,后妃们所穿长裙之下都衬有环形裙撑。其实,在当时的朝鲜,裙撑的使用不限于贵族女性,对有身份的男性一样重要。

　　值得一谈的是,在明代,这一风气从朝鲜流行到了中国,一度十分风靡,明人笔记如《菽园杂记》《寓圃笔记》《穀山笔麈》等都有很清楚的记载。如生活于十五世纪中下叶的王锜在《寓圃笔记》中记录道:

　　　　发裙之制,以马尾编成,系于衬衣之内。体肥者一裙,瘦削者或二三,使外衣之张,俨若一伞。然系此者,唯粗俗官员、暴富子弟而已,士夫甚鄙之,近服妖也。

　　明朝中期,一度时兴用马尾编成的长裙,叫作"发裙",由于马尾比较硬,所以这种裙子硬撅撅的,就像一把撑张开来的伞。穿着方法则是把它系在腰间,外面再穿衬衣及外袍——王锜所谈乃男性使用裙撑的方法,若换为女性,当然是于"发裙"之外再罩常裙。于是,穿衣人的服饰自腰部以下都被伞形的马尾裙衬托起来,自然下半身的造型也就像一把圆伞!很明显,这马尾裙就是地道的裙撑啊!照应文献记载的是,山西平遥县双林寺保留有明代泥塑,其中的女性塑像,从腰部以下,衣摆、长裙皆造型浑圆如钟,似乎就是在表现内穿裙撑的效果。

　　说起裙撑,大家多半会以为,这是欧洲十八、十九世纪贵妇才会用到的东西。可是,在明朝,这玩意还真在中国时髦过呢!

山西平遥双林寺明代女供养人塑像

十九世纪法国巴黎生产的裙撑使用
方式示意图（燕王 WF 摹绘，原图见
于《时尚两千年》（*2000 Years of Fa-
sion*，Harry N.Abrams，New York）

那时，瘦子甚至会在腰里一层套一层地系上两三条裙撑。呜，
这也是十九世纪中叶欧洲的贵妇小姐们一度爱干的事情啊！
大家都记得影片《乱世佳人》里郝思嘉先系好裙撑再套上连衣
长裙的经典场面吧？哈，明朝人穿衣服的方式一度差不多也是
那样！

　　这与我们对明人的既有印象可真是有点距离哦。好在，据
王锜说，江南士大夫对马尾裙撑绝对鄙夷，明代雅文化的爱好
者们多少可以松口气吧。但在政治中心北京却是另一番景象，
陆容《菽园杂记》介绍得很是详细：

　　马尾裙始于朝鲜国,流入京师,京师人买服之,未有能织者。初服者惟富商、贵公子、歌妓而已。以后武臣多服之,京师始有织卖者,于是无贵无贱,服者日盛。至成化末年,朝臣多服之者矣。大抵服者下体虚奢,取观美耳。阁老万公安冬夏不脱;宗伯周公洪谟重服二腰;年幼侯伯、驸马至有以弓弦贯其齐者。大臣不服者惟黎吏侍淳一人而已。此服妖也,弘治初始有禁例。

　　马尾裙这种东西压根儿就是从朝鲜传到北京的,最初,北京都没人会编制这种服饰,只好纯靠进口。像任何流行一样,该风气由阔佬、花花公子和娱乐业人士首先倡导起来。接着,武将们也跟风,大约是觉得袍襟圆张会让他们的形象更雄武吧。需求创造了市场,于是很快就有人在北京制造和销售这种新鲜玩意了,而供给的增加进一步刺激了需求,大家都赶时髦穿起了裙撑。到了成化(1465—1487)末年,紫禁城内外,满眼都是下半部圆鼓如伞的文武大臣啊!身为内阁大学士的万安一年四季不管冷热都是裙撑不离腰;官至礼部尚书的周洪谟则喜欢重叠地系上两层裙,以便蓬张效果更其明显;年轻贵族们还在马尾裙内绷上弓弦,以使其外形整齐(大约与欧洲贵妇裙撑上的鲸骨环异曲同工)。

明佚名画家绘《宪宗调禽图》（现藏中国国家博物馆）局部

明佚名画家绘《宪宗元宵行乐图》（现藏中国国家博物馆）中的宫监形象。这一卷绘画题款署有"成化二十一年仲冬吉日"，正值史载裙撑最为流行的成化末年，因此可以推定，画中所绘女裙男袍的下摆皆浑圆张撑，是在表现使用裙撑之后的效果，也是当时宫廷风气的写实反映。

《宪宗元宵行乐图》中的妃嫔形象。沈从文先生
早在《中国古代服饰研究》中即谈道,画卷中妃嫔
宫女的长裙"下脚撒开,如用圈条撑住……却和
《大金国志》记女真妇女装扮有相合处"。实际已
指出画中人物使用裙撑的现象。

　　不过,这一时尚到底显得太怪异,于是,流行时间不长,到
弘治初年,官方就将其视为兆示不祥的奇装异服而着手加以禁
止。生活于嘉靖至万历年间(1522—1620)的于慎行,对于马尾
裙,便是只有耳闻而无目睹了:

> 尝闻里中长老传,数十年前,里俗以氂(兽尾)为裙,着长衣下,令其蓬蓬张起,以为美观。既无氂裙,至系竹圈衬之,殊为可笑。(《穀山笔麈》)

时尚永远都是荒谬的,没办法,当马尾裙流行的年代,大家伙就是相信下半身蓬鼓如伞"美观"。因此,这一习俗由富裕阶层首倡,但为民间广泛仿效,以至买不起马尾裙的人就用竹圈来代替,把竹圈系在腰部,衬在身上长衣之下,以此把外衣下摆撑张开! 有意思的是,《穀山笔麈》还记载了这一风气在朝鲜的消失过程:

> 隆庆初年,见朝鲜入贡使者,自带以下,拥肿如甕,匍匐而行,想亦有氂衣在下。比数年来,直窄衣下短,如中国服,不张起矣。

马尾裙撑在明朝遭禁之后,朝鲜的上层阶级在很长一段时间里仍然对之不离不弃,所以于慎行亲眼见到朝鲜使者穿着裙撑的形象。大约到万历年间,朝鲜的男性贵族才舍弃了这一奇特的衣式风尚。

荷包低垂绣带长

在从前，荷包用以盛装小件日用物品，是人们不可或缺的装备之一。

对于男性来说，携带荷包的方法很简单，直接系挂在腰带上即可。但是，这简单的事情到了女性那里，就不得不更复杂一些。历朝历代，女服样式的变化很大，随着服装样式之变，系挂荷包的方式也花样百出。

在唐代，女服是采用上襦（袄）下裙的样式，襦衣极短，极力突出长裙的形象。特别是在盛唐以后，裙腰高升到腋下，短襦的下摆被收束在裙腰之内。裙腰的两端缝有裙带，女性把这两条裙带当胸绕身一周，然后在胸前挽结，以此来系牢长裙。因此，唐代女性的裙带特别的长，在胸前挽系之后，还有一对长长的余端垂在身前，成为一种惹眼的装饰。于是就有了一种很方便的携带荷包的方法——把荷包系在胸前的这一对垂带上，如唐人李景亮所撰写的小说《李章武传》中,女主人公——实际此时已是幽魂——在与情人永别之际,"自十裙带上解锦囊,囊中取一物以赠之"。锦囊荷包拴在身前的裙带上,需要的时候,一伸手就能拿到,十分方便。

到了明代,女性们喜欢把荷包用一条长绦系挂到裙带上,垂在身体一侧的裙边。如《金瓶梅》第七十八回,吴月娘"裙边紫遍地金、八条穗子的荷包,五色钥匙线带儿";第三十四回,潘金莲"下边羊皮金荷包"。这一习惯也与当时女性的衣式有关,那时,女性一律上袄下裙,袄长一般在臀部以下,而且罩在裙外。也就是说,裙腰以及用以系紧裙腰的裙带,都被遮藏在袄内。所以,荷包如果系在接近裙腰之处,那么就会被袄裾遮住,不方便取用。于是,女性们就用一条长绦,一端系住荷包,另一端拴系在裙带上,让荷包垂挂在裙边。从明代绘画来看,系荷包的绦子往往相当之长,以至荷包低垂到膝部上下的部位。其实,故意让荷包如此低垂,已经是把荷包视作如同玉佩一样的挂饰物,当女性行走的时候,它在裙边微微晃荡,想必效果俏皮。

从明末开始,汉族女服的上衣逐渐加长,一度曾经到上衣之下"仅露裙二三寸"的地步。在这种情况下,如果再把荷包用长绦系在裙带上,会被上衣遮掩在内,对于使用来说,很不方便。满族女性穿长旗袍,则根本没有裙带可以系挂荷包。但是，清朝女服，无论汉装还是满装，都使用纽扣加以系连。于是，荷包又被系在衣襟前或腋下当腰处的纽扣上。如《儿女英雄传》第四十回写长姐儿的打扮："套一件藕色缂丝氅衣，罩一件石青绣花大坎肩儿……抬袄里又带着对成对的荷包。"而在美国女画家为慈禧太后所画的油画像上，可以看到，这位皇太后在华丽旗袍的两腋下，一边低低挂着一个抽口荷包，垂着长长的穗子。两只荷包样式相同，正是"成对"地戴在"抬袄里"。

传世明代水陆道场画（现藏山西右玉文博馆）中的明代女性形象，在裙边垂有荷包。

清佚名画家所绘咸丰朝玫贵妃、春贵人的"行乐图"（现藏北京故宫博物院）

　　近年来，女孩子时兴系挂各种时尚腰带，配在牛仔裙、裤以及其他材质的时装裙、裤上，非常的俏丽。但是，似乎没人想到为这些腰带配备彩绦悬挂的荷包，使之成为时尚佩饰的一种。牛仔裙边垂荡个平金抽口荷包，想来该是情趣幽生。

拎条手帕做提包

夏天来了，女士们轻衫薄裙，大手袋逢了炎热天气，不免就显得累赘。在这个动辄生汗的季节，该怎么携带一些必不可少的小物件儿呢？

著名学者扬之水在其《说事儿》一文里，介绍了个古人的好经验——在手帕的一角上拴系随手用的小物品以及小盒、荷包。比如明人很注意防口臭，讲究在嘴里含"香茶"以去秽气，于是，专盛香茶的小盒就被拴在"汗巾儿"（手帕的一种变体，形制窄长）的角儿上，揣在明人的袖子里，以便随时取出来，捡一小块放入口中。说起来这办法不坏——耳挖、钥匙、小盒、荷包，都是很零碎的东西，容易被遗落，而一旦丢了就不容易找到，但如果把它们一一系在一方手帕上，人走到哪里，手帕就拎到哪里，这些小物件就不容易丢落了。《红楼梦》中就写道尤二姐"手中拿着一条拴着荷包的手巾摆弄"，实际上，这类"手巾"

的用途已经不在擦汗、拂尘，而专是为"携物"了。因此，在形制上，用于"携物"的手帕也与一般的手帕不一样，在一角儿上缝坠有"手巾结"，也就是玉、玻璃等做的小环，以方便拴系物品。如雍正二年

南宋黄昇墓出土的一角缀有带结的方巾

(1724)宫廷作坊就制作了雕成龙形的"虬角手巾结"以及"大红玻璃手巾结"，可见皇帝也用手帕拴系着随身小用品四处走哩。

　　手帕是私人使用之物，上面拴系的小用品又都是一个人最亲私的东西，于是，这样的手帕也就成了男女传情的良媒。《红楼梦》中，贾琏试探尤二姐的途径，恰恰是借口向她讨槟榔吃，要过了那个系着槟榔荷包的手巾，然后"暗将自己带的一个汉玉九龙佩解了下来，拴在手巾上，趁丫鬟回头时，仍撂了过去"。宋人朱敦儒则有一首《浣溪沙》道是：

　　　　才子佳人相见难。舞收歌罢又更阑。密将春恨系幽欢。
　　结子同心香佩带，帕儿双字玉连环。酒醒灯暗忍重看。

　　一位女性送给心上人的礼物之一，正是一方手帕，帕上绣

着她的芳名，一角儿则缝缀着双连玉环，玉环用于系物，同时也象征着两个人的爱情。

系物的手帕在很多情况下要拎在手里，四处显摆，所以不仅质料考究，而且以缬染、绣花、贴金等方式呈现精美纹样，还缀有流苏。《金瓶梅》里，潘金莲让陈经济替她去定制汗巾儿，便要求以"销金间点翠"的方法在"娇滴滴紫葡萄颜色"的巾面上做出"十样锦、同心结方胜地儿"，然后"一个方胜里面一对儿喜相逢"，"两边栏子都是璎珞出珠儿碎八宝儿"。在明代，也有着"专一发买各色改样销金点翠手帕汗巾儿"的专卖店，满足客户所需。

也许，哪一天，也会有专为今天的时髦女孩儿生产的系物手帕，夏天里，人人一条绣花、垂络的长帕在手，帕角儿系些个手机、小化妆袋之类，创造咱们自己的小小时尚？

明代佚名画家所画妇人容像中的侍女，臂上垂有蓝印花带穗汗巾，抽口荷包系于裙带，吊在身体一侧。（引自石谷风编著《徽州容像艺术》）

宝钗的罩衣

在《红楼梦》第八回,宝钗第一次亮相,是借宝玉的眼光
被打量:

> 宝玉掀帘,一迈步进去,先就看见薛宝钗坐在炕上
> 做针线。头上挽着漆黑油光的鬏儿,蜜合色棉袄,玫瑰
> 紫二色金银鼠比肩褂,葱黄绫绵裙,一色半新不旧,看
> 去不觉奢华。

"看去不觉奢华"这一句真能把人噎死!一个十二三岁的
小姑娘,坐在自己家炕上做针线,家常穿一件无袖罩衣("比肩"
即"无袖"之衣),竟是贵重的银鼠皮里,衣面上还绣有"二色金"
的花纹。如果这还不叫奢华,那什么才算奢华?

黄金的成色不同,所呈现的金色也会有偏红、偏黄、偏白的

区别,人们就利用不同颜色的黄金打成金箔,再制成金线。同一件衣服上,不同部位的花纹,可以有意地拿色泽微有区别的金线绣制,比如此处花纹用偏红的金线绣,相邻的花纹却用偏白的金线绣,让两种不同的金色错杂并置,或泛红或泛白,形成微妙的深浅变幻,"玫瑰紫二色金银鼠比肩褂"中的"二色金",就是指这一种绣法。

明清时期,利用黄金成色的不同,制成闪色不同的金箔、金屑、金粉、金线,是很流行的做法。明代名漆工黄成在其所著《髹饰录》中,将漆器中对于这一工艺的运用称作"彩金象",明人杨明注云:

> 泥薄金色,有黄、青、赤,错施以为象,谓之彩金象。

王世襄先生《髹饰录解说》中在解释此一工艺时,援引清代《圆明园漆活彩漆扬金定例》的相关条款:

> 平面画戳扫金云坐龙,上红、黄二色金……红金二十二张五分,黄金二十二张五分。

非常清楚地显示,"二色金"一词,就是指不同色泽的金箔等等在同一器物表面上做出图案,这也顺便解释了"玫瑰紫二色金银鼠比肩褂"中"二色金"的含义。

在五十七回,宝钗借"碧玉佩"的由头,对邢岫烟作过一番表白:

> 但你看我从头至脚可有这些富丽闲妆。然七八年之前,我也是这样来着。如今一时比不得一时了,所以我都自己该省的就省了。将来你这一到了我们家,这些没用的东西只怕还有一箱子。咱们如今比不得他们了,总要一色从实守分为主,不比他们为是。

清代明黄缎绣九龙垫面(现藏北京艺术博物馆),使用了赤金、黄金两种捻金线,即为典型的"二色金"绣品。

清康乾时期黑漆描金纹手炉（现藏北京故宫博物院），炉身开光内为"彩金象"山水楼阁图。

宝钗一味地"从实守分"，"该省的就省了"，不做"富丽闲妆"，可随便穿一件罩衣，还是那么精致华贵，只能说明薛家的"家底儿"实在厚实。她的一身衣服，包括比肩褂，"一色半新不旧"，这是宝钗言行如一，坚决地奉行着"该省的就省了"的原则，在日常生活中，尽量把早几年做的衣服拿出来穿，不肯轻易做新衣。然而，从她家箱子里随便翻出一件往年做的过冬衣服，就是银鼠为里、二色金线绣花。薛家昔日全盛时期的光景，通过比肩褂深浅两色金线的闪光，依约地折射出来。

蔗浆樱桃大唐春

近日偶翻韩偓诗集，发现"银杯自透蔗浆寒"[《恩赐樱桃，分寄朝士（在歧下）》]一句的"蔗浆"，注家解释为："以甘蔗的汁水比喻樱桃，形容樱桃味之甜。"这是个小小的误解吧。

通过唐人诗，大抵可以明白蔗浆是一种"前砂糖状态"的甜料，被唐人用作浇汁。典型如杜甫《进艇》一诗，写"昼引老妻乘小艇，晴看稚子浴清江"，一家人乘船到江上消闲，诗末说"茗饮蔗浆携所有，瓷罂无谢玉为缸"，还同时带去了家中的茶水和蔗浆。看起来，蔗浆这东西，在唐时，家家都会储备一些，是一种日常消费品。

蔗浆其实牵涉到蔗糖史这样一个大题目。关于制糖技术的成熟，历来多以"唐太宗遣使至摩揭陀国取熬糖法"等记载为根据，认为这一技术在初唐已经传入中国。不过，从文献来看，冰糖、砂糖到了宋代才真正变成家家户户的日常用品，在唐人生活中尚未普及开来。《齐民要术》把"甘蔗"列为"非中国物产者",并引《异物志》:"连取汁为饴饧,名之曰'糖'","又煎而曝之,既凝,如冰,破如博棋"。可见直到北朝晚期,北方地区还不了解冰糖的炼制工艺,以为只是把甘蔗汁熬一熬、晒一晒而已。从唐诗中所提到的蔗浆来看,把甘蔗汁通过熬和晒的简单加工,使之浓缩为稠浆状,然后加以保存,在唐代始终是非常通行的办法。如王维《敕赐百官樱桃》一诗中,有句云:

　　饱食不须愁内热,大官还有蔗浆寒。

　　说明宫廷中要收贮大量的蔗浆以供使用,并且将之保存在冰井中加以冷藏。

　　唐人认为,蔗浆,特别是经过冰镇的蔗浆,有驱除内热的功效:

　　蔗浆归厨金碗冻,洗涤烦热足以宁君躯。(杜甫《入奏行,赠西山检察使窦侍御》)

　　可以把它浇在冰块上作为一道冷饮:

碧碗敲冰分蔗浆。（唐彦谦《叙别》）

甚至可以作为饭食的浇头：

蔗浆菰米饭。（王维《春过贺遂员外药园》）

不过，在唐人当中最负盛名的吃法，还是用冷冻的蔗浆浇在新春的樱桃上，在《杨太真外传》中就有这样的细节，唐玄宗晚年因为过度思念杨贵妃，以至茶饭不进，"张皇后进樱桃、蔗浆，圣皇并不食"。

唐时，在樱桃初熟的时节，天子赏赐百官以内苑樱桃，是一件大家都特别喜欢的热闹事。从"大（太）官还有蔗浆寒"一句可知，同时赏赐的还有出于皇家冰井的冷冻蔗浆（以及乳酪），让百官浇在樱桃上吃个香甜。"银杯自透蔗浆寒"之句正让我们明白了"樱桃、蔗浆"的具体吃法——蔗浆盛在银杯里，吃时酌量浇到樱桃上。由于蔗浆经过冷藏，所以寒气甚重，沁透了金属杯壁，触手生凉。

在同一本诗集中，《湖南绝少含桃，偶有人以新摘者见惠，感事伤怀，因成四韵》之"酪浆无复莹玭珠"之句，注家同样解释为："即使奶酪也无法与之相比。"然而，此句之下有韩偓自注云："湖南无牛酪之味。"很明显的，诗人此处是在怀念长安春时品尝樱桃的另一种流行吃法——在樱桃上浇乳酪。

蔗浆浇樱桃、乳酪浇樱桃,是唐代长安人在春天最看重的"尝新"甜食,让今天的读者了解到这样的细节,对于他们体会历史,想来该是有帮助的。

蕊押班

因为喜欢"蕊押班"这个称呼，所以对"饼馂"就一直好奇。拜新疆的干旱气候之赐，唐时随葬入墓的糕点居然历千年而不腐，反而风干成为"化石"，也就让我们得以一睹十几个世纪之前诸般点心的真实面目。

新疆阿斯塔那唐墓出土的点心"化石"当中，有一件是用薄饼包起馅料，层层卷裹而成。文物图录中将这件点心定名为"春卷"。然而，应注意的是，它看去更像是从一只卷好的春饼上横切下的短短一节，两端的截面都很齐整，长 3.5 厘米，宽 2.8 厘米，卷子的高度却不过 1.9 厘米而已。因此，与春卷横陈在盘中的形式不同，这件点心呈现"站立"之姿，截面朝上，卷中的馅料因此一目了然，至今仍然可以清楚看到多种细菜排列其中。

南宋人戴侗《六书故》释"馂"字时云：

新疆维吾尔自治区吐鲁番阿斯塔那出土唐代
饼饻实物(现藏新疆维吾尔自治区博物馆)

今人以薄饼卷肉,切而荐之,曰"饻"。

原来古时有一种面食,是把薄饼卷裹肉以及其他馅料,包成长卷,再切成一个个短小的卷子,盛盘上席,叫作"饻"。新疆出土的薄饼卷馅点心分明正是从长卷上截割而成,因此应该称为"饻"。

其实,这种面食在唐代特别流行,通常称之为"饼饻"。有意思的是,周作人译《枕草子》中有这样的描述:

"这是从头弁的那里来的。"主殿司的官员把什么像是一卷画的东西,用白色的纸包了,加上一枝满开着的梅花,给送来了。我想这是什么画吧,赶紧去接了进来,打开来看，乃是叫作饼馅的东西，两个并排的包着。

包在纸中的饼馅会让人看去误以为是"一卷画"，可见饼馅在未切断之前，要远比今日的春卷更粗更长，是如画轴一般的长长圆卷。《云仙散录》中甚至记载说，隋时诸葛昂为炫耀豪奢，待客时"馅粗如柱"。

画轴一般的裹馅长卷难免有容易散开的危险，因此，讲究的饼馅要用丝带之类加以系束。明人彭大翼《山堂肆考》中即谈到"红绫束饼"：

> 唐僖宗幸南内，兴庆池泛舟，所司以金合(盒)进红绫饼于上前。时进士在曲江闻喜宴，上命中官以饼驰赐之。故徐滨诗曰："莫欺老缺残牙齿，曾吃红绫饼馅来。"一说作卢延逊诗。饼以红绫束之，故曰红绫饼。

明人已经不识"饼馅"为何物，以致彭大翼把著名的"红绫饼馅"简化成"红绫饼"。实际上，宋人曾慥《类说》引《纪异录》，记录了内容相近的轶事，而称之为"红绫饼馅"：

> 唐僖宗食饼馅，美。进士有闻喜宴，上各赐红绫饼馅一枚。徐寅诗曰："莫欺老缺残牙齿，曾吃红绫饼馅来。"

但在其他文献中,"红绫饼馅"却写作"红绫饼㸏":

> 唐御膳以红绫饼㸏为重。昭宗光化中放进士榜,得裴格等二十八人,以为得人。会燕曲江,乃令大(太)官特作二十八饼㸏赐之,卢延让在其间。后入蜀为学士,既老,颇为蜀人所易。延让诗素平易近俳,乃作诗云:"莫欺零落残牙齿,曾吃红绫饼㸏来。"王衍闻知,遂命供膳亦以饼㸏为上品,以红罗裹之。至今蜀人工为饼㸏,而红罗裹其外。公厨大燕,设为第一。(宋叶梦得《石林避暑》)

在这则笔记中,恩赐饼㸏的天子乃是唐昭宗。新科进士们在曲江举行庆宴的集会,昭宗特意为二十八位进士送去了二十八个红绫饼㸏,以此表示对这批人才的重视与期许。至五代,西蜀宫廷刻意延续唐宫的习惯做法,把饼㸏作为御筵上最重要的食品之一,并且以红罗丝带加以裹束。影响所及,直到宋初,蜀人仍然善制饼㸏,并且一律拿红罗来裹扎。文中提到西蜀时的饼㸏"以红罗裹其外",以此做参证,可以说,彭大翼以为,唐时的红绫饼㸏是"以红绫束之",形式上的特点引出了典雅的命名,是很有说服力的观点。

上席之前尚未切断的长饼㸏必须用丝带捆系,这一特点恰恰形成了开展造型游戏的基础。《云仙散录》里就有一则消息

称,在唐代,曲江春游之时,有"挂红餕"的风俗:

> 《曲江春游录》曰:曲江春游之家,以脂、粉作红餕,竿上成双桃(挑)挂,夹杂画带,前引车马。

出发去赏花之前,富贵之家会事先用脂油与米粉之类的原料做一对饼餕,染成红色,叫作"红餕"。再用一条条纹彩绚丽的彩带系束餕柱,显然,这是把饼餕必须靠丝带束牢的特点加以夸张性的应用,用多条色彩不一、印绘有花纹的长飘带逐节捆扎在红色饼餕的棍身上。出游之时,这一对红餕会被挑挂在一枝长竿的竿头,由奴仆高擎着长竿走在车马之前。红餕上的条条彩带随风招展,俨然便是一竿亮丽的流苏彩旗。

画轴式的饼餕待到食用之时,则是临时切成一个个短节,截面朝上地码放在盘中,一如新疆出土实物化石的状态,然后整盘地端上食案,即所谓"切而荐之"。正是如此的饮食习惯,催生出"蕊押班"以及她的"莲花饼餕":

> 郭进家能作莲花饼馅(应为"餕"字之误。清人陈元龙《格致镜原》引录此条时即作"餕")。有十五隔者,每隔有一折枝莲花,作十五色。自云:周世宗有故宫婢流落,因受顾于家,婢言宫中人号"蕊押班"。(宋陶穀《清异录》)

　　五代周世宗时的皇宫中有一位非常善于制作花式点心的宫女,因为手艺高超,被宫中人尊称为"蕊押班"。"蕊"自然是花瓣之意;"押班"则是唐宋时代宫中女官的一种称呼,领有这个头衔的女官就是分管某一处宫院或某一方面事物的负责人。因此,"蕊押班"基本上可以对译为"花点总监"。没有留下真实名字的女点心师的经典作品之一就是"莲花饼饀"——一只大盘上分为十五个小格,每一个格内有一朵折枝莲花造型的饼饀,妙的是,这十五朵莲花彼此的色彩都不重复,花开朵朵,各呈艳妍。

　　不难推测,莲花饼饀的原型就是由长卷上切下、竖立码放在盘中的小截节,不过,蕊押班在原型的基础上加以了极大的发挥,以致她的作品与新疆阿斯塔那唐墓出土的饼饀"化石"在外貌上相去颇远。十五朵莲花饼饀,分别呈现为十五种颜色的花瓣,这显然不是简单地依靠切截同一条长卷获得。只能是以每一种馅料单独做出一个小小的饼卷,由于蕊押班特意制作出十五种不同颜色的馅料,所以成品才能现出十五种不同的花色。同时,蕊押班应该是将饼饀长卷用细带捆束的形式特点加以发挥,把这些短饼卷的一端也用细绳紧紧扎束,而将另一端剪破成花瓣,并且是把由里向外的一圈圈薄饼皮都如此剪成花瓣的外形,再仔细捏成层层向外张开的状态,而在中心放入绿色面团制成的小莲蓬,然后一一仰置于盘中,便是一朵朵盛开的莲花。再用绿面捏成荷梗与荷叶,拼塑在花畔——蕊押班的作品,想来就是这样的吧。

另外,明人顾起元《客座赘语》中载录前代文献:"烈祖受禅,旧唐有御厨者来金陵,于是宴设有中朝承平遗风,长食有鹭鸶饼、天喜饼、驼蹄饦、春分饦、蜜云饼、铛糟炙、红头签、五色馄饨、子母馒饺……"同样涉及一位花点高手,此人有着与蕊押班一样飘零的身世。本是唐朝皇宫中的御厨,于乱世之中辗转至江南,于是也把原本属于唐宫中的精美糕点送上了南唐上层社会的宴案。其中包括驼蹄饦、春分饦等,亦见出饼饦在彼时属于常备面食之列,且花样翻新,颇多名目。

我就纳闷了,为什么就没有人根据蕊押班以及她的莲花饼饦敷衍出一部宫廷题材的电视剧呢,这是一个多么美的名字,她的作品也是多么美啊。更何况,这位女花点师的个人命运也见证了那个纷乱年代的动荡无常,时代形势的移转让她离开了后周的皇宫,流落民间,最终辗转到名将郭进府中,却也因此,宫外的世人得以领略到她的精湛技艺。

莲花在手底年年开放,想必蕊押班寄托其中的心迹,却岁岁不同吧。

宋代的私家菜

《山家清供》据说是宋人林洪所编,作为保存至今的最古老的食谱之一,最不简单的地方,在它的定位——专门记录宋代士大夫风雅、清新的"私家菜"。像《东京梦华录》里罗列的那些个市井菜肴,就绝对不配在《山家清供》里露脸。比如"素醒酒冰",很可以传达该食谱所倡导的"食道"精神——

米泔浸琼芝菜,曝以日,频搅,候白,洗,捣烂,熟煮。取出,投梅花十数瓣,候冻,姜、橙为脍齑,供。

把琼芝菜(如今叫作石花菜,是制作琼脂的原料)洗净、泡软,再煮化成胶——这就是琼脂了。琼脂倒在容器里,趁热投进去十几片梅花。等琼脂冷凝成冻后,切细条(这是"醒酒冰"——水晶脍的吃法,我推测,"素醒酒冰"也该以相同方法处理),用姜和鲜橙肉佐拌。

几年前一看到这道菜谱,就再难忘掉,总幻想着片片梅花凝在半透明的琼脂冻中的样子。似乎宋代士人的"私家菜"约略接近日本菜的风格,讲究清淡、自然、天趣,只是这清淡,这自然,这天趣,却是经过极精心的设计与炮制的。"素醒酒冰"其实是针对着当时流行的荤"醒酒冰"。荤"醒酒冰",本名叫"水晶脍",全因黄庭坚爱搞怪,一时兴起,给俗菜取了个雅名——

> 醉卧人家久未曾,偶然樽俎对青灯。兵厨欲罄浮蛆瓮,馈妇初供醒酒冰。(《饮韩三家醉后始知夜雨》,见《山谷集》)

作者自注云:"予常醉后字'水晶鲙'为'醒酒冰',酒徒皆以为知言。"

水晶脍是宋代很火的一道凉菜,用鱼鳞熬成,有词为证——南宋词人高观国就专门写过一首《菩萨蛮》"水晶脍":

> 玉鳞熬出香凝软,并刀断处冰丝颤。红缕间堆盘,轻明相映寒。　纤柔分劝处,腻滑难停箸。一洗醉魂清,真成醒酒冰。

其相关做法,南宋人陈元靓《事林广记》中有详细记录:

> 赤稍(梢)鲤鱼鳞,以多为妙,净洗,去涎水,浸一宿。
> 用新水于锅内慢火熬,候浓,去鳞,放冷即凝。细切,入五
> 辛、醋调和,味极珍。须冬月调和方可。

这样的水晶脍,北宋汴梁、南宋临安,饮食店里处处售卖,是一道寻常美味小菜,《东京梦华录》《武林旧事》里都有提及。从高观国的描写来看,鱼鳞熬成的水晶脍,不仅透明、轻滑,而且口感清爽,是醒酒的佳味。它用五辛、醋来调味,可见糖、盐之类大约都要放,口味偏重。《山家清供》偏偏弄出个"素醒酒冰",不仅用无味的琼脂为主料,而且只以姜末、橙泥的清新味道来做提点。

王敦煌《吃主儿》(三联书店 2005 年)里也提到用"洋粉"自制夏日冷食的经历,作者似乎不知道"洋粉"就是琼脂。据作者说,他小时候吃琼脂做的果冻,嫌味寡,不是很感兴趣。今天大家自制冷食的时候,也多是把琼脂作为一种凝冻剂,而不是单纯作为主料。不过,"素醒酒冰"把天然花瓣投到凝冻中的做法,也许对今天的美食爱好者还有启发。来一款果冻,或者冰淇淋,其中凝有片片花瓣,那感觉如何?

"竹水"的前世今生

2009年的11月8日,江西卫视《传奇故事》栏目播出了一期名为"深夜,竹子在流泪"的节目,介绍了一个似乎"神奇"的现象:贵州某地的一处竹林,逢到湿润无风的天气,如果入夜后在任意一竿竹的竹身上凿个洞,都会有水从洞中滴滴流出。据亲历者讲,在最好的情况下,一竿竹在一夜间可以流出十多斤清水。

这一发现让所有人,包括以竹为研究对象的专家,都十分意外和惊奇。然而,对于类似现象的记录其实散见于传统文献,历代不绝。如相传为五代人冯贽所著的《云仙散录》中,就有一条消息:

> 《金门岁节》曰:重五日,午时有雨,则急砍竹一竿,竹
> 节中必有神水······("重五竹节")

古人因为无法解释竹节中涵有清水的现象，便将之视为"神水"。

不过，到北宋时，沈括在《补笔谈》卷三中，却能以理性与平静的态度详细讲述道：

> 岭南深山中，有大竹有水，甚清彻。溪涧中水皆有毒，惟此水无毒，土人陆行多饮之。至深冬，则凝结如玉，乃天竹黄也。王彦祖知雷州日，盛夏之官，山溪间水皆不可饮，唯剖竹取水，烹饪饮啜皆用竹水。次年，被召赴阙，冬行，求竹水不复可得。问土人，乃知至冬则凝结，不复成水。

在宋代，岭南的深山中，就有很多大竹在竹干中饱含水液，可以"剖竹取水"。彼时，当地的自然状况比较险恶，地面流水都带有损害人体的毒素、病菌等等，无法饮用，因此本地人在山中行路之时，往往靠从竹中取水来解渴。官员王彦祖到雷州上任的时候，正值盛夏，山溪里的水尤其含有很多危险的成分，于是他及其家人在经过这一带时，干脆用竹中之水来解决炊饭烹茶的全部问题。

沈括在宋代曾经记述过的奇妙自然现象，在今日能够再现于世，这真是令人激动。据专家在电视节目中解释，如此现象的发生，乃是因为一片竹林中所有竹子的根部都在地下相连，这些根须像抽水机一样，吸取大量水分，并提升到竹干中加以贮存。节目中所涉及的竹林处于湿热地带，较之其它地方，这里的竹子能吸收到的水分尤其丰富，入夜之后，没有阳光照射造成的水汽蒸发，竹干中就积涵了大量的水，这时，在任何一枝竹的干身上凿洞，整个竹林都会通过相连的根须向这枝不断丧失水分的竹子输送水液，于是，就形成了竹洞能不断出水的"奇观"。

专家的这一番科学解释，让我们对于沈括所介绍的"剖竹取水"现象也终于有了明白的答案。显然，以宋时的自然环境条件，中国大地上的许多地方，包括岭南，远比今天湿润得多，况且那时岭南的深山中古木交柯，竹子终日笼罩在不见风日的潮闷阴暗之中，所能积涵的水量特别大，因此，在一天中的任何时候都能从竹身上取到水，不必如今天这样非得等到深夜。另外，王彦祖所碰到的现象——那些大竹到冬天便无水流出——原因并非"至冬则凝结"，而是由于入冬之后整个环境变得相对干燥，竹干中贮存的水量大为减少。

节目中也提到，下雨之后，竹洞能够出水的现象比平时更加明显，这是因为雨后地下蓄水丰沛，竹林能够更迅速地吸饱水液，储水量大。端午节时值盛夏，正是多猛雨的时节，因此在这个日子前后尤其容易碰到竹节中有水的情况，如《云仙散录》所反映，唐人偏偏在端午节与竹水之间建立起因果关系，想来原因即在于此。

真所谓实践出真知,活竹干上能够流出清水的这一发现,还破解了另一则宋人笔记留给后人的困惑。江休复所著《江邻几杂志》如此写道:

> 天台竹沥水,被人断竹梢,屈而取之,盛以银甖。若以他水杂之,则丞败。

何为"竹沥水"? 明人谢肇淛《五杂俎》认为就是"竹露",也就是竹叶上的露水,理由则是:"若医家火逼取沥,断不宜茶矣。"原来,由于竹干普遍富含水分,中医有一种传统久远的做法,就是把新砍下的竹节放在火上烤,在火烤之下,青竹节会沁出一定量的水液,就叫"竹沥",是一味用途广泛的中药。谢肇淛的推理是,用火烤出来的竹节滴液怎么可能用于煎茶呢? 绝对不可能。实际上,宋人所说的"竹沥水"显然并非中医所用的"竹沥",而是从活竹的翠干上流出的清水。

看起来,浙江天台山在北宋时代的局部气候高度湿润,当地的竹子在枝干中含有超量的水分,以致只要折断竹梢部分,从折断处就会向外流溢清水。最绝的是,那时的人特意收集这种水液,密封在银罐里,运往四方,满足上层社会的奢侈品位。一次,著名书法家蔡襄与另一位士大夫同道苏舜臣斗茶,蔡襄所用的茶品更胜一筹,而且煎以经典的惠山泉水。苏舜臣的茶相对略次一些,不过,他精彩地运用了竹沥水,结果点出的茶水最终胜过了蔡襄:

> 苏才翁尝与蔡君谟斗茶。蔡茶精,用惠山泉;苏茶劣,改用竹沥水煎,遂能取胜。

竹沥水能把惠山泉都比得逊色!可见,在北宋人的体验中,经翠竹干过滤、滋润过的清水,其提供给舌尖的滋味是精彩绝伦的。

大约,天台山的环境很快发生了变化,当地的竹林失去了必要的湿度,于是,美味的天台竹沥水很快就广陵音绝,以致周辉在南宋初期便感到疑惑:"果尔,今喜击拂者,曾无一语及之,何也?"(《清波杂志》"拆洗惠山泉")

奇特的是,到清代乾隆时期成书的《本草纲目拾遗》中,竹沥水重新变回为玄幻性质的"竹精":

> 汪东藩《医奥》云:毛竹内剖之,新竹多有水,乃竹精也。以不臭色清者入药佳。治汗斑,以鸡毛蘸水刷上,立退。

　　在明清时期,医生们始终能够留意到竹沥水的存在,不过,却无法仍像宋人那样将之视为寻常事物。至于如谢肇淛这样的非专业人士,则完全不知世间竟有此物的存在,当然更无法想象以其煎茶的滋味。也许,自然环境恶化,竹沥水的现象变得远比前代罕见,于是导致了这一知识上的退化。

　　然而,似乎,宋代风雅阶级曾经有过的那一种奇异的奢侈,在今天,又有希望被开启尘封。也许,真的会在不久之后,人们又可以重新品到曾经在蔡襄们舌尖上流转的滋味?

收藏荷珠

　　晨雾轻漫的荷塘。碧硕的大荷叶,荷心里积着小小一汪晶莹露水,这是造化在一夜间无声施展的功夫,先让露珠凝结在荷面上,然后,不知是由什么神秘的计算所决定,在某一瞬间忽然滚向荷叶宛如浅盘的凹蒂。此刻,日头将出未出,荷叶自己也不知睡着还是醒着,但是,一把长柄勺在悄悄靠近它,势必惊扰它的平静。长柄端头的勺斗上套盛着一只口径相对略大的瓷碗,随着勺柄的移动,瓷碗的边缘触到荷叶,小心地,让叶面倾欹,于是,荷心的那一撮清澄如水晶的积露便身不由己地沿着叶面滑落到瓷碗中。

　　我相信,张岱在品山堂荷池收集雨后荷珠的时候,一定使用的是这种办法!我绝对这么相信!自从看到《陶庵梦忆》有道:

　　　池广三亩,莲花起岸,莲房以百以千,鲜磊可喜。新雨

过，收叶上荷珠煮酒，香扑烈。（《品山堂鱼宕》）

这心里就一直琢磨，"叶上荷珠"可怎么收集到手呢。明人孙元奎《赤水元珠》倒是有非常具体的"收秋露水法"：

> 八月朔起至二十三日止，每日天未明时，以极净布拭五谷、荷叶上露水，捏出，新缸中或新坛内密封，久窨不败。

用净布在植物叶上擦拭，浸饱露水，然后向着瓷罐把湿布中的水拧出来，听着怎么让人那么不服气，觉得配不上《品山堂鱼宕》的清逸气息？直到发现清人赵学敏于乾隆三十三年（1768）成书的《本草纲目拾遗》中居然有"荷叶上露"一节，不甘的心思才算释然：

> 夏日黎明，日将出时，将长杓坐碗于首，向荷池叶上倾泻之。

严格来讲，张岱所收集的"荷珠"，在古代的卫生保健体系里，应该归在"花水"一类："从花摘下者为花水，以花之性而分美恶。"（清《调鼎集》）也就是说，只要是花朵上带的水液，收集起来，就叫"花水"，来源可以是晨露，也可以是雨水或者其它自然现象。张岱酿酒所用的"荷珠"实际是雨水在荷叶上的残留，并非真正意义上的清露呢。大雨过后，荷叶上大半会汪积些许雨水，划着小船在三亩大的莲池里荡个半天，不知能收集到够酿几坛酒的残雨啊。

张岱的所为在当时还未必能算得顶级的风雅，如果文献可信的话，明代人那可是动真格用夜露酿酒的。明代官修《食物本草》一书中，关于"繁露水"便说：

> 繁露水，是秋露繁浓时水也，作盘以收之……以之造酒名"秋露白"，味最香洌。

所附插图中，则是将一只浅盘放在一处碧草茂盛、丛叶倒垂的劈立崖壁之下，那意思自然是在示意，草叶上的露水会乘夜自动滴下，落到盘里。真靠这样的收集方法，能酿出酒来吗？可是，按明人的说法，那个时代确实用秋露酿造一种名酒"秋露白"。《食物本草》介绍"山东秋露白，色纯味洌"，明人王世贞《弇州四部稿》卷四十九《品酒前后二十绝》恰恰谈道：

> 秋露白出山东藩司，甘而醰，色白，性热，余绝不喜之。臬司因有改造，终不能佳也。惟德府王亲薛生者收莲花露，酿之，清芬特甚，第不可多得耳。

明人编绘《食物本草》中"繁露水"一图

其诗则云:

　　玉露凝云在半空,银槽虚自泣秋红。薛家新样莲花
色,好把清尊傍碧筒。

"玉露凝云在半空"一句似乎证实了《食物本草》的图绘表

现，也就是说，秋露白所用的"秋露"，是靠收集悬空草木的滴露而得到。更神的是，还有一位薛生，收集莲花上的露水，对于秋露白加以进一步的改进。荷叶上的露珠叫"荷珠"，那莲花上的露珠就该叫"莲珠"吧？不过，据《本草纲目拾遗》的观点，荷叶上露"以伏露为佳，秋露太寒。花上者性散，有小毒，勿用"。"伏露"，也就是盛夏的露水，"明目，下水臌气胀，利胸膈，宽中解暑"，对人体大有好处；至于秋天的露水，寒气太大，不宜用于日常饮馔（实际上，道家是秋露的首倡者，不过是以其炼药，这是另话）；莲花上的露水更是有微毒，绝对不该入口。但是，清代晚期名医王士雄所著《随息居饮食谱》中又说"荷花上露，清暑怡神"。真不知道谁更有道理？

对于老饕们来说，重要的是，"荷珠"与"莲珠"酿出的酒"香扑烈"、"清芬特甚"。难道，露珠真能浸染荷叶、莲花的特殊香气，并且在煮酒的过程中将其传导到酒液之中？用"莲花露"酿的酒"不可多得"，想来，从莲花瓣中收集晨露、雨水，比向荷叶上着手还更难吧。

唇间的美色

春女史的院子里有一棵桂树。于是,才是姹紫嫣红开遍的日子,她却在焦虑到秋天怎么收藏桂花了。

最简单可行的办法,就是等到桂花初放的时候,赶紧去打二斤香油,把半开的桂花摘下来泡上,DIY那十分知名的民族传统头油"桂花油"。每天坚持用桂花油擦头,准保比耗费钱财的名牌护发素更健康环保,论天然养分肯定也不输新近兴起来的橄榄油。不过估计一位现代女史不会采纳这个建议。

《调鼎集》里给出了收藏食用桂花的法子,有点麻烦:

> 提糖:上洋糖十斤,和天雨水,盛瓦器内。炭火熬炼,待糖起沫,掠尽。水少,再加,炼至三、五斤,磁罐收贮。如杏、梅、桃、李,一切鲜果,浸入糖内。若养桃、梅花、桂花、荷花,更佳。

先得收集干净雨水（也许矿泉水可以代替吧？比如"依云牌"的），再和十斤好白糖一起放到锅里，在火上慢慢熬，撇掉浮沫。当糖液过稠时，需随时添水。如此炼到锅里只有三五斤糖浆，就得了成品"提糖"。把桂花浸到这"提糖"里，就可以长期保鲜。实际上，春女史完全可以在这个春天就挽起袖子大干起来，把她院里云浮霞粲的桃花、梅花，夏天迎风摇露的荷花，都渍到提糖罐里去——罐子要是青花的，有古风的，这才应景。她家院里结的果子，"杏、梅、桃、李，一切鲜果"，都可以如此"浸入糖内"，给她自己和闺蜜们制造出大大的惊喜——咦，"久之，取出，鲜丽非常"。

据说由清朝乾嘉时期扬州盐商童岳荐编撰的《调鼎集》，在今天看来，也许是过时了。要知道，两百年来，我们这个民族事事凄怆，惟独在美食一道上，那是获得了相当的进步，相当的成功。不过，就是说到口腹之欲，也不能说我们就全然超越了古人。偶然到手《调鼎集》，竟破解了我心中好久的一个谜团——董小宛当年所做的那些"鲜花糖露"的秘密。

《影梅庵忆语》说，董小宛喜欢炮制的一种精美食品为：

> 酿饴为露，和以盐梅，凡有色香花蕊，皆于初放时采渍之，经年香味、颜色不变，红鲜如摘。而花汁融液露中，入口喷鼻，奇香异艳，非复恒有。最娇者，为秋海棠露，海棠

无香,此独露凝香发。又俗名"断肠草",以为不食,而味美
独冠诸花。次则梅英、野蔷薇、玫瑰、丹桂、甘菊之属。至
橙黄、橘红、佛手、香橼,去白、缕丝,色味更胜。酒后出数
十种,五色浮动白瓷中,解醒消渴,金茎仙掌,难与争胜也。

显然的,董美人所做的这一种奇妙甜品,与《调鼎集》中介
绍的提糖保鲜法大致相同。世人只知道,浸在提糖里的鲜花经
年不坏,可以舀出来做点心馅、做茶饮,但董小宛兰心蕙性,把
长久浸润鲜花的糖浆也利用起来,当作酒后甜食。

冒襄非常懂得欣赏女人的努力和成就,虽然具体操作的是
他的"姬",但是,对她的杰作,他领会得用心。所以他能够非常
细节地介绍到,董氏的配方里,"酿饴为露"的提糖还要"和以盐
梅",这一道配料的意义恰恰在《调鼎集》里得到了印证。该书
第十卷《果品》"玫瑰、桂花"一条里提到:

上年先收酸梅,盐腌,俟晒久有汁,入磁瓶存贮。次年
摘玫瑰花阴干,将梅卤量为倾入,并洋糖拌腌,入罐封好听
用。……如无梅汁,不能久留。

可见,把盐腌梅子而成的卤汁浇入糖腌的花果,也是当时
常用的收贮手段。董小宛是把几种花果保鲜方式加以综合,制

成了色味俱称逸品的"花汁糖露"。

总结起来,"董氏花露"的制作步骤为:

前一年,先要把酸梅子果用盐腌制,并将盛罐长时间置于阳光之下,直到从梅子中析出酸汁,这就是"梅卤"。然后用放置一阵、自然经过澄清的雨水与白糖一起熬炼,得到浓缩糖浆("酿饴为露"),即时人习惯称的"提糖"。接下来,预备许多装满提糖和有梅卤的罐子,把四季的鲜花,橙、橘、佛手、香橼的果皮一一投入。每一只提糖罐只盛装一种花或果,长久浸渍之后,这一罐糖浆就逐渐融入了所保存的那一样花瓣或果皮的香

清恽寿平绘《秋海棠》

素与颜色。所浸的花、果固然可以随时取出，为馔为饮，而一旦去除了花、果的糖浆，则形成啜一口顿觉香气冲鼻的董氏秘制"花汁糖露"。据冒襄的亲口经验，竟是秋海棠花浸就的糖露最为味美。

有意思的是，《调鼎集》中一些介绍烹调鱼呀肉呀的菜式，直到今天还在流行。但是，书中提到的"蒸花露"，以及引自《闲情偶寄》的"李渔记"香露饭，早就失传了。董小宛拿手的花汁糖露，更是湮久无闻。酒后轻轻啜一口融漾着红紫纷呈五色花汁的糖饴，在唇舌间细品味那于甜与酸当中悄然泛起的四季花香，也许，只有明人，才能领会其中的雅趣吧。

做董小宛的男人，那是有福气。做春女史的闺蜜，不知道是不是也可以混上一样的口福？

王谢堂上的冰盘

翻开《六朝风采》(南京博物馆编,文物出版社 2004年)一书,看到其中介绍的一件南京象山东晋墓出土"铜方炉",不禁又惊又喜。宋人编撰《宣和博古图》中记载有一件"唐冰鉴",附图展示的

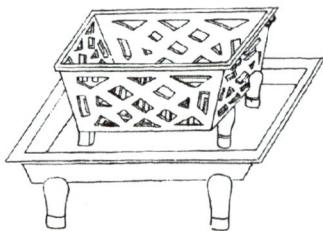

《宣和博古图》中的"唐冰鉴"图

器物与这件"铜方炉"一模一样,只是实物上多了一个铁提手。

宋人当初面对这样一件前代文物的时候,将其定为"冰鉴",也就是在夏天盛上冰,用于镇冷食物和降温的"土冰箱"。其理由是:

今其规模,上方如斗,四傍尘镂底作风窗,承以大盘,立

114

之四足,岂非置食于上而设冰于盘,使寒气通彻,以御温气耶?

按这一说法,冷饮、食物放在四壁镂空、带足的方斗内,将方斗立于托盘当中,而托盘上则堆满冰雪。

《六朝风采》一书中,此器物被看作古代的"火炉",这一观点让人难以信服。四壁布满镂空花纹的方斗,炉灰与炉炭一旦放入,岂不处处洒漏?更何况,"炉(方斗)底有四个对称的小方孔",这就更无法防止灰、炭泄漏了。实际上,方斗底部的这四个小方孔,应该用于通贯寒气。依照宋人的看法,将此类器具定为冰镇之器,显得更为合理。

不过,这一件器物是否就是"冰鉴"?在此,我忍不住多生了一点想象。冰鉴,俗称冰盘、冰盆,其样式为圆或方形的盘、盆,在其中堆放冰雪,再在冰雪上安置冷饮、瓜果。从汉代甚至更早的时期,一直到明代,冰盘都是最通行的"土冰箱"与"降温器",在唐宋元明绘画作品中,每每能看到其露面。

不过,宋人孟元老《东京梦华录》写汴梁人六月避暑,"雪槛冰盘,浮瓜沉李",提到一种叫"雪槛"的器具,并且将之与"冰盘"并列,显然二者并非一物。宋人刘子翚有《夏日吟》诗云:"君不见长安公侯家,六月不知暑,扇车起凉风,冰槛沥寒雨。"似乎,在"冰槛"上,融化的冰雪水不断滴落,让人看着都生一分清凉。

南京象山东晋墓出土铜冰鉴(现藏南京市博物馆)

清金廷标《莲塘纳凉图》(现藏上海博物馆)中呈现的"冰盘"。

南京象山东晋墓出土的这一件带承盘的镂花方斗,是否就是一件古老的"冰槛"呢? 在我的推测看来,其使用的时候,是在方斗中堆上冰,冰上再放冷饮或瓜果、食品,然后将方斗安于承盘上。观其设计,不难想象,方斗四壁的镂空花纹可以更好地散发冷气,起到局部降温的作用,而堆在斗中的冰雪在炎热中慢慢融化,自然会有冷水从镂纹中、从斗底的孔眼中,点点滴滴,淋沥而下,形成"冰槛沥寒雨"的景象。

当然,说此物为"冰槛",是我仅仅据其形制做的猜测。宋人将采用这一形制的器物定为"唐冰鉴",又说"汉鉴近于古而唐鉴近于今矣",看来其与宋人所用冰盘有相近之处。实际上,在山西洪洞水神庙元代壁画中,就出现了方斗形的带足冰盆。可见,宋代文物鉴定家所做的相关结论,有着从生活经验中得来的根据,并非随意揣测。不过,现代考古也纠正了古人的谬误之处。宋代学者面对这样的一件前代器物曾经感到困惑,觉得它不像汉代的东西,于是推导道:"宜李唐精工所能到也。"——如此的精工之作,只能是唐物吧。然而,在现代的科学考古发掘当中,形制完全一样的冰鉴实物在南京象山东晋墓中出土,说明此类物品实乃晋时的流行物。

南京象山东晋墓群,是王谢等晋代豪门大族成员的安眠之地。这一件冰鉴虽然长宽不过 20 厘米,小巧玲珑,但是,已经足以揭示晋代贵族生活所达到的物质水平。

鸡屎的养成

"松下问童子,言师采药去。"也许终有一天,科学史家们会想到,应该为历史梳理一下,往昔那些道人们具体都采的是些什么"药"。在他们想起这件事之前,我们就只有依靠古代学者们的卓越工作了:

蜀水花:"别录"曰:"鸬鹚屎也。"弘景曰:"溪谷间甚多,当自取之,择用白处。市卖者不可信。"颂曰:"屎多在山石上,色紫如花,就石刮取。……"(《本草纲目》"鸬鹚"条)

原来古人背着药篓进山,不仅采摘草药,他所深入的是植物界仅仅为其一部分的广大天地,那一天地提供给他的是多姿多彩的资源。无论对于南朝医学家陶弘景,还是对于北宋科学

118

家苏颂来说,到深山处的溪谷间刮取鸬鹚粪,都是医疗实践中很自然的一个工作项目。他们两位关于鸬鹚屎采集方式的珍贵记录,让我们得以推知,鹰屎、鸽屎、雀屎、鹳屎、燕屎等各种禽屎,乃至蝙蝠屎之类,大致也是通过同样的方法获得。另外,传统美容配方中强调使用禽屎的"屎白",依陶弘景的阐释,这"屎白"就是屎之"择用白处"。

直到1888年(光绪十四年),太医为慈禧太后配制的"玉容散"里还有"鹰条白""鸽条白",显然是医典、美容书所言"鹰屎白""鸽屎白"的一种委婉叫法而已。这款玉容散的用法大致接近今天的面膜,把多种配料合成的粉末用水调成糊,让慈禧太后在面庞上浓涂一层,然后保持这个状态一段时间,再用水将粉糊洗掉,一天重复两三次。实际上,历代的美容品配方都把鹰屎、鸽屎、雀屎、鸡屎列为重要的护肤材料,据说有去黑斑、灭瘢痕等光洁肌肤的作用。大约因为"屎"毕竟是不雅的字眼,所以医学中还给某些禽粪另起了神秘优美的名字,如鸬鹚粪叫"蜀水花";鸽屎叫"左盘龙";雄雀屎叫"白丁香""雀苏"。即使从《肘后方》里"疗面及鼻酒皶方"以"鸬鹚矢和腊月猪脂涂"算起,用禽屎修治有缺陷的皮肤,在中国也是被运用了至少十五六个世纪的悠久传统。

由于医学的发达,也由于美容术的发达,在初唐时代的《千金方》里,就已出现了通过人工干预的办法制造纯质"屎白"的

清徐扬《端午故事册》之一"采草药"（现藏北京故宫博物院）

工艺（"灭瘢痕方"），而盛唐时代的《外台秘要》一书中，"作鸡屎治面瘢法"将这一工艺阐述尤详：

> "广济"疗人面瘢痕，灭之方——取白鸡，以油脂和水煮小麦，令熟，纯以饲鸡。三两日，大肥。安鸡着版上，作笼笼之，七日莫与鸡食，空饲清水。七日，取猪脂，去脉、膜，切，啖饲如食。粪皆凝白，开，收。煖水取涂瘢上，十度平复旧。欲用涂，以粗葛布揩，微赤离离，讫，然后涂之。男女俱用，效也。

先将小麦粒浸在油脂与水中煮熟，作为饲料，给羽毛白色的鸡喂食。如此喂上两三日，白羽鸡就会变肥，于是，将之安置在独立的鸡笼中，七天之中不再喂食，只饮以清水，如此让鸡体内的杂粪慢慢排尽。七天后，把生猪脂肪剔剥干净，切碎，当做饲料喂鸡，然后该鸡所出的屎便是白色的浓稠物，也就是不含杂质的"屎白"。想来，慈禧太后所用的"鹰条白""鸽条白"也一定是用这种人工方式精心饲养而成吧？

往事并不盘点。1888年的宫廷旧事，对今天的中国人来说，已经是认不清、也无心去认的隔世前尘。可是，近来国际时尚业兴起的新花样之一，竟是向女性消费者们推销往昔年代中日本艺妓曾经用以美容的"夜莺粪"粉。据说，科学家在这种鸟粪中分析出了一种活性酶，能够去除坏死的皮肤细胞。于是，夜莺屎粉制作的美容用品在欧美明星圈中热行一时，中国的时髦女性也不惜以网购的方式高价购买。日本艺妓当年居然用鸟屎美容，因此而成为媒体奔走相告的一则趣闻。读到这种新闻，真是让路人唏嘘。

唐人揩齿　宋人刷牙

　　有迹象表明，在宋代，刷牙作为一项卫生保健措施，在社会上得到了相当程度的普及。也许，我们甚至可以进一步精确为，这一并非不重要的生活细节主要是在南宋时期得以确立。

　　南宋吴自牧《梦粱录》"诸色杂货"一节，在"挑担卖……"之后所列的小商品名目中，有"刷牙子"一项，临安城中的货郎沿街叫卖日用杂货，牙刷是其货担上的常供货品之一。可见，作为南宋首都的杭州城中，市民阶级普遍有刷牙的习惯，因此才需要货郎们把牙刷送到千家万户。《梦粱录》"铺席"一节罗列临安的著名店铺，则有"凌家刷牙铺"和"傅官人刷牙铺"——当时已经有生产、经营牙刷的专门铺子。文中还说明，"盖杭城乃四方辐辏之地，即与外郡不同，所以客贩往来，旁午于道，曾无虚日。至于故楮羽毛，皆有铺席发客，其他铺可知矣"，杭州作为当时最大的商品交易中心，城中店铺主要从事面向各地的批发业务,"凌家刷牙铺"和"傅官人刷牙铺"显然也不会例外。由此不难明白,在当时,不仅首都人民爱刷牙,其他各地也或多或少地实践着这一文明措施,于是才会有批发牙刷的名牌店铺应运而生。

历史上,人们长期习惯把牙刷称为"刷牙"或"刷牙子",这种习称一直沿袭到清代。另外,清人王初桐所编《奁史》中引《南渡宫禁典仪》:"周汉国公主房奁有玉齿刷十,金齿刷十。"记录南宋初期一位公主的陪嫁品中有玉和金柄的"齿刷"各十把。相传为南宋人陈敬所编的《香谱》中,一款"龙涎香"方中则有"以齿刷子去不平处"之句。由此可知,"齿刷"也是传统上对于牙刷的叫法之一。

从理论层面来说,成书于北宋政和年间(1111—1117)的官修医书《圣济总录》"口齿门"专列《揩齿》一节(卷121),并指出:

> 揩理盥漱,叩琢导引,务要津液荣流,涤除腐气,令牙齿坚牢,龂槽固密,诸疾不生也。

洁牙漱口,保持口腔清洁,不仅保护牙齿,而且有益健康,这样的卫生观念在十二世纪初的中国已然牢固确立。

更值得注意的是,《揩齿》一节中竟然列出了多达二十七种的揩齿药方,各方的配料往往很不相同——今天的牙膏虽然品牌众多,但是具体内容上大概也没有如此丰富的变化。相应的,不同方子的揩齿药具有不同的保健功能,不过,每个方子都强调"每日早晚揩齿"、"每日如常揩齿",可见,在北宋时代,天天清理牙齿、早晚进行两次,已经成了常识。其中,槐枝散方、皂荚散方用到青盐,事实上,在西方牙膏传入之前,掺配各种中药的青盐,一直是古代中国人最常用的揩齿药,如《红楼梦》第二十一回就写,宝玉"忙忙的要过青盐擦了牙,漱了口,完毕"。

　　然而,在具体洁齿方式上,北宋的官私医书中并不见关于"刷牙"方式的介绍,而是仍然在推荐"揩齿"这一方法。所谓"揩齿",北宋人王衮《博济方》中出具了"揩齿法",叙述详细:

　　　　欲使药(指前面所列"乌髭鬓揩齿法"方所制之药)时,用生姜一块如杏仁大,烂嚼。须臾,即吐却滓,以左手指揩三五遍。就湿指点药末,更揩十数遍……

　　要先用牙齿嚼烂一小块姜,然后含一会儿,才把姜滓吐出。接下来,用左手的手指在牙齿上一一刮擦,如此重复三五遍。再以被口水沾湿的手指去粘上揩齿药的药末,在牙齿上反复擦洗,来回擦十多遍。显然,这是以手指来起到类似牙刷的作用。

　　以手指揩齿的卫生习惯,在初唐甚至更早的时代就已经产生了。孙思邈所撰《备急千金方》"齿病"一节即提到：

> 每旦以一捻盐内口中,以暖水含,揩齿及叩齿百遍,为
> 之不绝,不过五日,口齿即牢密。

似乎,初唐时还没有专配的揩齿药,只是以盐和温水配合
手指来清洁口腔。不过,在天宝十一年(752)成书的医学经典
《外台秘要》中,已然列有"升麻揩齿方"：

> 升麻(半两),白芷、藁本、细辛、沉香(各三分),寒水石
> (六分,研)。
> 右六味捣,筛为散。每朝,杨柳枝咬头软,点取药,揩
> 齿,香而光洁。一方云用石膏、贝齿各三分,麝香一分,
> 尤妙。

这一配方透露了两条重要的信息：第一,至晚到盛唐时,
"揩齿药"的概念与具体配方都已形成。值得一提的是,此方中
还特意加入香料"沉香",因此,清洁后的牙齿不仅光洁,而且微
染香气,这就意味着,配方的成品同时还具有着"香口"的功能。
第二,此处所介绍的揩齿法不是以手指蘸药,而是使用柳枝。
每天早晨,拿一段柳枝,用牙齿将一端咬软,然后凭那被口水濡

湿的软头去蘸上揩齿药，像后世使用牙刷那样在牙壁上擦拭。

据研究，用树枝、细木条揩齿，本是古印度的卫生方式，随佛教一起传入。高僧义净著成于武周天授二年（691）之前的《南海寄归内法传》中就有《朝嚼齿木》专节，详细介绍印度僧俗保持口腔卫生的先进作风。文中说：

> 五天法俗，嚼齿木俱是恒事，三岁童子，咸即教为。圣教俗流，俱通利益。

嚼"齿木"在印度是非常普遍的行为，儿童从小就被教导这一良好的卫生习惯，因此，不论身份为何，人人都明白这一做法对于身心健康的多种好处。实际上，书中在《食罢去秽》一节还提到，印度人每顿饭后要都先嚼齿木，然后剔牙刮舌，"务令洁净"，因此"牙痛西国迥无"，几乎没谁患牙病。

《朝嚼齿木》中还很敏锐地指出，印度的"佛齿木树"并非杨柳，但是，译者们却忽视印度几乎没有柳树的事实，在翻译过程中把佛经提到的齿木误译成"杨枝"，导致以讹传讹，将柳枝做齿木，居然在当时的中国成为了广泛流行的观念。从文献记载来看，印度人嚼齿木时，是直接挑选天然含有健齿、杀菌、提神等成分的树枝来嚼咬，无需以另外制作的揩齿药来进行辅助。《外台秘要》则显示，在唐代，印度传来的嚼齿木风俗被与揩齿

南宋林庭珪《五百罗汉图》(现藏日本大德寺)之一，表现僧人们洗漱的场景，位于画面最深处位置的罗汉正在用一根"齿木"清洁牙齿。

药结合在一起，咬软的柳枝一旦蘸上药粉，作用就非常接近后世的牙刷了。

非常重要的一条资料是，唐代法门寺地宫出土的咸通十五年(874)衣物账中，明确记有皇室进献的"揩齿布一百枚"，这显示，在九世纪，还曾有一个阶段，人们——至少是上层社会——

用"揩齿布"代替了手指与树枝。推测其具体使用方法,应当是以柔软的巾布蘸上特制的药粉擦拭牙齿,无疑是洁齿方式的一大进步。

这样看来,历史上,人们曾经长期利用手指揩齿,与这一习惯同时发展起来的则是具有保健功能的揩齿药。随着佛教一起,嚼树枝洁齿、以嚼软的枝头刷牙的做法也在晋唐时期传入,与揩齿法同时并存。不过,在中国,这一外来方法与揩齿药的使用被结合在一起,利用咬软的枝头蘸药擦牙,大约可以算作牙刷出现的兆声吧。在中晚唐时期,还出现了专用的"揩齿布",相比树枝与手指,可说是更为文雅,也更为便捷,甚至更为卫生。

到南宋时代,文献中明确出现"刷牙子""齿刷"的记载,刷牙,这一重要的卫生保健习惯,从此进入了中国人的生活。从记载来看,风气所及,遍于南北,金人对之亦不陌生。如金人张从正在所撰《儒门事亲》一书中,就以"刷牙"彻底取代"揩齿",有"早晚刷牙,温水漱之"的表述。应注意的是,该书"仙人散"一方下注"刷牙",方中却写为"临卧擦牙"。再如金人李东垣的医学著作《兰室秘藏》不仅提及"刷牙",而且具体开出了"刷牙药"的配方,至于成品的具体应用,则是"如前法擦之"。这些线索证明刷牙也被称为"擦牙"。

中国卫生史上非常重要的一条证据,乃是元人郭珏所作

《郭衡惠牙刷得雪字》一诗,其中描述道:

> 南州牙刷寄来日,去腻涤烦一金直。短簪削成玳瑁
> 轻,冰丝缀锁银鬐密。

由这首诗可以断定,古代牙刷有着与今天牙刷相同的形
制,呈现为簪式的角质柄身,用丝线在柄头密密地扎满马尾的
短鬐——实际上,人们在生活实践中逐渐发现,马尾鬐太硬,长
期使用会伤到齿釉,因此又改换其他材料。

至于牙刷的具体使用,成书于元初的王好古《医垒元戎》中
记有"陈希夷神仙刷牙药":

> 每蘸药,刷上下牙齿,温水漱口,吐之。

明初所编《普济方》中,"牙齿门·揩齿"一节的"陈希夷刷
牙药"方内容基本相同,但是更具体地指示:

> 每用刷牙子蘸药少许,刷上下牙齿,次用温水漱之。

足见,古人之运用"刷牙子"与"刷牙药",正与今日使用牙
刷与牙膏的方法相同。也就是说,我们的刷牙习惯,是直接承

自多个世纪以来的本土传统。

晚明人冯梦龙所辑评的《桂枝儿》一书留录下彼时的各种吴地民谣，其中竟有一首《牙刷》，是利用牙刷的形态施行色情想象。牙刷能成为下流小调的题材，想必当时江南地区的民众对它相当熟悉吧！小曲唱道："专与那唇齿相交也，每日里擦一阵爽快得狠。"显见得，每天至少刷牙一次，在这支小曲传唱的地区，是人们的共识。明人王圻《三才图会》中的"刷圓（抿）梳帚说"，应该很能反应那一时代的情况：

> 刷与圓，其制相似，俱以骨为体，以毛物粧其首。圓以掠发，刷以去齿垢，刮以去舌垢，而帚则去梳垢，总之为栉沐之具也。（"器用"卷一二）

在这一条介绍中，牙刷与抿子、舌刮等小物件一样，属于个人保持仪容整洁的常备用具之一。

清代雍正皇帝曾经传旨制作雕刻精美、镶嵌珠宝的"梳子、篦子、抿子、刷牙等九件"，作为怡亲王福晋的生日赐物，以事实证明，在明清时代，至少在部分地区与某些阶层，牙刷确实是梳洗用具中的必备一件。

另外，清人李渔《闲情偶寄》"声容部"中，关于"点染"即女性面容化妆，提醒道：

勾面必记掠眉，否则霜花覆眼，几类春生之杜婆。

在给面庞涂上白色妆粉之后，必须有一道"掠眉"的步骤，把眉毛、眼睫上的沾粉扫掉，不如此，则眉、睫被粉染白，倒像搞笑的丑角了。冯梦龙所编另一册吴地民谣集《山歌》中，有一首"私情长歌"《木梳》，其中有句："眉刷弗住介掠来掠去。"可见明代女性妆匣中有专备的眉刷用以掠眉。因此，明清时代的女性除了牙刷、抿子之外，掠眉也会用到小刷，凭它拂去眉上的浮粉。

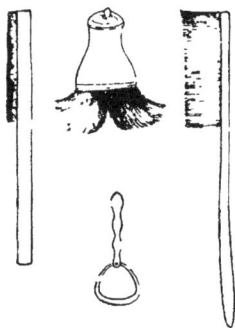

《三才图会》中展示的"梳帚刷皿（抿）"组图，实际展示的为抿子（左）、油刷（中上）、刮舌（中下）、牙刷（右）四物。

附言：

要刷牙，前提当然是得有牙刷。因此，能够用于刷牙的横柄小刷，应该是这样一种卫生习惯能够确立的前提。这里也就顺便提一下本人注意到的相关线索。

让人吃惊的是，《梦粱录》中宣称南宋临安的挑担货郎会随处出售牙刷，这一情况似乎在传世绘画中居然得到了留影。

相传为南宋画家李嵩作品的《货郎图》中，货郎在头巾上插满小件待售物品，其中，左耳畔横插着一把与牙刷形制相同的小毛刷，右耳畔则横插一把同样形式的较大毛刷。更为有趣的，右耳畔大刷上方斜伸着一只耳挖子，左耳畔小刷上方是一根牙签、下侧则为一只亦用于取耳垢的"消息子"（"以禽鸟毳翎安于竹针头"，详见扬之水《剔牙杖》，《终朝采蓝》，235、241 页，三联书店 2008 年），如此的描绘似乎在表示，货郎是把清洁头面的小工具集中插在脑后。由此或可推断，与耳挖、牙签、消息子插在一起的两把横柄刷也是服务于面部的洁具。诚然，这两把横柄刷很有可能是拢鬓用的发报。然而，绘画中的这一细节恰与《梦粱录》的记载形成呼应，依据《梦粱录》的信息，推测其中一把小刷或许即是"刷牙子"，也是站得住脚的提议。

如今虽然难以确定《货郎图》的作者就是李嵩，不过，画中种种线索都表明这确实是一件宋代作品。需提醒的是，《货郎图》描绘的对象是乡村流动小贩。难道当时农村的居民也已有刷牙的习惯？应该不太可能。大概的情形当为,创作这幅作品的画家以宫廷、贵族士大夫或者市民阶层为预想的顾客,因此按照最繁华都市的生活习惯来设计乡村小贩的形象。喜爱古画的人都知道,如此美化现实的做法在宋代绘画创作中是一条普遍原则。

此外,南宋墓葬中出土有横柄刷实物。如淳祐三年(1244)黄升墓的陪葬漆奁中,就有一只"棕毛刷","状如牙刷,上缚四行棕毛。出土时尚沾有发丝和油垢","末端残损,残长15.5厘米"(《福建南宋黄升墓》,福建省博物馆编,78页,文物出版社1982年),这只形制标准的横刷与一把角梳同放于漆奁第三层,而且"沾有发丝和油垢",显然是用于刷头油的抿子。同时,陪

传为南宋画家李嵩作品的《货郎图》(现藏北京故宫博物院)中,货郎右耳边斜插一把较大的毛刷与一只耳挖子,左耳边斜插一把小毛刷与一柄牙签、一柄消息子。

葬品中还有一只"竹柄棕刷","断残,用七层竹片粘合,残存棕毛几撮,残长 14 厘米"。实物与绘画表现、文献记载一起,证明牙刷式横刷在宋代不仅出现了,而且应用普遍。

不过,这里所列线索仅仅显示了牙刷式小横刷在宋代的现影。至于是否如此样式的小刷实际成形的时代更早,是否早于宋代之前就在其他地区的文明中已然出现,则或许有方家做出了真正精辟的研究。

还可一提的是,元末张士诚之母曹氏墓陪葬的妆奁中亦有标准的横刷。到了明代,绘画中表现女性梳妆的场面,往往会出现抿子,即与牙刷形态一样的小横刷的形象。

然而,也许可以说,对于卫生史研究断乎不可忽视的一条线索,藏身于仇英的《仿张择端清明上河图》。这一画卷立意清奇,刻意沿用古代名画的题材、构图乃至具体内容,但细致刻画

江苏苏州元张士诚母曹氏墓出土物——放置在梳妆用银奁内的两把小刷(现藏苏州博物馆)。

的却是明朝中期的苏州城市场景，是作画者仇英（1498—1552）
置身其中的"当代"生活风俗。于是，张择端笔下的汴梁街景中
并未出现的一些店铺，如花店、书坊、糕点铺、扇铺、锡器店等，
却热热闹闹地绽放在仇英的画作中。其中一家店铺，一侧挂有
"雨具"的招牌，另一侧则用大竖幅标明"女工、钢针、梳具、刷
捆、剪刀、牙尺俱全"。

很显然，这是一家日常用品杂货铺，并且主要面向女性顾

明仇英《仿张择端清明上河图》（现藏辽宁博物馆）中售卖"刷捆"的女性用品店。

客,所售商品尽可能照应闺中所需,同时兼营雨具。铺内靠墙置有一排油伞,一位男性客人立在柜台前将一把伞打开,正在检验其质量。铺深处则是一座多层大柜,可以清楚看到,最下一层为各种梳篦,中层除梳篦外还有油刷(女性上头油用)及其他用品。上层则设放着两把剪刀、三把牙刷式刷子。

《三才图会》中的"刷瓶(抿)梳帚说"辨明:"刷与刡,其制相似,俱以骨为体,以毛物粧其首。刡以掠发,刷以去齿垢。"在明人的观念中,如果同时提到刷、抿,那么"刷"便是指牙刷,"抿"则是指抿子,即梳理发鬓的小刷。由此不难确定,仇英画作中的这家女性用品店标明货物中有"刷抿",意思是指出售牙刷与抿子。因此,货架上的三把刷子乃是示意牙刷、抿子、眉刷这一类物件。

于是,在一幅十六世纪的中国绘画中,我们不仅看到了明示"抿刷"之存在的商业广告,还看到了彼时在货架上静等被客人买下携回家中的牙刷,看到了靠出售牙刷赢利的女性用品与小日用品专营铺!

南宋秘书省的"卫生间"

早就感觉唐朝官员的待遇不错,早朝之后有工作餐;夏天在宫里值班,给配驱热、驱蝇的冰盘,冰盘里还冷镇着水果;逢年过节,还有天子颁赐的各种福利品,从冬天防唇冻的唇膏到夏天生凉透气的生丝衣,照顾得很全面。

最近闲翻《南宋馆阁录》,忽然发现,嘀,南宋官员的工作条件更是了得,秘书省还设有浴室呢:

国史日历所在道山堂之东,北一间为澡圃、过道。

注文进一步说明:

内设澡室并手巾、水盆,后为圃。仪鸾司掌洒扫,厕板不得污秽,净纸不得狼藉,水盆不得停滓,手巾不得积垢,平地不得湿烂。

南宋以杭州为首都,江南湿热,兼且水源丰富,因此社会上下都有爱洗澡的习惯,临安城里营利性的澡堂就很多,以至形成了独立的一个行业——"香水行"(《都城纪胜》)。至于私人在家中洗澡更是普遍而普通的事情,特别是夏天不停出汗,一天里至少要浴身一次,宋词中,美滋滋形容夏日"晚浴"后心身舒爽状态的妙句比比皆是。因此,官署中设澡堂也不过是社会普遍风气的反映,原不足怪。有意思的一点在于,在这里,是前为浴室、后为厕所("圊"),方便之后洗手用的水盆、毛巾是安置在浴室里,官员们如厕之后,要到浴室里完成洗手的程序,如此的空间安排,居然与现代居室当中的卫生间在形式上非常接近啊!

专门配备水盆、手巾在厕所旁边的浴室里,也说明,当时的人,至少有教养阶级的人,有便后洗手的习惯——实际上这一习惯早在晋代就已确立。"净纸不得狼藉"更说明当时普遍地以纸来拭秽,而且,厕所里总是整齐地备有"净纸"供前来的人使用,这样的卫生观念搁到今天也不落后呀。

管理规则也清楚而严格,要求"仪鸾司"的杂工随时维持"卫生间"的清洁,不许懈怠:浴室里,官员洗澡之后,地面上不得留有积水、泥污;厕所里,坑位两旁的木板不得残留屎尿秽迹；净纸被如厕人碰乱之后，也要随时重新码放整齐；当时，洗手会使用有去污效力的澡豆，因此，用过的水盆里就会有澡豆末的沉滓，必须立刻换为清水；擦手巾一旦弄脏，也要即刻更换。

这简直赶上今日写字楼里的卫生管理了嘛！

补充：

扬之水《杨柳岸晓风残月》一文专门探讨历代厕所的形制，其中引用十二世纪时入宋日僧之于南宋禅寺中公共厕所的文字记录与图绘记录，令人眼界大开。(《终朝采蓝》，288—289页，三联书店 2008 年)由之可知：

禅寺中的公共厕所——东司——分为大便所与小遗处。大便区是沿墙而设的一排槽坑，与今日卫生间相近的是，每个便坑都被隔成小单间。更妙的是，每个单间的前方均设有香炉一只，焚香以去秽臭。

厕间的另一侧为"盥洗台"（净架），其上有水槽盛满水，供随时舀取；有多只小盆作为各人单独使用的洗手盆，让便后的人将从水槽中舀出的水倾入其中，然后洗净双手；还有小盘分别盛放澡豆、草木灰与细土，起到类似后世肥皂的作用；房间当中横悬一道长竿，洗手之后凭以擦干的手巾等物就挂在竿上，竿下方还置有焙炉，随时对用过的湿手巾进行烘干。

厕间的一端还设有烧火间以及火灶，随时提供热水。

这，这，这与现代卫生间的内容相差不大了好吗！

由这一条重要史料,我们可以大致理解南宋官署中"卫生间"的形态。有兴趣者可细读扬之水先生的文章以增进认识。

另外,在厕间内设放香炉,通过焚香的气息驱散秽臭,是传统上长期流行的手段。比较独特的是,《晋书·刘寔传》中记载,晋代的首富石崇府上,厕所内"有绛纹帐,茵褥甚丽,两婢持香囊",搞得从来作风俭朴的刘寔一见之下误以为不慎闯入到石府的内闱,赶紧退了出去。

须知,有一种精巧的香器自汉代以来长期流行:银或铜质的圆球,球壳上布满镂空花纹,以便香气散出;内部的装置则巧妙地利用重力原理,在球体内装置两个可以转动的同心圆环,环内再装置一个以轴承与圆环相连的小圆钵。在小圆钵中盛放上点燃的炭墼、香丸以后,无论圆球怎样转动,小圆钵在重力作用下,都会带动机环与它一起转动调整,始终保持水平方向的平衡,不会倾翻。对于这种香器的称呼,历代不同,唐人呼其为"香囊"。从《刘寔传》的语义来看,出现在石崇府内卫生间里的"香囊",应是上述具有独特内部结构的金属质圆球形熏香器。

想来,石崇在厕室内安排两位手提着带吊链的香球的婢女,是让她们不停地在室内来回走动,以便从球内飘出的香烟足以驱除异味,保持空气清新。在没有喷雾剂的情况下,轻巧易提、安全可靠的香球,自然便是用于改善厕室气味的上佳选择了。

番红花与宣和宫香

"郁金种得花茸细，添入春衫领里香。"（唐人段成式《柔卿解籍，戏呈飞卿》诗之一）这诗中所说的"郁金""花茸"，原来就是番红花（藏红花）呀！穆宏燕先生《藏红花的奇异旅程》（《北京青年报》2010 年 6 月 28 日）一文指出，来自伊朗的番红花在晋唐时代被称为"郁金香"，使人几生顿悟之感。

或许值得补充的是，元时文献《饮膳正要》中提到以"咱夫兰"作为炙羊心、炙羊腰的调料，《回回药方》（据研究成书于明初）则频频出现"咱法兰"，显然同样属于"波斯语 Zafarān 一词的音译"。《回回药方》还有一条非常重要的线索——卷十二一款药方配料表中，"咱法兰"下有小字注："即番栀子花蕊。"证明番红花在中国历史上也曾经被呼作"番栀子"。

宋人周去非《岭外代答》中恰恰有"蕃栀子"一条：

番红花[引自徐鸿华主编《中草药彩图手册(六)》,广东科技出版社 2003 年]

晒干的番红花蕊,即为历史悠久的重要香料。

> 蕃栀子,出大食国,佛书所谓"檐葡花"是也。海蕃干之,如染家之红花也。今广州龙涎所以能香者,以用蕃栀故也。

文中所描述的"蕃栀子"正与番红花的身世、形态相合,印证了《回回药方》中的提示。这条文献还指出了一个有趣的史实:宋代广州出产的合香制品"龙涎香",把番红花列作重要配料之一。

在宋人那里,"龙涎香"实际上主要用来指称人工合香制品的一大门类,其中包括多种配方,所使用的香料彼此不同。(参见扬之水《龙涎真品与龙涎香品》,《古诗文名物新证》,紫禁城出版社 2004 年)相传为宋人陈敬所撰的《陈氏香谱》中即录有"龙涎香"的若干配方,其中"古龙涎香"便真的以番红花("蕃栀子")作为成分。更让人惊讶的是,书中有一款"复古东阁云头香"方:

> 占腊沉香十两,金颜香、拂手香各二两,蕃栀子(别研)、石芝各一两,梅花脑一两半,龙涎、麝香各一两,制甲香半两。右为末,蔷薇水和匀——如无,以淡水和之亦可——用砣石砣之,脱花,如常法爇。

这一香方的来历可不一般,据南宋顾文荐《负暄杂录》,"东阁云头香"实为南宋初期宫廷中"合和奇香"创制出的一款新型高档香品：

> 绍兴光尧万机之暇，留意香品，合和奇香，号"东阁云头"。其次则"中兴复古"。以古（《香乘》作"占"）腊、沉香为本，杂以脑麝、栀花之类，香味氤氲，极有清韵。

不可忽略的是，《负暄杂录》着意提及，南宋宫廷巧创的"东阁云头"与"中兴复古"诸新名品，离不了"栀花"即番红花，可见，这一时期的香品能够形成新颖的特色风味，番红花起到了主角性的作用。

然则历史似乎还不肯止步于此。明代的《香乘》尚录有一则关于"宣和香"的消息，据称是引自《癸辛杂识外集》：

> 宣和时常造香于睿思东阁，南渡后如其法制之，所谓"东阁云头香"也。

若是相信这一说法，那么，"东阁云头香"的香调早在北宋宣和年间就在宫中研发出来，南宋宫廷不过是将往昔的皇家精品加以恢复而已。宣和时负责创制新香的场所设在睿思东阁，因此，南宋才把依彼时方法复制出的这款香品称为"东阁云头香"。《陈氏香谱》中称之为"复古东阁云头香",似乎也是在标示这一香品并非南宋的新创,而是"复"前代之"古"。情形果真如此的话,那么,宋徽宗时最成功的宫制合香产品居然同时使用到番红花和玫瑰香水("蔷薇水")!

《陈氏香谱》中尚有一款"韩钤辖正德香",是南宋初上层社会风雅人士创制的名贵香品之一,它同样用到番红花以及"蔷薇水"。同书中"元若虚总管瑶英胜""瑞龙香""笃耨佩香"三方则提到"大食栀子"或"大食栀子花",显然是当时人对于番红花的又一种习惯叫法。无独有偶,这三个方子也一致用到了"蔷薇水"。其中,"韩钤辖正德香"和"笃耨佩香"不仅限于在香炉中熏爇,它们还被按当时的风气做成玉佩一样的花形小香佩,穿上丝线,佩挂在身上,起到香身的作用。

从这些线索可知,以宋人生活的视野来说,广州制香业最先以番红花作为"龙涎香"饼的配料,因而调制出了令人鼻观一清的新异香调,让当时的中国人感到非常新鲜,形成岭南香业的特色产品之一。不难推想,如此之"龙涎香品"的出现,应该是"大食"即波斯—阿拉伯地区的用香习俗、制香技术与香料一起御海万里,最终登陆广州的结果。甚至很可能就是大食匠人在广州落地生根,从事制香为生,催动了外来理念、工艺与本土传统的结合。

在北宋末期或南宋初期,番红花和玫瑰香水以及其使用方法进一步北上到内地,促生了宣和宫香与后来的"东阁云头香""韩钤辖正德香"等经典。试想宋代宫廷、上层社会的生活环境中,当时那些雅女俊男的衣上身上,浮动着丝丝番红花与玫瑰香水的微息,真是很奇妙的感觉啊。

实际上,把番红花作为香料,用于香洁环境与衣服,最早在晋代就已被上层社会采纳。著名才女、贵嫔左芬即著有《郁金颂》,其中提到"越自殊域"的"奇草"郁金被"妃媛"们"服之缡衿"。唐代的《外台秘要》中更是列有"裛衣香"配方,把郁金香等八种香料捣成末,一起装入绢袋,再将绢袋置于衣服之内,以此来为服装洇上香气:

> 麝香(研),苏合香、郁金香(各一两),沉香(十两),甲香(四两,酒洗,熬),丁香(四两),吴白胶香、詹糖香(六两)
>
> 右八味,捣,以绢袋盛,裛衣中,香炒(疑为"妙"字之误)。

《藏红花的奇异旅程》一文指出,番红花"从未广泛进入中国民众的日常生活"。这或许是因为此种植物在历史上未能成功移植到中国的缘故吧。于是,一种从遥远异域贸易而来的香料兼染料,便始终局限在上层社会的奢侈繁华之中。不过,今日中国已经将番红花加以成功移植,并在国际市场上与西班牙等传统产国形成了竞争。

香　灯

非常有意思的，《北京民间风俗百图》（北京图书馆出版社）一书收有"卖仙鹤灯之图"，原图上有说明文字云：

> 此中国卖仙鹤灯之图也。此物用香面合成，小嘎嘎一头，一头有小孔，点着后头，烟从一头有孔出。用火燃之，如同仙鹤样式，其名曰"仙鹤灯"。

仅凭这简单的说明，很难猜透"仙鹤灯"究竟是怎样一种物事。其实，类似的玩意早就存在，相传宋人陈敬所撰的《香谱》一书中，记录有"金龟香灯"的制法：

> 香皮：每以浮炭研为细末，筛过，用黄丹少许和。使白芨、研细米汤调胶浮炭末，勿令太湿。

香心：茅香、藿香、零陵香、三赖子、柏香、印香、白胶香，用水如法煮，去松（《香乘》中此字为"柏"）烟性，滤上，待干成，惟（《香乘》中此字为"堆"）碾，不成饼。

已上香等分挫为末，和令停，独白胶香中半亦研为末，以白芨为末，水调和，捻作一指大，如橄榄形。以浮炭为皮，如裹馒头。入龟印，却用针穿，自龟口插，从龟尾出。脱去龟印，将香龟尾捻合，焙干。烧时从尾起，自然吐烟于头，灯明而且香。每以油灯心或油纸捻火点之。

"金龟香灯"是一种将玩赏与实用相结合的精巧制品——用白芨把多种香料调和在一起，作为内核（"香心"）；再以米汤、白芨与细炭末相调，裹在"香心"之外。然后，把这裹了香芯的炭团放入龟形的木范里，塑成一只龟的立体造型，再用针在龟体内斜穿出一个通空气的细孔。脱去木范，捏合龟尾，再烘干之后，就得到了成品。

很奇妙的，由于其内部特殊的构造，一旦用火将龟尾点燃，就会有香烟从龟口袅袅吐出。不仅如此，在点燃龟尾之后，炭皮会从龟尾部分开始燃烧，发出火焰，形成灯光的效果。因此，它是通过燃耗自身，由尾端发出光亮照明，而在头端浮升香烟：

金龟虽小世无双，占断仙家上品香。尾后才烧红火焰,口中复放白毫光。轻轻作朵如云雾,渐渐成灰似雪霜。

陈敬《香谱》还记有一种"金龟延寿香",制作原理与"金龟香灯"相近,但精巧还要过之。这"金龟延寿香"的工艺,到了明代,进一步发展成一种异常美妙的"金猊玉兔香":

用杉木烧炭六两,配以栗炭四两,捣末,加炒硝一钱,用米糊和成,揉剂。先用木刻猊(狮子)、兔子二塑,圆混肖形,如墨印法,大小任意。当兽口处开一斜入小孔,兽形头昂尾低是诀。将炭剂一半入塑中,作一凹,入香剂一段,再加炭剂。筑完,将铁线、针条作钻,从兽口孔中搠入,至近尾止。取起,晒干。猊用官粉涂身周遍,上盖黑墨。兔子以绝细云母粉胶调涂之,亦盖以墨。二兽俱黑,内分黄、白二色。每用一枚,将尾向灯火上焚灼,置炉内,口中吐出香烟,自尾随变色样。金猊从尾黄起,焚尽,形若金妆,蹲踞炉内,经月不败,触之则灰灭矣。玉兔形俨银色,甚可观也。虽非大雅,亦堪幽玩。其中香料美恶,随人取用。或以前印香方取料,和榆面为剂,捻作小指粗段,长八九寸,以兽腹大小消息,但令香不露出炭外为佳。(明高濂《遵生八笺》)

按特定的配方制作一个炭团,再在炭团内部填裹一条香料,塑作狮子或兔的造型,体内留出斜向的细细烟道。狮子的外表刷上白色铅粉,兔则刷一层云母粉,二者均需再罩刷一层黑墨。将如此的制品从尾部点燃,安放在香炉中,这炭塑的狮或兔就会从口中喷吐香烟不断。

尤可称奇之处为,随着香与炭慢慢燃烧,狮子会渐渐变成金色,而兔子会变成银色。待香、炭都燃尽,金狮、银兔却能造型完整地蹲踞在香炉内,形、色久久不坏,但只要人手一触,则顷刻间灰飞烟灭。因此,"金猊玉兔香"在熏香居室的同时,还是一种富有情趣的摆设装饰。

《遵生八笺》随后还说:

> 更有金蟾吐焰、紫云捧圣、仙立云中,种种杂法,内多不验。即金蟾一方,不堪清赏,故不录。

在明代,这类玩意很发达,衍变出仙人、蟾蜍等各种各样的有趣造型。

不难看出,"卖仙鹤灯之图"上说明文字所讲的内容,与"金龟香灯"颇为一致。因此,仙鹤灯实际是"金龟香灯"、"金猊玉兔香"的延续,只是变得式样更为简单。而根据陈敬《香谱》"金龟香灯"的制法,今天的我们才能明白"仙鹤灯"制作与使用的奥秘。

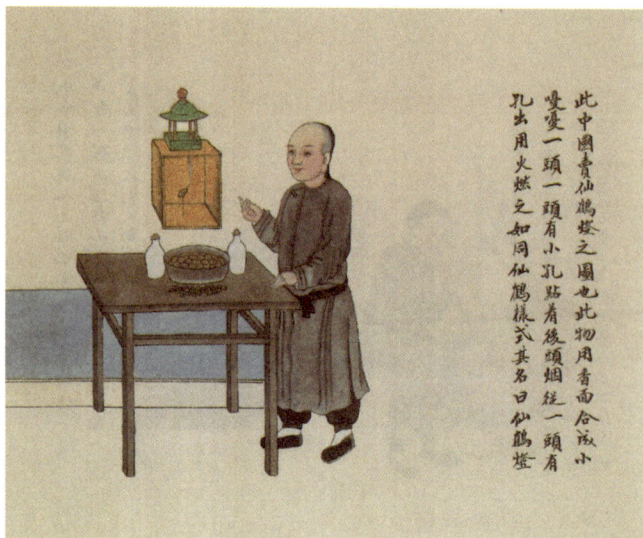

《卖仙鹤灯之图》

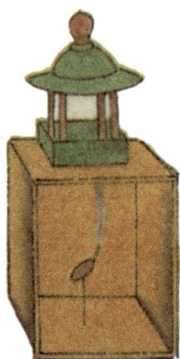

《卖仙鹤灯之图》中所展示的"仙鹤灯"具体形态

　　从画面上则可以看到,宋明时代造型复杂的龟、狮、兔被简化成一个中部圆、两头尖的枣核形香面团。不过,与前代不同的是,为这个简单的小香灯,清人特别配制有造型考究的玻璃罩盒。由于透明玻璃在清代是比较昂贵的材料,所以罩盒的三面立壁都是木质,只有一面镶嵌玻璃以便透映焰光。同时,盒顶上开有透烟气的孔口,又在孔口上覆以圆亭式的小巧宝盖,让香气从宝盖的立柱之间四外溢散。盒内树立有一根细棍,枣核形的香面团就斜插在这根细棍的端头上,点燃香面团较低的一头,火焰便从这一头烧起,同时,通过香面团内的斜向孔道,在内部熏起细细香烟,并从昂起一端的小孔中冒出。看去约略像是一只发光的仙鹤昂首喷吐出袅袅细烟,因此得雅名"仙鹤灯"。

　　无论金龟香灯还是仙鹤灯,其光焰的亮度肯定非常有限,不足以作为正式的照明手段,其作用大概相当于今天的"小夜灯"。此种小灯在点亮的同时还能散发缕缕微香,因此,也可以将之视为古代的香薰灯。

持荷送巧的磨喝乐

明河风细，鹊桥云淡，秋入庭梧先坠。摩孩罗荷叶伞儿轻，总排列、双双对对。　花瓜应节、蛛丝卜巧，望月穿针楼外。不知谁见女牛忙，谩多少、人间欢会。（宋赵师侠《鹊桥仙》）

七夕乞巧，祭拜织女、牛郎双星，这是古来的习俗。但是，在宋代，七夕这一天供设的"巧神"偶像，却是一种叫"磨喝乐"的小泥孩儿。

孟元老《东京梦华录》中记载北宋汴梁的七夕节俗，那是无比的盛大和热闹。其中，最重要的节物就是"磨喝乐"：

七月七夕，潘楼街东宋门外瓦子、州西梁门外瓦子、北门外、南朱雀门外街及马行街内，皆卖磨喝乐，乃小塑土偶耳。悉以雕木彩装栏座，或用红纱碧笼，或饰以金珠牙翠，有一对值数千者。禁中及贵家与士庶，为时物追陪。……至初六日、七日晚，贵家多结彩楼于庭，谓之"乞巧楼"。铺陈磨喝乐、花瓜、酒炙、笔砚、针线，或儿童裁诗，女郎呈巧，焚香列拜，谓之"乞巧"。……里巷与妓馆，往往列之门首，争以侈靡相向。磨喝乐本佛经"摩睺罗"，今通俗而书之。

从汉代起就很盛行的中土节日，怎么却搀和进一个佛教的"摩睺罗"呢？这是民间逐渐形成的风俗，因此宋代的文人都弄不清是怎么回事，如《梦粱录》谈到临安的七夕节俗时就说："此东都流传，至今不改，不知出何文记也。"

今人考证，"摩睺罗"乃是佛教密宗中的大黑天神，"大黑天神为佛教密宗的重要护法神，他被说成是大自在天的化身，而大自在天则源于湿婆，是创造之神、再生之神、舞蹈之神。……大自在天，梵语 mahaisvara，音译为摩醯首罗……还可以化生为'伎艺天女'，《大正新修大藏经》'图像'第三卷有摩醯首罗化生的'伎艺天女图'，可参看。这'伎艺天女'，应当与湿婆为舞蹈之神有关。"（康保成《傩戏艺术源流》"北方戏神与魔合罗"）换句话说，一个很大的可能性是，密宗的创造之神以及其所化身的"伎艺天女"，在宋代，被引入七夕的节俗，成了"乞巧"的对象。

宋代佚名画家所作《瑶台步月图》(现藏北京故宫博物院),图
中背对画面的女性所捧似为一盘磨喝乐,因此这幅作品很可
能是在展现七夕乞巧活动即将开始前的一刻。

不过,"磨喝乐"完全被赋予了中土化的形象:

> 御前扑卖摩侯罗,多着乾红背心,系青纱裙儿,亦有
> 着背儿、戴帽儿者。牛郎、织女,扑卖盈市。(《西湖老人繁
> 胜录》)

"背儿"正是宋代女性通穿的长上衣。这一段记载还说明,
磨喝乐中的一类,竟是被直接塑造成织女、牛郎的形象——穿

"背儿"的是织女,"戴帽儿"的自然就是牛郎了。于是,满市面上到处可见牛、女组合的小偶在招引顾客。元人孟汉卿《张孔目智勘魔合罗》杂剧中,通过唱词,更是直接描绘了磨喝乐的形象与使命:

> 你曾把愚痴的小孩提,教诲、教诲的心聪慧,若把这冤屈事说与勘官知,不强似你教幼女演裁缝,劝佳人学绣刺?……我与你曲湾湾画翠眉,宽绰绰穿绛衣,明晃晃凤冠霞帔,妆严的你这样何为? 你若是到七月七,那其间乞巧的,将你做一家儿燕喜(宴席),你可便显神通,百事依随。比及你露十指玉笋穿针线,你怎不启一点朱唇说是非,教万代人知?……枉塑你似观音像仪,怎无那半点儿慈悲面皮?

可见,有一类被表现为"成年女性"形象的磨喝乐,容貌形体近似观音,打扮则如同宋代贵妇,穿红衣、戴凤冠、披霞帔。七夕这一夜,"她"可以显神通,让儿童变得心智聪明,让女性手巧。这样的磨喝乐显然合乎织女的形象。织女、牛郎与佛教的摩睺罗彼此混而为一,这一奇特的现象恰恰说明了中国文化活泼多变、百川争流的特色。

不过,磨喝乐小偶中还有一大类型,乃是塑造成俊美活泼的儿童模样，所以这种玩偶也俗称"摩睺罗孩儿"（《梦粱录》），以至在宋元时代，夸一个小孩漂亮，就说他像磨喝乐："花朵儿浑家不打紧，魔合罗般一双男女，知他在哪里？"（元杂剧《忍字记》）这一类型的产生与流行，原因应当在于，磨喝乐不仅负责传巧给女性，同时还照顾儿童，提升他们的智力，即"把愚痴的小孩提，教诲、教诲的心聪慧"。

于是，宋代的七夕也是孩子们的快乐节日。这一天，"儿童辈特地新妆，竞夸鲜丽"（《东京梦华录》），最有意思的是，他们还要个个手拿新荷叶，据说这是在模仿磨喝乐的形象："又小儿

河南禹县扒村瓷窑遗址采集宋白釉彩绘童子俑（现藏河南博物馆），应为磨喝乐。

河北磁县冶子村征集宋白地褐彩持荷童子纹长方枕（现藏河北省磁县文物保管所）

须买新荷叶执之，盖效颦磨喝乐。"这么说来，塑造成孩童形象的磨喝乐一律采用手持荷叶的造型。

模仿磨喝乐形象、手持荷叶玩耍的活泼儿童，那样子一定十分讨人喜欢，激发起成人心中深深的喜悦和期望。敏锐、勤奋的宋代画家立刻意识到这一形象的魅力，于是将其引入艺术创作，而他们所创造的"持荷童子"样式深受人们的喜爱，广泛流布开来。宋代的瓷枕上，便常描绘手持荷叶玩耍的男童形象。甚至出现了一种造型独特的枕——枕座塑成侧卧的男童，手持荷叶，荷叶的叶面形成枕面。这种"持荷童子枕"以及绘有持荷男童形象的瓷枕，无疑是一种"宜男枕"，是七夕供拜磨喝乐习俗的一种衍生。那时的人一定相信，少妇枕着带有持荷童子形象的枕头睡卧，就有可能迎来聪明可爱的男娃娃。

乱点鸂鶒成鸳鸯

仿照莎士比亚的名句而略加改造，我们也许可以这样说："那如今尽人皆知为鸳鸯的水禽，即使它其实应该叫作鸂鶒，也始终是一样的吉祥美丽。"

"鸂鶒"（音溪敕），对今人来说是多么奇怪而陌生的名字！然而，大约从中唐时代起，人们曾经流行像养猫养狗一样把这种水禽驯养在自家的池塘中，一方面其形态悦目足供观赏，另一方面据说可以防止小狐一类害兽的侵扰。于是，晚唐、五代的词作中就屡屡提到"鸂鶒"，典型如温庭筠一首《菩萨蛮》中的浓丽场景：

> 翠翘金缕双鸂鶒，水面纹起春波碧。池上海棠梨，雨晴红满枝。

　　当然,"鸳鸯对浴银塘暖,水面蒲梢短"(毛文锡《虞美人》)之类的描写更是比比皆是。原因在于,同时期,池塘中还有另一种水禽也很常见,那就是"鸂鶒"。

　　有趣之处在于,明人编绘的《食物本草》一书中有"鸂鶒"与"鸳鸯"的彩绘插图,图中所展示的"鸂鶒"形象,赫然是我们今天所熟悉的"五彩鸳鸯"! 同书中"鸳鸯"的形象却接近普通的野鸭,不过身体呈黄色,翅、尾生有很美的乌羽而已。可为佐证的是,《本草纲目》中也有对于"鸂鶒""鸳鸯"两种水鸟的线刻图示,而与《食物本草》中的形象完全一致。日本学者青木正儿早就注意到了这一情况,在其《中华名物考》一书中著文加以讨论,并引用了清康熙时人陈淏子《秘传花镜》中关于"鸂鶒"与"鸳鸯"的插图,同样的,《秘传花镜》中鸂鶒的形象与我们所熟悉的鸳鸯相等同,其所呈现的鸳鸯看去却十分陌生。

《食物本草》中展示的鸂鶒　　　　　《食物本草》中展示的鸳鸯

《本草纲目》中还引有宋人掌禹锡关于鸂鶒的解释：

> 形如小鸭，毛有五彩，首有缨，尾有毛如船柁形。

这样的文字描述，很明显地符合今天所谓"五彩鸳鸯"的外观。至于鸳鸯呢？宋人罗愿《尔雅翼》中说是：

> 大如鹜，其质杏黄色，头戴白长毛，垂之至尾，尾与翅皆黑。

全然不是我们所习惯的形象。更有意思的是，罗愿紧接着就明确道：

> 今妇人闺房中饰以鸳鸯，黄赤五彩、首有缨者，乃是鸂鶒耳。

在宋代，民间就已经以鸂鶒偷换了鸳鸯的形象，明明在纹饰中表现的是鸂鶒，却硬是叫成鸳鸯，真是一场指鹿为马的群众运动呀。

为什么会发生如此的偷换？据文献记载，鸳鸯最感人的特点，是"雌雄未尝相舍，飞止相匹，人得其一，则其一思而死"（《尔雅翼》），对于配偶异常忠贞，彼此不离不弃，同生同死。鸂

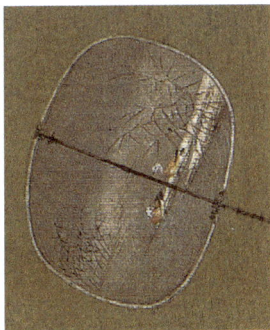

传为张萱作品的《捣练图》（现藏美国波士顿博物馆）中，少女所持画扇上描绘着一对"尾与翅皆黑"的黄色水禽，应即为唐宋人观念中的鸳鸯。因此，这幅画扇呈现了"寒汀鸳鸯"小景。唐宋时代，绘画与工艺美术中大约不乏如此的"鸳鸯"形象。

鹅呢,"亦好并游",也喜欢雌雄相伴地在水上来去,据说是"其游于溪也,左雄右雌,群伍不乱,似有式度者",凫水时居然有严格的规矩,一定是"男左女右",排成整齐的行列,显得特有教养。也许,两种水鸟都是终日成双而游,才导致了置换的契机吧。鸳鸯的寓意吉利,所以人们喜欢将它作为装饰纹样,用以寄托对美满婚姻的向往,但是,相比之下,鸂鶒要更为漂亮醒目,不仅毛羽灿烂,而且造型特点突出,这两种水禽又都是雌雄结伴,于是,在艺术表现中,就出现了指鸂鶒为鸳鸯的普遍默契。

算起来,"毛有五彩,首有缨,尾有毛如船柂形"的这种美丽水禽被视作"鸳鸯",也已有好几百年了,约定俗成,似乎没必要再追究从前如何如何。不过,唐宋诗词中屡屡出现的"鸂鶒"其实就是"五彩鸳鸯",这一点总该了解。另外,更该清楚的是,宋代以前所说的鸳鸯,乃是今天的普通人完全不了解的一种水鸟,与我们所熟悉的"五彩鸳鸯"相当的无关。

近年有一种说法流传,说是据动物学家观察,鸳鸯其实并不忠贞,乱情的现象时有发生。让人好奇的是,动物学家加以"科学观察"的对象,究竟是"杏黄色,头戴白长毛,垂之至尾,尾与翅皆黑"的那种水禽,还是宋以后冒领了鸳鸯称号的鸂鶒?假如是由观察鸂鶒而得出的结论,那恐怕还不能证明古人观点有误。历代的学术文献倒是从来都不曾宣称,鸂鶒是对配偶忠贞的家伙。

天坛的水晶帘

元代有位著名的杂剧女艺人"珠帘秀"，她其实姓朱，于是很巧妙地根据本姓而取了这样一个别出心裁的艺名。当时的文人们因为欣赏她的才艺，纷纷赋曲相赠，有意思的是，这些专题作品却不着一字于其人，而是利用她那美好的艺名做功夫，一味在曲中咏赞"珠帘"的美妙，以一种近乎文字游戏的婉喻方式，将一帘珠影的意象用于暗示这位表演艺术家的无限魅力。

其中，以关汉卿的《一枝花》"赠珠帘秀"最为笔彩细丽：

轻裁虾万须，巧织珠千串，金钩光错落，绣带舞蹁跹。似雾非烟，妆点就深闺院，不许那等闲人取次展。摇四壁翡翠浓阴，射万瓦琉璃色浅……便似一池秋水通宵展，一片朝云尽日悬。你个守户的先生肯相恋，煞是可怜，则要你手掌儿里奇(齐)擎着耐心儿卷。

从这首曲中，后人倒是可以借机具体了解古时"珠帘"的具体形态。它是用细丝串起琉璃珠——也就是玻璃珠，编织成整幅的珠帘，挂于门户之上。编帘之珠皆为近于无色的透明质地，因此，帘体展现为半透明的晶白色，白天看去似一片洁净的云，夜晚，因为有灯光的隐映，在黑暗中轻泽悄闪，则如一池秋水。不过，当时受技术的水平所限，料内含有杂质，影响到透明的玻璃珠子也总是微含青色，于是，阳光一旦射上珠帘，投映到室内四壁上的便是翡翠般的绿色光影。

与今天常见的珠帘不同，古时的珠帘不是一串串珠络并排长垂的形式，而是以珠串为纬，再另用细丝作为经，将上百乃至更多的珠串联编成一面整幅，成品更像是珠颗编织成的一张长席，因此可以如卷席一样高高卷起，并且挂在帘钩上，这也就是曲中会有"则要你手掌儿里奇（齐）擎着耐心儿卷"、"金钩光错落"之词的原因。元时的玻璃珠帘实物早已不存，然而，那个时代的陶瓷巧匠却争奇斗胜，在瓷枕上塑造出这种席式珠帘的玲珑形象。以泥、釉与火竟能制造出象牙镂雕式的剔透，不仅是这些上升为工艺美术作品的日常用器，同时还有十三至十四世纪景德镇匠人的好胜心与专业热情，在全球史的江河纵横中静影沉璧。

绝不可忽略的是，如此编成类似长席形式的珠帘其实是久已有之的传统。只有了解这一点，才能明白古代文学作品中的

安徽岳西县出土元代景德镇窑青白釉瓷枕(现藏安徽省岳西县文物管理所)

相关情节所内涵的优美之处。如晋人王嘉《拾遗记》中"夷光修明"一条所记的传说：

> 越又有美女二人，一名夷光，一名修明，以贡于吴。吴处以椒华之房，贯细珠为帘幌，朝下以蔽景，夕卷以待月。二人当轩并坐，理镜靓妆于珠幌之内，窃窥者莫不动心惊魂，谓之神人。若双鸾之在轻雾，沚水之漾秋蕖。

玻璃珠帘具体何时在中国出现，还是有待进一步考证的问题。一种比较可能的情况是，在东晋十六国时，随着新式玻璃技术从异域传入,五彩玻璃珠可以低成本地大量生产,就此促成珠帘成为备受上层社会青睐的奢侈型装饰物。证据之一便是,正是从东晋十六国时期起,关于珠帘的各种记载开始涌现于文献之中。《拾遗记》中,居然让西施(即夷光)以及另一位美女郑旦(即修明)所居的宫殿挂上细珠贯成的"珠幌",便应该属于东晋十六国时人依当时的新鲜时髦风气而生发出的美妙想象。可以肯定的是,在战国时代,绝对没有玻璃珠帘这种东西,因此如果史上真有西施其人的话,她的殿阁前也不会绽现珠帘摇光的华丽。

迷人的是"朝下以蔽景,夕卷以待月"这一描述,"下"与"卷"两个动词显示,在《拾遗记》成书之际,也就是珠帘最初出现的时代,这种帘子就是编织成长席的形状,因此才可以早上放下遮蔽阳光,黄昏时卷起。掌握了珠帘的具体形态,我们也就读懂了这则传说所想要营造的意境:殿堂的门上悬着如长席般的珠帘,窗前同样垂着一挂又一挂的席式珠帘,于是,一对美女对镜理妆的身影映现在半透明珠子密密结成的一层超薄的帘壁上,像笼在轻雾当中的成双彩鸾,又如荡漾于波光里的并蒂莲花,难怪远远看到的人们会觉得她们宛如"神人",为之神魂颠倒。

从元代瓷枕的展示便可以看出,一般来说,珠帘如同竹帘一样,在将其升起时,需要由人细心地将帘面一圈圈滚卷成轴,然后挂到帘钩上。放帘时更麻烦,需要人站到矮凳上,将帘面从高处的吊钩中掏出,再逐渐加以舒展。清代宫廷画家焦秉贞的一套《仕女图》中,便有两帧非常生动地表现了如此收卷竹帘的方式。

然而,唐代诗人温庭筠《春愁曲》中却有这样的场面:

红丝穿露珠帘冷,百尺哑哑下纤绠。

诗中所咏的珠帘非常长大,悬挂在不容易够到的高处,因此要依靠长绳来舒放。堪为参照的是,另一位唐代诗人段成式《戏高侍御》中有如此的描写:"别起青楼作几层,斜阳幔卷鹿卢绳。"由之可知,在九世纪,利用辘轳装置来升降——卷起或放下——帘幔,这种方法已经被发明出来。在帘顶安装辘轳,绕以长长的帘绳,人站在帘下,通过拉动帘绳来升降珠帘,才会出现卷裹在高处的珠帘随着"纤绠"的滑转缓缓落下的景象。"哑哑"者,乃辘轳与绳索摩擦之声也。珠帘能由辘轳绳来加以舒卷,那就必然是长席式的形态。因此,非常明确,唐时的珠帘也一样是席面式。

由于珠帘上晶光闪烁,冰彻透明,所以,自唐代以来,它还有个至为诗意的名称——水晶帘。直到清代,圆明园中也还有"水晶帘"作为装饰,相关信息被保留在《内庭圆明园内工诸作

清焦秉贞《仕女图》(现藏北京故宫博物院)以卷升竹帘为画题的一帧。同一
册页中的另一幅出现有女性立在凳上放竹帘的形象。

现行则例》[《清代匠作则例》(一),王世襄主编,大象出版社
2000 年]之中。据其中的"水晶帘则例":

> 水晶帘按槅窗心高上下各除五分。净折:见方尺用玻
> 璃条二拾壹两,每斤外加耗条三两。每尺用红铜丝伍钱。
> 黄铜蔑(篾)条按窗槅心宽算,长若干,宽伍分,厚壹
> 分。每长壹丈,重叁两陆钱。
> 黄铜押条按窗槅心高,长若干,宽伍分,厚伍厘。合算
> 每长壹丈,重壹两捌钱。蔑(篾)条、押条每凑长一丈用孰
> (熟)黄铜钉贰拾伍个,每钉壹个重叁分。

与元代瓷枕上呈现的珠帘有很大的不一样,圆明园中的水
晶帘成品与槅扇上的"槅窗心"尺寸相当,是一种小小的装饰
帘,仅仅用于挡在槅扇的窗心部分之前。其形制则是以红铜丝
把"玻璃条"串起来,也就是说,所串的并非圆珠,而是中空的条
形玻璃细管。同时,帘上还装有与槅窗心横长相当的"黄铜篾
条"、与槅窗心竖长相当的"黄铜押条",并且在配料表中按比例
备有熟黄铜钉。从这些记录来看,圆明园的水晶帘应该更像是
传统的"纱屉子",用熟铜薄片切成细长条,每四条围成一个方
框,由铜钉固定坚牢,然后把串好玻璃细管的铜丝一一固定在
铜框内。使用的时候,把这些铜框挂在槅窗心外,就如同多加

了一层轻薄的、半透明的活窗。

值得注意的是，据齐如山《中国固有的化学工艺》一书记载，清代的天坛，也曾经以水晶帘作为必备的饰物，"天坛之窗帘，都是蓝玻璃棍，粗细如筷子，此种都呼做玻璃，因其相当透亮也"。实际上，天坛这样的神圣场合以蓝色水晶帘作为窗上饰材，是很有岁月的一个传统，至晚在明代，神坛、神庙等祭祀场所就使用如此的帘饰，专称为"青帘"。生活于明清之交的孙廷铨在其所著《颜山杂记》中，于"琉璃"一节有清楚的记述："琉璃之贵者为青帘。取彼水晶，和以回青。如箸斯条，如水斯冰。纬为幌薄，傅于朱棂"，"用之郊坛焉，用之清庙焉"。不难看出，《颜山杂记》所记载的"青帘"，其色泽、形态与用途，都与齐如山所说的天坛蓝玻璃窗帘一致。

圆明园已经毁灭在历史悲剧之中。天坛却依然巍立在古都的南城，只是不知其原配的、极有特色的蓝玻璃帘何时消失于时光的烟雨。也许，通过参考圆明园"水晶帘则例"所透露的形制，可以对天坛的水晶帘加以恢复，让这一至少曾经流传明清两代的传统装饰形式重现于国人眼前。

人间不见画花人

    "南澳一号"水下文物打捞工作在电视上得到直播,让我们都成了白马王子,见证到睡美人醒来的一刻。

    当陶瓷鉴定专家陈华莎女士对着镜头展示刚刚浮出海水的青花瓷器,让一个个典型民窑风格的图案重新闪耀在阳光下,一种好奇也自然地随之闪耀:是谁,当年以那么自信的态度、那么纯熟的技巧,画下了这些浑朴却生动、逸趣恣纵、游戏于抽象与具象之间的纹样? 可能对整个世界的审美风貌发生了或隐或显影响的明朝民窑画工们,究竟是些什么人?

    冯梦龙所编《醒世恒言》中,《一文钱小隙造奇冤》就呈现了一位明代景德镇瓷器画工的形象。此人姓杨,是制瓷胎匠人邱乙大的老婆:

    话说江西饶州府浮梁县,有景德镇,是个马头去处。

镇上百姓,都以烧造磁器为业,四方商贾,都来载往苏杭各处贩卖,尽有利息。就中单表一人,叫做邱乙大,是窑户家一个做手。浑家杨氏,善能描画。乙大做就磁胚,就是浑家描画花草人物,两口俱不吃空。住在一个冷巷里,尽可度日有馀。

这一对夫妻都是雇佣工人,受雇在瓷窑作坊("窑户")工作,男方负责需要力气的制胎工序,女方随后在器胎上绘制花草、人物。

那些几个世纪以来备受推崇的翠丽画纹,居然有可能是出于明代女性之手,这样的说法与我们的成见实在抵牾,以致将之视为小说虚构,不予采信,似乎是一种很自然的态度。更让人情何以堪的是,小说中,这位具有艺术才能与精湛手艺的杨氏只是个典型的城镇小市民,粗俗,狭隘,泼辣,最要命的是她不贞洁,有暗地偷情的毛病。可惊处在于,小说并未对她的作风问题做过多指责,而是叹息杨氏违背了"舍财忍气"的做人道理,在处理儿子与同龄伙伴的无谓纠纷时破口伤人,得罪了比她还要泼辣的"绰板婆"孙氏,结果意外地导致她与孙氏等十一人接连丧命。

小说并没有在杨氏的创作生涯上落任何笔墨,这对陶瓷史研究来说实在可惜。实际上,《一文钱小隙造奇冤》算得上一篇典型的黑色小说，出现其中的所有人物都如杨氏一样，展示了人性的缺陷。"地下新添恶死鬼，人间不见画花人。"对于杨氏被逼上吊，小说给出了如此的结语，两句之间在语境上的触目对比形成惊心的效果，倒是最能概括通篇的风格：一方面冷静地拒绝粉饰现实，一方面仍对卑俗生命的毁灭，对这些卑俗生命中所包含的那些美的成分的一同毁灭，满怀惋惜。

就是这样，以一种半是庸俗世故、半是佛家的悲悯宽宏的杂糅态度，叙事过程娓娓的展示，这是一群不乏勤谨的普通人，

2003 年打捞出水的"万历号"上十七世纪的青花瓷盘，原本用于出口欧洲。

仅仅因为存了这样那样的机心,酿就尽成输家的悲剧。其中固然有"奸诈百出、变诈多端"的十足恶人朱常、赵完之流,但大多都是邱乙大型的不"晓得""利害"的愚野村夫与小市民。由此,却把明清时代中国南方经济繁荣局面的创造主体——城镇市民与乡村农民的具体风貌予以留影。

明代的景德镇等名瓷产地是否真的有过女性"画花人"?如果有,是否普遍? 这一问题固然引人兴趣,但可能因为缺乏更多资料,难以考证清楚。至少可以说,这篇小说以两个虚构的人物"杨氏"与"邱乙大"为彼时的制瓷工匠描绘了画影,再以邻居铁匠白铁、开酒店的王公,乃至朱、赵两家佃户等人物,展示了瓷工们生活其中的社会生态。明代的制瓷巧匠们大约就是"杨氏""邱乙大"这样的资本主义萌芽时期前现代城镇中的小市民,然而,也正是他们,创造了"青花瓷"这一科技的、经济的、文化的、美术的奇迹。

还该注意的是,除非有确切证据证明,明代瓷窑中没有女画工,否则,就不能凭空否定"杨氏"的可信性。须知,中国传统文学作品的史证功能往往是惊人强大的。总之,这条线索提醒着,如睡美人一样从长眠中醒来的,应该不仅是深海沉船这类实物,还应该有对于"画花人"等往昔工匠的记忆。因为我们实在没有资格轻视历代的"杨氏""邱乙大"塑造世界历史的力量:早在"南澳一号"深海长眠之前,也早在冯梦龙编辑《醒世恒言》

十七世纪欧洲静物画中的明代青花瓷器

肯尼亚曼布鲁伊镇的一座穆斯林古墓,墓塔周围用中国青花
瓷盘作装饰(引自人民画报社编《陆上与海上丝绸之路》,中
国画报出版公司,1989 年版)

之前,在十五世纪,欧洲北方文艺复兴时期的尼德兰画家维登
(Rogier van der Weyden)的《受胎告知》一画中,就出现了一只
模仿中国青花瓷器的青花陶瓶,瓶中插着象征圣母之处女纯洁
的百合花枝!

芳官的洋名字

"只听金星玻璃从后房门跑进来,口中喊说:'不好了,一个人从墙上跳下来了!'"(《红楼梦》七十三回)这位淘气的金星玻璃不是别人,正是改名后的芳官。本来,芳官是取了个洋名"温都里纳",但是"众人嫌拗口,仍翻汉名就唤'玻璃'"。关于这个新奇名字,宝玉有一番分解:"海西福朗思牙,闻有金星玻璃宝石,他本国番语以金星玻璃名为'温都里纳'。如今将你比作他,就改名唤作'温都里纳'可好?"

细究起来,"温都里纳"并不是法兰西(福朗思牙)的"本国番语",而是出于意大利语,原词为"venturina",意为"偶然事件"。据说,这个著名玻璃品种的诞生纯属偶然,玻璃工匠把铜料掉进了玻璃液里,没想到由此造出的玻璃成品却闪着星星金光,奇异动人,所以,就用 venturina——偶然所得——来命名。十七世纪,在意大利著名的玻璃制造地穆拉诺岛,温都里纳——确实拗口,我们还是唤它的汉名——金星玻璃被发明出来,所以它得了个意大利语的名字,并不奇怪。今天,意大利语中称金星玻璃为 avventurina,英、法等语言中则称其为 aventurina,都是从 venturina 一词而来;而在西班牙语中,金星玻璃至今仍被称为 venturina——温都里纳。

宝玉误以为金星玻璃是法国的特产,显然得自于他,或者不如说,得自曹雪芹的具体见闻。康熙皇帝非常欣赏欧洲玻璃,于三十五年(1696)下旨建立专门的玻璃厂(隶属造办处),引进欧洲技术,此事恰恰是交由法国耶稣会传教士操办,玻璃厂的具体场址就设在蚕池口,法国耶稣会的天主教堂的西边。这也许给当时的清朝上层社会造成一种印象,以为玻璃制造是法国人的专长,金星玻璃等名贵玻璃品种是法国的特产。

宝玉说温都里纳是"金星玻璃宝石",又说是"金星玻璃",显得对二者混淆不分。实际上,在欧洲的情况是,金星玻璃被发明出来之后,人们又发现,自然界中有一等天然石头,与金星玻璃的效果很近似:色泽美观,因为含有金属杂质,所以闪烁星星金色光芒。于是,欧洲人把这种具有金星玻璃一般效果的天然半宝石,也叫作"温都里纳"。今天,在欧洲语言中,avventurina、aventurina、venturina 等,也依然同时兼指金星玻璃与金星玻璃宝石两类东西。在曹雪芹时代的清廷中,对于金星玻璃与金星玻璃宝石,似乎也有明确的区分,据《养心殿造办

约为 1780 年代的威尼斯产金星
玻璃香水瓶(引自由水常雄《香水
瓶》,上海书店出版社 2004 年)

清乾隆时期金星玻璃佛手花插(现藏故宫博物院)

处史料辑览》,雍正元年"杂活作"记录:"正月初九日怡亲王进
金星五彩玻璃鼻烟壶二件,王谕:照此烧玻璃的,亦烧珐琅的。"
雍正六年"杂活作"则记录:"温都里那石提梁罐一件,阿克敏
进。"看得出,那时是把人工的玻璃制品称为金星玻璃,而效果
相似的天然石,则直呼为"温都里那(纳)石"。

在欧洲传教士的指导与实践下,玻璃厂烧造出了多种欧洲
玻璃制品,这些欧洲人留下的书信等文献,记载了传教士努力
烧制金星玻璃的过程,也记录了中国人仿造欧洲金星玻璃的成
果。"怡亲王进金星五彩玻璃鼻烟壶二件",而"王谕:照此烧玻
璃的",恰恰反映出当时造办处烧造金星玻璃制品的实际情况。

《红楼梦》第五十二回,晴雯感冒发烧,鼻塞头痛,"宝玉便命麝月取鼻烟来给他嗅些,痛打几个喷嚏就通快了。麝月果真去取了一个金镶双扣金星玻璃的一个扁盒来……宝玉便揭翻盒扇,里面有西洋珐琅的黄发赤身女子,两肋又有肉翅。……"从对这扁盒的形制、纹饰的描写来看,此件金星玻璃制品甚至不像是玻璃厂等处生产的本土制品,更像是正宗的进口货。雍正兄弟对于两只"金星五彩玻璃鼻烟壶"那么重视,亲自过问和监督其仿造过程,足见这类东西在当时的珍贵。然而,同样的东西,居然在怡红院翩然现身,并且,这里的少爷、丫鬟们的态度可是大大咧咧的,才不像雍正兄弟那样把它真当个东西呢。在怡红

清乾隆时期玻璃胎画珐琅西洋女子
图鼻烟壶(现藏故宫博物院)

院,好像就没有什么东西是真正贵重的,不管什么珍罕物,使了,砸了,丢了,都不会有人心疼。这,大概就是真正意义上的挥金如土吧。曹公的每一笔,似乎都深藏着多层的含义啊。

至于把芳官比作色泽莹美、闪烁金星的玻璃,显然也有着曹雪芹对于笔下这个人物的评判在内。

外销画家呱呱叫

今天的人一提欧洲油画登陆中国，大多首先想到郎世宁。其实，在明代晚期，西洋绘画就已进入中国人的视野，据传，曾鲸的肖像画法吸收了欧洲以光影明暗来处理人物面部的技巧；清初绘画名家吴历晚年定居澳门，皈依天主教，因而有人提出，其艺术或有参用"西法"之处。

去年，我有机会到澳门一游，参观当地的博物馆，才真切感受到，早在十七世纪，天主教在中国澳门等地、在日本与东南亚的传教活动中，油画这一欧洲画种扮演了何等活跃而复杂的角色。由此而忽发联想：十八世纪末——十九世纪广州的外销画家们往往被呼以某"呱"，或许与这一历史有关。

近年，随着中西贸易与文化交流成为研究热题，历史上的广州外销画重新进入了人们的视野。从十八世纪末开始，在广州，一批本土画工学习、吸收了西洋画法的某些技巧，发展出别

十九世纪中期庭呱所绘《中国园林》（现藏美国皮埃迪·埃塞克斯博物馆）

具一格的画风,专画中国风情题材的小品。此等"行画"制品颇
能迎合欧洲市场的口味,因而得以大量外销,一直到十九世纪
下半摄影术发明之后,这一行业才逐渐式微。今天,欧洲等地
的多家博物馆都收藏有当年的这种"商品画",甚至,在欧洲的
某些宫殿、贵族别墅中,还保留着用这些画裱饰墙壁的房间。

有意思的是,当时创作、经营外销画的广州画家,皆呼为
"呱",如香港艺术馆所藏"庭呱画册套封"正面题款:"咸丰肆年
梅月写……洋装各样油、牙、纸、通(通草)山水人物、翎毛花卉
墨画稿。关联昌庭呱承办。"而"呱"的洋文则写作"qua",如画
家"发呱"的洋文译名为"Fatqua",此外还有"Chitqua"

"Cheungqua""Sinqua""Hinqua"等
等。(参考自《海内遗珍 18—20世
纪广州外销艺术品》,广州博物馆编,
上海古籍出版社2005年)至少在我
目前所见到的大陆学者相关研究中,
对于"呱"——"qua"这个称呼,解释
上颇为纷纭,大家似乎都觉得这是个
很古怪的叫法,难以理解。

十八世纪标有"SINQUA"字样
的青花瓷招牌(现藏广州博物
馆)

葡萄牙语(以及西班牙语)中,绘画一词为"quadro",这是否
意味着"呱"——"qua"之称的本源呢?当十八世纪末广州外销
画兴起的时候,葡萄牙等旧殖民势力已然衰落,英、法等国成为
中国的政治与贸易对手,近一百多年来的历史,可能蒙蔽了我
们观察过去的视野。须知,在所谓的外销画兴起之前,广东地
区,特别是澳门,已经通过各种途径接触到西洋绘画。由此,我
推测,随着油画等西洋画在澳门等地的现身,葡萄牙语"绘画"
一词"quadro"也逐渐进入了当地语言,并且经过本土化的过程,
甩掉了尾音"-dro",只保留重音节"qua",用以称呼有别于本土
绘画的"洋"画。到了十八世纪晚期,虽然英法等国兴起,成为
前来广州贸易的主力,但以"qua"称呼洋画的语言习惯已经在
广东沿海一带固定下来,包括广州十三行也采用了这一叫法。
也就是说,"呱"——"qua"并非来自英语,而是取自葡萄牙语。

在这个传统之下,与欧洲各国做外销画生意的画家、商人,一律自称"·～qua"——这是在与洋人做生意时使用的商业名号。在对内与国人打交道的场合,或者逢到在作品上以中文署名等情况,则采用其洋文名号的对译,为"某呱"。其具体的叫法,似乎一般是取其狎称(小名)中的一字,后缀以"呱"。如关联昌,字俊卿,其洋文生意名号却为"Tingqua",而呈现在作品上的中文对译名号则或作"庭呱",或作"廷呱",或作"听呱",颇为随意。(《十九世纪中国市井风情——三百六十行》,黄时鉴、沙进编著,上海古籍出版社 1999 年)对这些画家兼商人来说,

以"庭呱画室"为题材的水粉画(现藏美国皮埃迪·埃塞克斯博物馆),正中横匾替换为"TINGQUA"名号。

最重要的是，一看"qua"——"呱"的标示，人们——特别是西方来的生意人——便能明白此画室、此商行所从事的业务。然而，"qua"对于英、法等语言并无意义，因此，有趣的是，从文献记载来看，那个时代到广州做生意或游历的英国人，面对"～qua"的招牌只觉得莫名其妙。在随后打交道的过程中，他们才了解到，凡带"qua"字的商铺，必与中西绘画贸易有关，然后，也就自然地接受和适应了这个事实。这大约可视作文化交流过程中的错位现象吧。

或者，早已有专业学者指出上述这一可能；也或者，早已有更合理的解释，讲清了"呱"——"qua"的来历。我是在游澳门的过程中忽然生出这个想法，在此冒昧提出，聊供方家一哂。

.

江南风景旧曾谙

最近有幸见到著名的先锋小说作家格非，谈到陈寅恪的《柳如是别传》（三联书店 2001 年），他的评价非常精彩："《柳如是别传》像一部小说。陈先生如果写小说的话，一定也是大家。"关于这部名著，学术界人士已经进行了非常深入的专业研究，但是，格非以小说家的眼光所得出的结论，可能对我们一般读者更具启发性。

记得我当年因为对明清之际的女画家感兴趣，想涉及一下这方面的研究，就被老师要求读这一部书。那时年轻，哪里有那么多的耐心去细细体味文中含藏的那许多委曲深意，倒是深深为弥漫在书里的江南士大夫文化气氛所陶醉。例如印象最深的是关于"不系园"的一段文字。作者由柳如是向汪然明借船春游的一札尺牍说起，引证材料，讲汪然明用于在西湖上游玩的画舫，大型者由著名文人画家陈继儒题其名为"不系园"，而董其昌则又给它起了个名叫"随喜庵";小型的游船也有很雅的名字,分别叫"团瓢""观叶""雨丝风片"。接着,陈先生很有情味地推测,柳如是所借,一定是"雨丝风片"之类的小游舫。还提起黄汝亨代汪然明所作的《不系园约款》中的"十二宜",其中有名流、高僧、知己、美人四类人品,而柳如是则既是美人又是知己,因此正属于最"宜"于参与不系园雅事的人物。短短一段文字,涉及了众多明末著名文人,更交代了他们的社交形态、文化生活,他们特有的风雅,以及柳与这种风雅生活的交融关系。稍后,又引明末人尺牍,谈到西湖上曾经有过的游春盛事:"三十年前虎林王谢子弟多好夜游看花,选妓征歌,集于六桥。一树桃花一树角灯……"读来多么引人入胜。陈先生作结论说:"关于然明西湖游舫一事,实为当时社会史之重要材料。"可见他的这些引证不是随意的,也不是出于个人的偏好,而是带有严肃的学术考虑,正见出他洞烛幽微,发人之所未发的才情与功力。

其实,正是由于《柳如是别传》的带动,80年代以来文学界出现了一股"柳如是热",关于这位才女、名妓的小说屡出不穷。然而,文学作者都把眼光局限在柳如是传奇性的身世经历上,讲述她如何成为以风流文雅擅名的名妓,如何与江南文人士大夫们广为交往,如何以其诗文博得才名;又如何在经受了数番的感情挫折之后,主动择婿,选中了名望高而家财雄厚的文人钱谦益为夫婿;在明末家国倾覆的动乱中,钱的行为又如何让她失望,在钱死后,她又如何用殉节的方式结束了她饱受争议的一生。所有这些文学作品,其实都远不如《柳如是别传》来得好看。因为陈寅恪把明末清初社会、文化、政治、人事的方方面面都视为一个整体来加以考察,所以,《柳如是别传》提供的关于这一特定时代的信息就特别丰富,这正是相关文学作品所最为缺乏的。

随便举一例,在谈了"不系园"之后,作者又由柳的另一尺牍中"诸女史画方起,便如彩云出衣"等句出发,介绍了明末女性的绘画活动。稍后,在谈论柳如是邀黄媛介做客绛云楼时,关于黄媛介的考证、论述,把这位当时最有代表性的女文人画家的生活介绍得十分具体,为其他任何研究所未有。此外,书中关于当时诸名姝的考证随处可见,提供了关于那一时代女性生活的大量知识。通过这一方式,作者让我们体会到,柳如是之所以成为柳如是,是由于她生活在这样一个特定背景中,因此,《柳如是别传》比那些真正的小说更像小说。所以,要想了解到真正的明末江南,真正的柳如是,惟有耐下心来,细细品味《柳如是别传》的精妙。

写作另一种历史

当世界变得诸事悖谬的时候，一个人可以怎样维护自己的尊严？沈从文先生的方式，或许就是《中国古代服饰研究》（上海书店出版社1997年）中不动声色的坚定。

感叹沈先生在1950年代后不得不停止文学创作，转向学术研究，这已经成为一种共识。可是，沈先生自己真的会同意这一说法吗？他对《中国古代服饰研究》一书的解释是："总的看来像一篇篇长篇小说的规模，内容却近似风格不一分章叙事的散文。"原来他在以自己的方式抵抗着现实，继续着一个作家的事业和梦想。虽然不写小说了，但他却把自己的写作与另一个绵长强大的文学传统连接在了一起，这就是野史笔记的传统。这个传统在沈从文的手里，被赋予了现代学术研究的视野、方法和内容，因而获得了新的活力和可能性。

可惜的是，按照近代建立起来的"文学史"的规划，野史笔记基本是被摒除在"文学"之外的,因此,从这一传统沿袭下来的沈先生关于古代文化的研究文章,也一样不被归入"文学"。人们想当然地以为,这类文章仅仅与历史研究有关,仅仅与学问、学术有关。然而,一旦以现代史学研究的规范来衡量,沈先生的著作"近似风格不一分章叙事的散文",又不合乎"史学著述"的标准体例,更何况,他研究的对象那么驳杂、细碎,所谓"花花朵朵,瓶瓶罐罐",没法归入任何一种当今人们熟知的"学科"的范畴之中。沈先生后半生的心血,因此面临着无法"站队"的窘境。

前几年我还年轻的时候,总是没有胆量读正史,《二十五史》中连续不断的宫廷阴谋、政治迫害、战争、饥荒,看一会儿就让人头皮发麻,寒毛耸竖。可是,正是这些东西,在今天仍然被认为是"历史"最重要的内容。沈先生的学术研究,却是倾力于历史的另一面,历史的即使不是更重要,却也是更丰富的内容,这就是他自己明确谈到的历代"物质文化成就"。老一代的知识人真是太谦逊了,"服饰研究"这样的题目,在今天这个浮躁的时代,是很容易让人因误会而产生偏见的。其实,在"服饰"这个题目下,沈先生所涉及的,乃是古代社会日常生活的方方面面,点点滴滴。在他的笔下,中国人的过去,终于变成了一部流动、活跃、驳杂而丰富、充满人性气息的"长篇小说",或者说一卷采用散点透视法的绘画长卷。我们由此才得以知道,自己的祖先除了有争斗的经验，更有生活的经验，并且，这经验发达细腻，充满情致。

沈先生的这一学术方向和方法，本来为史学研究提供了一个全新的视野，但是，他的这一最重要的贡献，却恰恰没有被充分认识。出于各种原因，大家都为他的研究叫好，但是，叫了好之后也就各自散了，他的研究成果，他那些虽不一定正确，但却往往深有洞见的观点和结论，似乎从来没有引起过严肃的检视、争鸣，更无批评驳斥之声，这就如同巨人的肩膀已立在那里了，却没人肯登上去凭高望远。倾注半生的研究心血，在身后激不起波澜，引不来争议，这又是何等的寥落光景？相比他生前的寂寞，倒让人不知道哪一种情况更值得兴叹。

敦煌发现唐蓝地六瓣花夹缬绢（现藏英国维多利亚与阿尔伯特博物馆）

对物质文明史研究的忽视,已经在严重影响着今天中国人对自己过去的认知能力。举个简单例子,我们的电影艺术家不能说不爱国,他们一直满怀豪情地想要在影片中表现历史,动用大投资、高科技,可来来去去,内容总是离不开好像有点智障似的暴君和刺客——一根筋地光想着战争和行刺,怎么会不像智障呢?——不过,想一想几代人以来在学校里一向都是被灌输了怎样的"历史知识",这种现象似乎也就不奇怪了。把朝代兴衰、政治变迁当作历史知识的主要内容,其结果是,在一代又一代不断成长起来的年轻人的心目中,战争、动荡和权诈之术,就是中国历史的全部,很多年轻人对古代中国缺乏热情,显然与这一阴郁印象有关。所谓作茧自缚,正好用在我们对自己历史的认识上。

然而,实际上已经有沈从文这样的智者为我们指出了走出茧缚的路径。因此,像《中国古代服饰研究》和《花花朵朵 瓶瓶罐罐》(江苏美术出版社 2002 年)这样图文俱胜的书,为什么不可以被定为中学生的课外读物呢? 让我们的年轻人在暴君、刺客、滑头宰相和野蛮女友、野蛮少爷之外,还了解一点那被称为"文明"的东西。

湘瓷泛轻花

在文物出版社小小的店面里,偶然翻开一册《陶瓷瓶书风》(马建华摄影,重庆出版社 2002 年),但见一只唐代长沙窑瓷瓶上用黑釉彩题写着一首小诗,作为瓶身的"装饰":

自入长信宫,每对孤灯泣。闺门镇不开,梦从何处入。

小诗凄凉的意境让我大为感动;一只唐代百姓日常使用的水瓶,竟然以这样优美雅致的诗作作为装饰,这更让人印象深刻。

正是从薄薄的《陶瓷瓶书风》中,我从此知道,著名的唐代长沙铜官窑的匠人们,喜欢用小诗代替装饰花纹来点缀水瓶。当时就想,如果有专门的书来仔细说一说这个现象该有多好。因此,当忽然得知有《唐诗的弃儿》(萧湘著,中国文联出版社

以《自入长信宫》诗为饰的唐长沙窑水罐(引自《陶瓷瓶书风》)

2000年)这样一本书的时候,便死活托扬之水帮我弄来了一本。拿到手才发现,这一本可爱的小书,已经默默地问世五年多了。

本来非常喜欢"唐诗的弃儿"这个富有灵气的书名,但是,翻了一下书中的内容之后却觉得,这个书名恐怕反映的是我们今天人的逻辑。像中国的大多数考古发现一样,尴尬在于,应该把这一破土而出的历史现象归入哪一个学科范畴呢?文学史?书法史?陶瓷史?似乎对于各个既有学科来说,这一大批题写着短诗——多是无名之作——的民窑瓷瓶都不够"经典"。但是,在它们被热心制造出来的年代,我们今天所面临的困局可并不存在啊。感谢该书作者的细心查证,我才知道,"自入长信宫"这首作品,在《补全唐诗》中附存于高适诗下,敦煌写本亦将其归为高适之作。湖南长沙窑的产品与敦煌写本同时收录这首诗,应该证明了它在当年的广为流传吧?这哪里是"弃儿"呢?分明是唐人作品中的"骄子"!创作"唐诗"的诗人们,无论是诗史留名的士大夫名士,还是民间的乐工歌伎,都是多么幸运啊,他们的作品竟如此受大众欢迎,为普通人的生活增添光辉。

与越窑不同,长沙窑的产品是卖给普通百姓的,风貌朴拙,工艺水平也无法与越窑相比,从题诗的书风可以看出,负责把唐诗写到瓶身上的人只是些粗通文字的民间工匠。但就是在这样的"产品"上,白居易那至今脍炙人口的名作,却以一个"通俗版本"的面貌出现了:"二月春丰酒,红泥小火炉。今朝天色好,能饮一杯无。"对着这一只瓷水瓶,昔日白诗人所自述"自长安抵江西,三四千里,凡乡校、佛寺、逆旅、行舟之中,往往有题仆诗者;士庶、僧徒、孀妇、处女之口,每每有咏仆诗者"(《与元九书》)的盛况,变得最具体不过。

诗之于中国,是个永久的话题。也许,一只长沙窑水瓶上题写的无名之作道尽了诗曾经对于一颗颗中国的心灵的意义:"买人心惆怅,卖人心不安。题诗安瓶上,将与买人看。"——如果你顾客买了我的瓶子却觉得不满意,那么我这个卖方会觉得过意不去,因此在瓶上写一首诗吧,你买了瓶子还能欣赏到一首诗,可是买一饶一呢。而事实上,很多长沙窑水瓶上除了一首书写潇洒自信的唐诗,再也别无装饰。正是因为有着如此伟大的人民,才会催生出那个伟大的文学黄金时代!

红楼的方式

不得不承认，《养心殿造办处史料辑览（第一辑）·雍正朝》（朱家溍选编，紫禁城出版社 2003 年。以下简称《辑览》）是一本异常有趣的书。当然，书中没有幽默、调侃的文字，也没有离奇曲折的情节。它只是把雍正时代造办处的档案资料按不同年代、不同部门加以罗列，差不多就是一本流水账。不过，最热闹最新奇的信息恰恰在这些貌似呆板的流水账中盈盈含笑，暗射宝光。

对于爱读《红楼梦》的人来说，《辑览》尤其显得有趣，因为其中屡屡涉及大观园的升级版——圆明园的装修摆设。对照此书，我们会吃惊地明白，曹雪芹的笔下是何等的写实。比如，怡红院中装有"玻璃窗"，《辑览》中恰恰记录着养心殿、圆明园万字房对瀑布仙楼等处安装窗玻璃的事例。另外，凤姐曾经提到，贾母的寿日贺礼中，有"粤海将军邬家的一架玻璃的""围屏"。(七十一回)《辑览》雍正九年"本年库贮"恰恰记道:"玻璃围屏二架,计二十四扇,祖秉圭进。"而这位祖秉圭乃是"广东粤海监督监察御史",在雍正十年(1732)还进献过"玻璃插屏"和"大玻璃片"。像这样的细节,其妙趣是多重的,让我们窥见彼时权势阶层内部复杂的勾连网络,更清楚地认识曹家当年在清朝权力结构中的地位,等等。甚至,宝琴说曾经随着父亲"去西海沿子上买洋货",所买的洋货会是什么内容,我们心里也多少有了数。这样的细节,把人引向今天历史学中很兴旺的研究领域——物质生活史以及世界贸易史。更具体地说,《红楼梦》以及《辑览》的玻璃围屏,实际提供了一条幽径,直通西方非常发达和严肃的玻璃史研究。

明显的一点是,欧洲玻璃随海上贸易到达广州之后,被开发出一种本土化的形式——对玻璃片加以彩绘,作为屏面,安装到传统屏风上。这种玻璃屏风作为一种奢侈品,在清朝上层社会中着实时髦了一阵,宁国府招待"要紧的客",贾蓉特意来向凤姐借"玻璃炕屏"去"摆一摆",可见玻璃屏风在当年是怎样的风头。有趣的是,朱家溍先生最后留下的另一本编著《明清室内陈设》(紫禁城出版社 2004 年)中,也出现了玻璃屏风的身影,如清代皇家内苑宝月楼下明间里,宝座后就设有"紫檀边画玻璃炕屏一架,计十二扇",与《红楼梦》的情节遥相呼应,勾勒出清代盛期上层社会生活的细节一种。

重华宫翠云馆内的空间分隔与陈设

如《辑览》一样,《明清室内陈设》只在会心人那里才显得趣味无穷,如果对清盛期宫廷工艺美术缺少了解,就很难进入文字所展示的情境。朱先生坚持,"能让史料说话的时候,自己就不再多话"(《后记》)。因此,《明清室内陈设》一书与《辑览》路数相同,把明清文献中有关皇家、士大夫乃至官署陈设的文献记载,直接移上纸面。然而,很明显的,凡是朱先生稍加解释之处,枯燥的档案材料就会被吹入一丝活气,变得面目生动起来。比如关于宝月楼,先生指点了一句:"这一组建筑只因南岸直长单调而建,供皇帝偶然登临而已。"原来,宝月楼等建筑不过是"应景"的点缀,可是,档案记录显示,即使应景建筑物里,也照样要摆上符合皇家标准的全套陈设,什么"紫檀边画玻璃炕屏"之类,豪华得一丝不苟。这让我想起五代花蕊夫人的一首《宫词》:"窗窗户户院相当,总有珠帘玳瑁床。虽道君王不来宿,帐中长是炷牙香。"原来,诗中的描写还真不是夸张之辞啊。

《明清室内陈设》正如同《辑览》一样,信息量之大、之密集,不是某一方面的专家足以对付的,要各路解人从各自的专业角度来进行破译。甚至,对于今天的世俗生活,它也并非全无意义。近来,人们试图在居室装修、陈设中重拾"中国方式",结果,往往是把好端端的新家布置得像地主老财的土宅,气息腐朽、氛围俗气,也不舒适。在《明清室内陈设》的最后一章,朱先生以他祖宅的旧照为例,讲述曾经有过的"人居"。通过"紫檀雕古玉佩纹几案"上青釉梅瓶里斜欹的杏花枝,或者映在锦纹前的一簇兰影,他告诉我们,传统的居室在有呼吸有生命的时候,那是什么样的气象。

银凝的好梦

沈从文的《边城》中，顺手一笔，点出了一条河流的"下游地方"对于两岸人家的意义：

孵一巢小鸡，养两只猪，托下行船夫打副金耳环……便占去了大部分作主妇的心了。

萧红的《呼兰河传》则提到：

十字街口集中了全城的精华。十字街上有金银首饰店、布庄、油盐店、茶庄、药店，也有拔牙的洋医生。

而在"看野台子戏"中又说及：

> 在戏台下边，东邻西舍的姊妹们相遇了，好互相的品评。谁的模样俊，谁的鬓角黑。谁的手镯是福泰银楼的新花样，谁的压头簪又小巧又玲珑。……

这些伤感的，或者讽刺中满浸伤感的文字，记录了大小城镇中的金银首饰店对于女性们的意义。《妆匣遗珍》（三联书店2005年）的作者非常细心地注意到《毛泽东文集》所录《寻乌调查报告》中的资料，将五四作家们透露的信息补充完整：

> 每个女人都有插头发银簪子和银耳环子，这两样无论怎么穷的女子都是要的。……打这种首饰的店子本城有七家之多，每家只要几十元作本。他们的首饰，一部分是人家来定作的，一部分是用个小匣子装着背往四乡去卖的。

并且，作者杭海先生用其花多年心血收集起来的民间旧银饰，让我们知道，传统城镇中的传统金银首饰店，为往昔的女性们创造了怎样的"新花样"，怎样的"又小巧又玲珑"，怎样的，慰藉了养猪喂鸡的主妇们的心。书中也展示了一些汉唐元明的珍贵出土首饰，这些陪葬在昔日富贵官宦人家墓葬里的珍物，一般都是黄金熠熠，珠宝生辉，有着不可思议的高超工艺。那些当年并不怎么值钱的银饰,相形之下,朴拙、天真,一看就知道,制作它们的人,没见过什么大世面,也许终生都没有走出过他所在的那座古老小城及其"四乡"。大观园里的人,或者圆明园里的人,当然对这些制品看不上眼。要等到今天,要通过我们今人的目光,才能发现,民间匠人的尽心之作,有着怎样的美丽,怎样的情趣,携带着怎样的好梦。当然,还让人感慨的,是古代女性首饰居然发展出了如此变化多端的形式与样式。

但是一切都成为过去了。近代以来,古老传统兵败如山倒的局面,同样反映在女性美的观念上。中国的女性如今一切向欧美女性看齐,拿所有不符合自己特点的标准来要求自己,讲

清代绘画中梳蝉鬓的女性(引自《妆匣遗珍》)

究的是长腿、细而短的腰、纤长脖颈，以及大眼睛、丰满嘴唇等等。一头乌发，不再是最性感的所在，"每个女人都有"的"插头发银簪子"，当然也就只能告退了。天生的削肩（溜肩）与长长的杨柳腰一样，成了生理缺点，稍微讲究一点的衣服，都要像女西服一样加上垫肩，本来就不长的脖颈这一下更显短，于是，传统中花式繁复玲珑、在肩影上方垂晃的长耳环也就不对景了。于是，看着书中那些女人，鸦翅一样分开的蝉鬓，两旁悄悄探出一根根簪头；斜垂在头髻后面的成簇鲜花，如山花临水一样，在削肩上方凌空摇颤，这光景于我们，竟像从来没有做过的梦一样陌生。

其实，传统并不是没有做过努力来试图跟上时代的脚步。书中的一件"少年英雄"长命锁，呈现了工、农、兵的人物纹样和五角星；另一面"保卫祖国，世界和平"的长命锁，非常巧妙的，把坦克等形象结合到构图中。民间匠人对于时代的敏感与掌握能力，从来都是非凡的。

假如，领导一个民族走向伟大新生的知识分子群体，对于传统中国，不仅仅只有《边城》式的感伤挽歌，不仅仅像《呼兰河传》一样将其视为现代文明的对立面而立意加以彻底取缔；假如，在面对先进文明的威胁与吸引的时候，我们没有那么惊慌和狂躁，而能够更复杂、更冷静地进行应对；假如，假如我们能够经受住历史的考验，那么，也许事情可以是另外一个样子的。

室有余香

　　书上的美食，如果难以在现实中复制，就尤其馋人。炭墼子红烧肉就属于这类仅供梦想的对象，它赖以开花的那一生活方式，是无可挽回地被淘汰了。

　　从唐代起，木炭就被加工成"炭墼"，基本方法是把木炭研碎，用米汤搅拌，放在圆模子里，制成圆柱状的成品。炭墼的圆径，一般都与冬天取暖用的火盆口径大小相合。之所以把木炭如此加工，是因为由此而得的炭墼特别耐燃，火盆里放上一块炭墼，可以燃一昼夜，而且火不会太旺，在冬天，能够让居室内始终保持一点暖度。古代生活当中，炭墼作为重要的生活燃料，用处很广，香炉、手炉、火盆都离不开它。因此，《吃主儿》（王敦煌著，三联书店 2005 年）一书似乎认为炭墼仅用于南方人冬日取暖的手炉，那是把这东西看轻了。事实是，用炭墼烧火盆，曾经是长期流行的冬季取暖方式，在清代皇宫中也用特制的炭墼作为火盆中的燃料。

由此想来,炭墼子红烧肉这一道简单而隽永的美味,当初并不是谁刻意发明的。看到房中终日低低地燃着火盆,有那聪明的人想到,何不把炖红烧肉的砂罐放到火盆上,在取暖的同时还炖了肉,一举两得,方便经济,节约能源,实在是精明之举。"紧火粥,慢火肉",据《吃主儿》作者的亲口经验,在炭墼子上低火一天一夜焖出的红烧肉,口感无与伦比。不过,在作者成长的年代,中国开始摆脱过去,进入现代生活,煤球炉、蜂窝煤乃至暖气等等手段取代了炭墼和火盆。所以,王家公子所吃到的红烧肉,是玉爷自制的炭墼,再由张奶奶用火盆特别煨出来的。在依靠火盆取暖的时代,那意境想来完全不同:冬天的房间里,地当中一只炭焰暗炽的火盆,盆上一小罐红烧肉慢慢炖,一天一夜,屋里都飘着肉香。就这样耐心等着,香气越来越妙,宣告着那美味正在接近完成。

《随园食单》里的"盖碗装肉"与《吃主儿》遥相呼应,可见人们利用冬季的取暖热源来顺道烹制美食,久有历史。"盖碗装肉"更显江南人的精细,本来有一味"干锅蒸肉",是把肉块与调料封在小瓷钵内,放在锅里干蒸,但是,有人想到,把同样的"食材"放在小盖碗里,搁在小小的手炉上,用炉火蒸出一小碗香喷喷的肉——就那么一小碗。到了今天,笨拙的炭墼和火盆、手炉早已绝迹,与旧的生活方式联系在一起的如此美味,自然也无缘品尝。《吃主儿》以知天乐命的态度细写一道道吃食，但其中牵涉的人与事却折射着传统生活的方方面面。

并非一切逝去的事物都值得留恋，像炭墼和火盆，显然就是早早淘汰为好。因此，炭墼子红烧肉虽然读着让人垂涎，但是，这毕竟只是一口吃食而已。说实话，我倒担心《吃主儿》一出，真有美食家为了这么一口肉而闹着再造炭墼子，糟践木材。看看为了一口烤鸭，有多少果木被烧掉，就让人不能不产生这样的担心。国人对于吃实在表示出了过大的热情，以致让人怀疑，是不是享受生活其他内容的能力，在咱这里出了点问题？

读《吃主儿》的时候，正近春节。这个春节，似乎传统"年俗"大恢复，看来是好事，只可惜，真的、伪的民俗，全跟一个概念——发财有关。如果古代冬天火盆上的炖肉香不可复制的话，那么，有一种更可爱的香气本来是最该流传下来的。《吃主儿》说，老北京过春节的时候，室内一定要摆"闻果"，主要是香橼和佛手，也可以用苹果来代替。一个大瓷盘里码上十来个佛手，另外，再设上水仙和兰花，"屋子里的气味由这三品遥相呼应，水仙的冷香、兰花的幽香、佛手的清香交汇在一起，这是何等的意境"。王敦煌以老北京人特有的平和温雅，这样点拨我们。

最近几年，香精油、香蜡烛之类被作为高尚生活方式大力推销，传统的、真正高雅的"闻果"反被彻底遗忘，是我们这里的又一个怪现象。小熏炉熏香、点香烛之类的做法，于中国古代上流社会本是驾轻就熟的日常内容，并且将之传播给周边的国家。但是，时间既久，这一类熏香法子未免显得俗滥陈腐，另外，世界各地的香料资源被滥采滥用，导致珍贵的天然香料日渐稀少而珍贵。正是在这种现实情况下，明清人发明了用天然果实来熏房的好风气，方便而清新，并且环保。然而，恰恰是这样的好风俗被遗忘了。

今天的生活，能不能从《吃主儿》这样的书中获得一点积极的灵感？能不能从陈设香橼这样的细节开始，尝试重新建立我们的生活方式和态度，我们的风格和格调，乃至我们的时尚行

清丁观鹏《宫妃话宠图》（现藏北京故宫博物院）中的佛手盘

业？在全世界都"谷贱伤农"的今天，如果时尚业来倡导"闻果"的传统，是不是可以恢复或者扩大香橼和佛手的种植，从而为一部分农民找到新的可能？正像一位法国女电视记者谈论巴黎的时尚业时所说："这没有任何害处，还创造就业。"

汴梁一梦繁华

《东京梦华录》的粉丝,该起个什么样的名号来称呼? 这样的人虽然不多,但是,在这个世界上,确实是有那么一小群的。伊永文先生无疑就是其中最具代表性的"超粉"。

当初读到邓之诚《东京梦华录注》,就已经很欢喜了,没想到去年赫然在中国书店看到上下两册的《东京梦华录笺注》([宋]孟元老著,伊永文笺注,中华书局 2006 年。以下简称《笺注》)。伊先生花了二十多年的时间,从古代文献以及现代考古发现中搜集资料,为千年前的汴梁风貌,写下了六十多万字的《笺注》。傅璇琮先生在为该著所作的序中特意指出,伊先生的这项工作从未得到过科研经费资助。如此的披露让我等外行人十分不解:中国学者研究《东京梦华录》,究竟是算不上"科研",还是不配得"经费"呢? ——同序中提到,"学术界已有提出,宋代城市文化研究,现在已经成为一门世界性的前沿学科",而且,日本、美国学者关于《东京梦华录》都已做出了精到的研究。

翻开这本书的任何一页,所读到的信息都是极有趣的。例如我一向感兴趣的"滴酥",《笺注》引用了梅尧臣赞叹"亲家有女子能点酥为诗并花果麟凤等物"的诗作,其中"名花杂果能眩真,祥兽珍禽得非广"的诗句说得明白,类似今日藏族酥油花的精巧手工艺,早就是宋代女性的擅长。再如关于"张戴花洗面药",注者列出《御药院方》"洗面药门"的"御前洗面药""皇后洗面药"等四个配方,这无疑是中国古代卫生史、化妆美容史的重要注脚。

对我来说,"兜子"一条的笺注也很有意思,伊先生引《居家必用事类全集》等资料,说明这种食品是"绿豆粉皮铺于盏中,置入馅心,蒸熟,再倒扣碟中,加调料食用",这让我恍然大悟——《清异录》记载,五代时的美食名店"张手美家"在每个重大节日都供应特色应节食品,其中,二月十五日做"涅槃兜",读了伊先生的研究,才大致明白这"涅槃兜"是什么样的食品。

不过,《东京梦华录》涉及北宋京城的方方面面,涵载的信息惊人,其解释与研究工作所需覆盖的领域也就格外宽广,要做得周全,实在很难。如伊先生在注释"领袜"一条的时候,援引沈从文先生的研究,说明"领袜"(亦作"领抹")是宋代女子衣领与对襟上的长条花边,并且指出"宋人凡提领袜必兼画绣而

佚名画家《宋仁宗皇后像》(现藏台
北故宫博物院)中的宫女

言"。其实,宋代女服的领抹,不仅加以画或绣,还采用印金、泥金等手法,将其装饰得金光耀目,甚至不乏"翠领"、"珠翠芙蓉领缘"(《武林旧事》),也就是贴翠羽、缀珍珠的领抹。也因此,伊先生"时行纸画"注文引郭若虚《图画见闻志》云:"顶翠凤衣冠,衣珠络,泥金广袖",其实应为"衣珠络泥金广袖",也就是说画上的皇后穿着衣缝处满缀珍珠、带泥金装饰的大袖衣。今日可见的南薰殿旧藏宋代皇后像,正是戴翠冠、袍领缘以珍珠,其中,宋仁宗皇后像绘有立侍两旁的一对宫女,二人所穿盘领袍的衣缝、襟缘均一路缝缀珍珠,甚至内衬衩衣的领缘、衩缘也同样以白珠饰边,恰是所谓"珠络"之衣。

另外,"香饼子"条罗列两种制作"香饼"的配方,其实第一方所作为合香制品(香料),第二方却是制作焚香时使用的小炭饼(燃料)。关于均呼为"香饼"而性质完全不同的这两种物品,扬之水在《两宋香炉源流》等文中有很详细的探讨。《东京梦华录》原文云:"供香饼子、炭团",此处的"香饼子"显然应是指供焚香用的小炭饼。细节虽然琐屑,却分别牵涉服饰史、香料史,也许,很难要求一位学者把各个互不交涉的研究领域都一一顾及周全,因此,对于这一宋代重要文献的研究,始终是任重而道远,有待各路学者进一步的努力。

不过,伊先生的著作花开满树,硕果累累,这一点无可否认。今后,任何想噉《东京梦华录》的人,都只能以这一《笺注》为标界,为原点,计算自己行走或奔跑的里程。在喧嚣热闹的时代,寂寞地钟情于落满尘灰的故纸,傅序以为"唯有德者能之",这,在精神的层面上,也算得一种标界吧。

找到大观园的北

　　刘姥姥误闯怡红院的路线,经过黄云皓先生指点迷津,着实让我吃了一惊。

　　问题的关键当然在于,本人天生没有方位感,是个无论在现实当中还是在阅读当中都永远找不着北的红楼迷。因此,如果没有《图解红楼梦建筑意象》(黄云皓著,中国建筑工业出版社2006年。下称《图解红楼梦》)一书对于怡红院空间布局的想象性复原,并且用一道黑线清楚标出刘姥姥误闯误撞的探险之路,我可能这辈子都像醉酒中的刘姥姥一样糊涂,不明白怎么就"进了房门,只见迎面一个女孩儿,满面含笑迎了出来"。黄先生告诉我们,这道房门开在怡红院五间正房的东梢间——"读书区"——的北面,通向后院,也就是通向大观园的园景区,是怡红院小小建筑群的一道后门。

　　对我来说,这条指示的重要之处在于,由此弄清了那"满面含笑的女孩儿"究竟是在啥地方含笑——《图解红楼梦》对此有非常清楚的图示,让人不能不感叹作者实在是有心人。正是看着书中的这一图示,我忽然心有所动,从书架上找出《养心殿造办处史料辑览·雍正朝》(以下简称《辑览》)一书,翻出这么一条:雍正五年"六月二十日郎中海望传:万字房西一路起窗板前,靠床半出腿玻璃镜插屏后壁上画美人画一张。记此。七月初七日画得,贴讫"。在圆明园的万字山房内,也贴着一张美人画,并且,也正像怡红院里的那张美人画一样,是用于装饰房间中的某个不起眼之处,让这一角落显得有活气。另外,雍正三年的档案还提到"九洲清晏上仙楼的楼梯北边贴的美人画一张",可见,那个时代,"美人画"也算一种室内装饰手法。

不仅如此,怡红院里的那张美人画还是"活凸出来的",也就是采用了西洋画法中的透视、明暗光影等技巧。如此具有"乱真"本事的绘画,贴在由露天进入室内的小小过度空间的白壁上,让人一进后房门就迎面看到,显然正是为了制造有趣的视幻效果。实际上,小说夸张地描写到,刘姥姥就被这一个富有立体效果的美人形象彻底欺骗了,以为迎面来的是袭人之类的活人。我们都知道,洋传教士带来的西洋立体画风在康、雍时代颇受青睐,而怡红院里的美人画则作为一个具体例子,说明了当时皇家与贵族阶级对于这种乱真画法的兴趣,以及设法将之融入中国居室的回环复杂的空间,创造新鲜情趣的尝试。

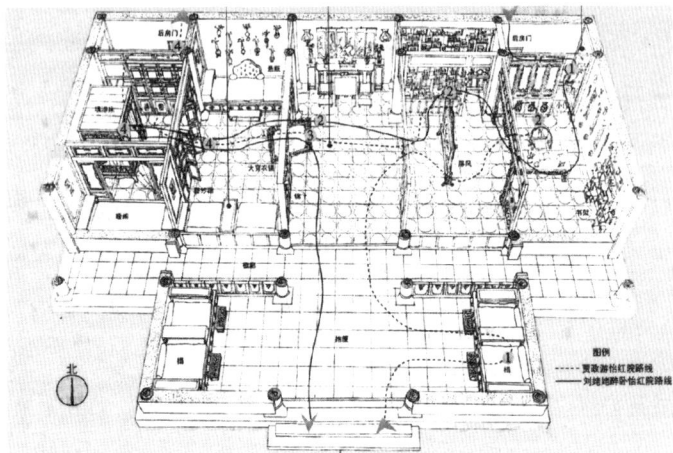

《图解红楼梦建筑意象》中勾勒的"怡红院室内空间布局及巡游路线图",以虚线标示贾政率人巡看时走过的路线,以实线标志刘姥姥醉后闯入的路线,于读者为莫大的帮助。

并不偶然的是,圆明园万字山房内还有着"通景壁画"一张,实际上,在故宫的室阁中,至今仍然保留着康雍时代画在隔断板壁上的"通景壁画",这一珍贵的绘迹采用西洋透视画法,突破室内空间的局限,让人立在房间当中,却产生直面园林的幻觉。

仅仅这一个例子就可看出,清朝虽然属于并不久远的往事,但因为我们今人的粗疏,并不久远的往事也已变得一片模糊。《图解红楼梦》所做的工作无疑十分重要,但,这本书不是意味着相关努力的大功告成,而更多地意味着一项工程的真正开始。很显然,《红楼梦》所展现的不仅是贾府与大观园,而是像雍正很感兴趣的轩辕镜一样,把彼时纷杂世界的诸多影像都收凝入自己的小小镜面之中。

美人入画画入屏

一直希望能把宋人毛滂的《烛影摇红》"松窗午梦初觉"一词引用一下,好吧,我很高兴终于有了这个机会:

> 一亩清阴,半天潇洒松窗午。床头秋色小屏山,碧帐垂烟缕。枕畔风摇绿户。唤人醒、不教梦去。可怜恰到,瘦石寒泉,冷云幽处。

词人的日子过得很不错,能在成亩松林环护的一处轩室中享受夏日午睡的惬意。他周围是"碧纱橱"也即蚊帐的薄纱轻垂,按照当时的习惯,头顶还放置着一架小屏风,屏风上画的是秋天的幽瑟景象。似乎正是由于受到眼前画面的暗示,词人在被松涛声惊醒之时,正梦见自己的灵魂远行到了一处不带纤芥俗尘的山水角落。

北宋郭熙《窠石平远图》(现藏北京故宫博物馆)

即使在今天,喜欢传世宋画的人恐怕也会自动地把"瘦石寒泉,冷云幽处"认作宋代绘画中的经典图像,而不认为其所关涉的是真实的自然风景。因此,词人是说自己的梦魂一度曾在床头屏画所展示的山水境界中旅行,甚至可以说他是借着梦的轻虚进入到了屏面所构造的似乎深度无限、但却经过人为净化的理想世界中去。果然如巫鸿《重屏》(文丹译,上海人民出版社 2009 年)一书中所言,"幻视常常被看做是画屏所具有的特质"。有意思的是,《重屏》一书中"幻觉与幻术"一节所举的涉及"仕女屏风"的几个传奇,都是讲述画中人走下画屏所制造的混乱，这一类传说也确实在传统文学中化身千百。然而，如毛滂《烛影摇红》词所写，关于观画者以某种方式进入"画中"的想象，与"霓虹屏"故事相反方向的想象，似乎在往昔文化中也一样音缕不绝。也许，《重屏》中关于"幻"的研究是一种启发，意味着还有着进一步深入的可能。

　　如毛滂词一样涉及"画屏"的文字资料举不胜举，有"画屏"出现其中的图像资料也颇丰富，让人们不得不注意到，各式各样的带有绘画的屏风，确乎是中国乃至东亚艺术中很醒目的一种现象。利用文字与图像资料，还原画屏作为实物、作为家具的具体功能，还原已经消失的传统生活的物质环境，乃至还原它所曾经营造的起居氛围，固然是研究之一途。然而，一如《重屏》指出，画屏还曾经是最主要的绘画媒材之一，最优秀和最不优秀的唐宋画家都曾经在屏风面上用尽心血创造自己心目中的精品。因此，"画屏"意味着一个个受制于特定边框与尺寸的绘画平面，意味着艺术家们曾经脑海中带着"画屏"的前提——一架挡在居室当中的障具，具体摆放的位置与功能将决定它的尺寸、题材乃至风格——构思自己的作品。《重屏会棋图》无疑就是在这种前提之下的杰作，巫鸿在《重屏》一书中破译道，《韩熙载夜宴图》中环环相扣的"框架"，在《重屏会棋图》中变成层层叠加的"框架"，当读到这一揭示时，于我，是一种近乎受惊的惊喜。似乎，借着这一揭示，在一瞬间，我终于依约地接近了唐宋职业画家们的智力世界,窥见到他们心胸中的——包括顾闳中和周文矩心胸中的——现实空间与绘画空间,窥见到他们从前者中化出后者的不同思路。史料每每提示这是个处身各社会阶层的职业画家("画工")们激烈竞争的时代,《重屏》一书对于两幅名画的分析,让画家们怎样在创作中竞争,以及那一竞争达到了何等的心智高度,变得重新生动和具体。艺术家的创造应该是奴隶带着镣铐的舞蹈,而不是今天所谓前卫艺术家们那样的胡作非为,巫鸿所分析出的《重屏会棋图》正是一个最好的例证——别误会,"奴隶"只是一个比喻,我可没说五代画院画家没有人身自由与灵魂自由。实际上,早从唐代起,并且一直沿袭到五代、两宋,中国一直存在着接近意大利文艺复兴时期画家那样的职业画家,并且数量庞大,影响覆盖整个社会,这是个令人惊愕的事实。

通过毛滂词这样的记录,意识到传统"画屏"的存在,应该是比较容易得出的结论。但是如此的认识会有一个危险,就是倾向于把传统艺术中表现的屏风认作实物屏风的机械镜像,以为画家只是照实在画中再现了一架屏风而已。对于研究者来说,把传统绘画中的屏风图像当作家具资料,是尤其方便的做法。但是,顾闳中、周文矩们都不是简单地把毛滂头顶的那架真实的屏风照搬到作品中。无论他们还是后来的明清文人画家,都是在作品中创造"另一种屏风"——依据以及推进了传统绘画之"画理"的屏风图像,一如博尔赫斯诗中所说的"另一只老虎"。然而,非等到《重屏》一书,"另一种屏风"的长久存在才得到了指认,我们才能恍然意识到,屏风在传统艺术中已经成为一种有传承也有变化的绘画图像,"画中屏"是艺术家们的造物。巫鸿通过图像分析,对于画家笔底的画中屏、屏中屏乃至画中屏所形成的画中画进行破译,由此而接近中国绘画的往昔"画理",接近那个精微而复杂的心智世界。

这个心智世界居然如此隔阂与陌生,似乎是使用异国语言一样难以理解,更难以相信。毛滂们能够很容易地领会与认同当时画家的努力,因为大家都浸淫在同一个文化环境,对于公行的"画理"感同身受。但是,到了明人那里,宋画已经属于一个过于陌生的时代。不仅因为绘画与物质世界的关系发生了很大变化,比如不再有床头张设小屏风的风俗,也因为明人自有一套精深的绘画理念,并且很自然地会以自己的尺度去裁量历史。进入近代,整套的西方艺术传统被当作真理和标准植入我们的意识,简直就意味着从此驶上了不同方向的轨道。因此,巫鸿特意选择"画屏"这一富有特色的艺术现象以阐释"什么是中国绘画?"之时,就不仅要跨越现代与传统的断裂,还要鉴别历朝画论加诸前代的成说。对于屏风图像的流变的分析,因而也就成了对于中国绘画某些方面的流变的展示,或者说,对于某些"画理"的流变的展示。

　　真的是经点破之后，才会恍然于一向的不解曾是怎样的障碍。比如，宋明以来的人物画往往在露天的园林当中赫然树立一到两架大屏风，作为人物活动的背景。书中经分析指出，这类画中屏风的意义在于从理想化的"自然"当中划分出"文化"的场所，是在"代表"一种特定的空间，因此是一种"转喻性"的图示——有点像京剧舞台上放上一桌两椅就代表一个完整的室内空间。敢情当时的实际生活中未必真有在园林中摆放大屏风的做法，绘画作品中的场面也不是在"写实"。按照我们的思维习惯，一个画面如果不是某个现实场景的原样"镜像"，就是"不真"，但是古人显然不这样看问题。相反，他们以为只要把各个细节都仔细描绘，比如按照当时最流行的时髦样式细致地勾填出一架屏风的镂空边框、雕足以及屏面上的装饰画，就是"逼真"。以致我们今天发现这些作品中的部分器物、服饰等往往能与出土实物对证，但整个画面依然缺乏写实感，便每每陷入是否"可信"的疑惑。画中屏风之结构性功能的揭破，还让人连带着明白了另一个现象：在宋代的山水画中，屏风总是有助于展示画内空间的纵深感与辽阔感，然而，到人物画中，特别是明代人物画中，屏风却赫然横亘在画中，阻断观者投向画深处园林景色的视线——原因无它，就因为人物画要求观者的注意力集中在屏风前的文雅活动之上。因此，也就不必纠缠于这类绘画何以不具有纵深空间感的问题。

实际上,传统绘画世界中的一切似乎都在挑战着今人的认知能力。用去书中很大篇幅的"列女屏风"与"美人屏风",因为是如此醒目的一个现象,其实一直在吸引着学者们的注意。然而,折叠式多扇屏风作为形式,一组孤立美人作为题材,二者长久地结合在一起,一扇屏上一个美人,有时还会有"莺莺烧夜香"之类的戏文情节,但往往连类似的情节也没有,这样一个似乎至为简单的艺术现象,却让既有的艺术史理论遭遇了理解的困难。如果说毛漭头顶的那架小画屏与《重屏会棋图》还勉强能与装在画框里的现代绘画的画面相等同的话,那么,四扇屏、八扇屏乃至十二扇屏之类,就完全是找不到对应物的特殊形式了。联屏与孤立美人之结合,必有某种道理,但这道理对今天来说却是茫然。最简单的结论当然是,列女屏风向美人屏风的转变,显示中国绘画的世俗化在公元六至九世纪就已经实现,那时大量流行着没有道德说教与宗教涵义的美人画,约略接近今日的"招贴画"。但是,如此的一般性结论不足以解释,多折屏风何以偏与孤立的美人形象联手? 这些屏画中的"画理"为何?《重屏》一书却做出了独特的释读,该书对于"仕女屏风"的关注还在同一作者的另一著作《时空的美术》(梅枚、肖铁、施杰等译,三联书店 2009 年)中得到了延展(《陈规再造:清宫十二钗与〈红楼梦〉》),延展到了大观园的空间。其实,还可以进一步延展的是,《红楼梦》又促成了新一轮"美人组画"的诞生,黛

北魏司马金龙墓出土漆画屏风(现藏山西省博物馆)以"列女传"为画题

玉葬花、宝钗扑蝶、湘云醉卧……由这一最"新"的图谱而回望起源时的舜帝二妃、周室三母等形象，图像生产既传承绵延又意外多变的特点，大约是艺术史醉人的地方之一。

如果继续套用博尔赫斯"另一只老虎"的修辞，《时空中的美术》中的《废墟的内化：传统中国文化中对"往昔"的视觉感受与审美》《玉骨冰心：中国艺术中的仙山概念和形象》两文追寻的便是"另一种山水"，似可作为《重屏》之《内在世界与外在世界》一节的延伸阅读。《玉骨冰心》在某种程度上解释了，何以毛滂做梦时不是魂游于一片自然中的真山水，而是在一个水墨皴染成的幻境中越走越远。《重屏》意在探究什么是中国绘画，因此通过"画屏"这个现象，突破了人物、山水、花鸟各科的传统划分，也突破了重视杰作、佳作而轻视一般作品的研究习惯，以此来寻找所有作品共享的规则。《时空中的美术》则如作者更早出版的《礼仪中的美术》一样，把眼光放在了一个更大的范畴：什么是"时空中"的"中国美术"？ 显然，作者不认为这是个可以通过定义来解决的简单问题，而将之作为一个深奥与宏阔的领域，对各种驳杂的现象逐一谈论。然而，即使忽略大的议题，《废墟的内化》与《说拓片：一种图像再现方式的物质性和历史性》两文也让人几至感动，仿佛重新置身于昔日的文人传统当中"凝视"历史的纹理。

芳香的时间，在汴京……

丝绸,茶,瓷器,这三样中国的特产曾经长期行销世界多个地方。其实,古代中国的外销产品远不止这三种,历史上的外贸活动虽然在规模上完全无法与今日相比,但却长期存在。像丝绸、茶、瓷器这样的物品,所到之处,首先是作为奢侈品,影响到当地贵族的生活面貌,继而在经济、政治、文化等领域慢慢产生多种连锁性的反应。

然而,值得追问的另一个问题是:中国制造奢侈品的长期出口,对古代中国自身,又有什么样的影响和意义?

事实是,这使得大量的异域奢侈品流向中国,在中古时代,中国无疑是世界上最重要的奢侈品消费市场之一。比如香料,比如玻璃器,比如贵重宝石。这是阅读扬之水《古诗文名物新证》(紫禁城出版社 2004 年)的时候,给人最强烈的感受。

这么好看的书,偏偏取这么一个古板的书名,显示出著者一向的倔强。然而,也正是这样的倔强,才能支持扬之水在众声喧哗之外,独自走出一条僻径吧。阿拉伯特产的玫瑰香水,盛装在晶莹的玻璃瓶中,经万里海航,来到宋代的中国,还有比这更重要的历史事件吗?(《琉璃瓶与蔷薇水》)

有意无意间,作者也在诠释着,种种进口奢侈品在中国文化中所激起的复杂、意外的反应。比如,玫瑰香水——"蔷薇水",在宋代,被贵族、士大夫转用作"合香"的重要配料。天然花香的香水,与名贵香料沉香、檀香一起,拌和成香丸、香饼,在瓷香炉中静静焚化,宋词的意境,原本是在如彼的气息中生发的啊。"炉香静逐游丝转",这词句中很可能飘着一丝阿拉伯玫瑰香水的微淡香味。

其实,扬之水的这本书就是取名《新拍案惊奇》也一样合适,书中讲述的"史实"件件让人叫绝。比如被芳香沾染的时间,用香气来标志的时间。大量优质香料的进口,使得唐代出现了一种芳香的时钟:用香料末做成回环盘绕的花纹图案——香印,然后点燃,通过香料的缓慢燃烧来显示时间的流逝。到了宋代的东京,大户人家、大商铺日常都要靠"香印"来计时,于是,就有专门的手艺人天天上门服务"打香印",按月统一算工钱。(《印香与印香炉》)有多少贵重香料,就这样焚灭于东京汴梁的春寒秋暑之中?一个似乎不起眼的细节,却最好地展示出,上流社会的生活是怎样在异域奢侈品的进口中建立起来;

南京明徐俌继室王氏墓出土金镶珠宝慈姑叶挑心
（现藏南京市博物馆）

也最好地展示出，丝绸、茶、瓷器这些重要外贸物品的强力出口，让古代中国具有了怎样的财富能力。

如此这般的，一桩桩文明史"大命题"在《古诗文名物新证》中自动跃出，却全都得力于作者小处着眼的功夫。作为性情中人，扬之水只在她感兴趣的方面用功，于是，长期遮蔽在我们视线之外的、古代生活中诗意的一面，应缘重新浮现在天光之下。但是，书中的研究虽是"发乎情"，是以对古代文化的强烈兴趣为起点，却并非遗老情结的俘虏。在貌似散点式的研究当中，作者自有其用心所在,她提倡"名物"的考证,强调细节在历史认知中的重要意义。惟有把一个个细节都分辨明白了,才可能对任一点上的历史有比较可靠的把握——她这样呼吁。对于过往文献、文物的详细记录和重新阐释,在哪一个文明当中都是最重要的历史研究活动。

据介绍,在国外,一些著名的文学名著可以有重要的注释本,其研究者的注释几乎与作品本身篇幅相当。《红楼梦》《金瓶梅》,可有这样分量的注释本吗?扬之水的《明代头面》《说"事儿"》《明代耳环与耳坠》等文章,无疑是在细读《金瓶梅》上做了很好的示范,随着一件件出土嵌宝石金银首饰的展示,同时清晰起来的是潘金莲、李瓶儿们的姿影,那些俗气的、可也富贵俏丽的姿影。也许,做这种细活的人多了,古代经典终会抖去落尘,重新与现代世界呼吸相通,彼此映发。

给予扬之水这部作品以评价的,将不是时代,而是时间。

金辉银耀的创意

如果规定这样一个设计题目:以黄鹤楼那样的宏宫伟阙为原型,制作带有庆典性质的小巧饰品,饰品的造型必须是对楼阁形象的某种艺术化再现,那么,当代的设计师们是否能够胜过没有留下姓名的宋代银匠,真的大可疑问。

历史记忆注定不会周全,更谈不上公平,很多的人、物与事都被时间的洪流携走,但也会有些碎屑因为纯粹的偶然留存下来,帮助我们感知过去。比如不知什么原因在宋代埋藏到地下的一窖银器,潜伏近千年之后才被现代人重新发现,于是,出于宋代银匠之手的"银鎏金并头楼阁簪"便终于有机会教导后世子孙,教导他们领悟"设计"这一概念的涵义。在这支银簪的簪头,楼阁的庞然体块被抽象为一对中空的八面棱锥形球体,殿门则以一对长方开口洗练地加以示意。在如此的简化基础上,工匠却突出了一个元素,那就是宋代建筑中发达、巧丽的木窗花纹,他在八面球的每个面上镂、錾出多种窗花纹,既象征了楼体,又让作为簪头花的银棱球上装饰纹样变化丰富。球体之上是三层的重檐殿顶,却被化成三片盛开的菊花,层层相叠。从这一支簪子采用楼阁与菊花双重题材来看,我怀疑这是一支特别为重阳节制作的首饰,暗扣着"登高""赏菊"这两大节日主题。

如果把今天以艾菲尔铁塔为图案的胸针拿给宋朝的人看,宋人会一片茫然。同样,在那个时代人们一认便知的形象,比如银鎏金并头楼阁簪上的窗花纹,对于今天的人来说也是无法接收的信号。这是一个普遍的困境,逃过时光洗劫、幸运留存到今天的古代文物,竟然因为时过境迁,在后人无知的眼光中无法得到有效的理解,结果成了冷落在文物库房中的死物。总得有人挺身而出,打破这种困局吧。

扬之水正是挺身而出的少数人中的一个,也是最不惮心血的一个。她肯对历代金银首饰做系统研究,在我看来,是非常有勇气的行为。按照长期以来的成见,由匠人们制作的、看上去纹饰繁缛得让人花眼的工艺品不具备学术研究的价值,因为这些东西既没有艺术性,也没有文化内涵。坦白讲,当扬之水先生把《奢华之色——宋元明金银器研究》(中华书局 2010 年)系列中的第一卷《宋元金银首饰》递到我手中的时候,我完全想象不出先生能在书中研究些什么。

浙江永嘉窖藏出土宋银鎏金并头楼阁簪(现
藏浙江省永嘉县文化馆)

湖南株洲窖藏出土元金螭虎钗(引自《奢华之色》
卷一)

一翻书才明白，敢情中国古代首饰既具有艺术性，又满载着文化内涵！当然，是经过扬之水利用文献与出土文物仔细梳理、比对、考证，我这样的读者才有缘领会到这一事实。像"银鎏金并头楼阁簪"，自出土以来一直被贯以"镂花细花锥菱形钗"一类的笼统定名，没人意识到其造型中的真正立意。是在扬之水这里，通过《云仙杂记》记载端午时"以花丝楼阁插鬓"，特别是通过以宋代《营造法式》中的窗花图式进行的比对，昔日创作者的苦心孤诣才得以破解。奇妙的是，经她的这一点化，这支古老簪子变得可以理解了，于是忽然生动和具体了，还魂一般重新绽放出其全部的灵性，比如在我眼里，简直就闪烁着后包豪斯时代的新古典主义的辉芒咧！这话并非戏言，成功破译之后的并头楼阁簪，绝对不输于任何当代名设计师的作品，也许还要更强些呢。

实际上，扬之水这本新著予人的深刻启发之一就是，那些似乎眼花缭乱的文物首饰，那些出现在古代文字中的似乎谜语一样的名物词称，如果肯下功夫，如果研究得法，往往都能找回古人倾注其中的本意，也就是说，让我们重新获得古人那样敏锐和新鲜的眼光。例如，《宋元金银首饰》作为《奢华之色——宋元明金银器研究》系列中的第一卷，主要研究宋元时期出土的饰物，不过由于首饰设计在形式与纹样上往往具有传承性，因此这本书关于元代"螭虎钗"与宋代"项牌"的阐释，竟顺便地为《红楼梦》中第一次出场的王熙凤形象完成了复原的最后一笔。原来，王熙凤此际项上所戴的"赤金盘螭璎珞圈"大致是这样一种样式——镶嵌珠玉的黄金圈环上錾有一双螭龙相对衔着牡丹花之类盛开花朵的圆雕图纹。看着书中金螭虎钗的澄光灿灿，已经足以让人想象凤姐金玉遍身的富贵过人。

《宋元金银首饰》一个也许是最值得重视的方面，就是寻找工匠们所掌握的首饰纹样与绘画、文学之间的互动的、有机的联系。书中梳理"满池娇""庭院小景""春游醉归""掬水月在手"等多种经典画题在绘画、工艺品、文学之间的灵活流转，其实是开启了一项重要的工程：为传统文化中的繁多图像一一建立谱系。在西方艺术史中，图像学研究早已成了讨论展开的基础与前提，于今，扬之水描绘的景象让我们惊觉，中国历史上，多种程式化的经典"画题"不仅流传于绘画中，也每每转换成工艺品的装饰性图案，同时在文学、戏曲中得到呼应性的表达，显示出一种题材在不同领域之间流进流出的活跃性。

此书所展示的古代工匠把"满池娇"题材从平面绘画转化成浮雕式金工作品的能力，实在可以作为教学范例拿来点化今天的设计系学生。足见，要让往昔的成就重新作为一种资源或一种启发回流入今天的生活，恰恰需要扬之水这样的为传统图像全面厘清谱系的努力，因为唯有这种努力能够为当代人铺平理解古代工艺的智慧与美感的道路。

钗头花里品唐诗

"掬水月在手",一句唐人诗,因为意象奇丽,受到一代又一代人的欢迎,于是先是转化成装饰居室的仕女画题材,然后进一步扩张到日常用品领域,作为程式化的装饰纹样反复现身于瓷器的表壁,乃至跃上钗头,这,就是扬之水先生新著《宋元金银首饰》《奢华之色——宋元明金银器研究(第一卷)》中为我们发掘出的一段"史实"。

随便问一个当代中国人:你觉得在明代还有发达的人物画吗? 答案多半会是"No"。其实,在明人的生活中,人物画是个很活跃的因素,其影响展现在多个创作领域。就引扬之水举证的例子吧:《金瓶梅》中,妓女爱月儿的房里挂了四幅分别扣合"春""夏""秋""冬"主题的仕女画,至于各幅画的具体内容则是又饱具文学内涵又富于历史传承:惜花春早起、爱月夜眠迟、掬水月在手、弄花香满衣! 前二者曾是宋词调名,后二者乃是唐人于良史的诗句。明代的性工作者看来……还真是品位不低呢？当然，如此说不过是逗笑罢了。扬之水通过剥丝抽茧的推证过程向我们展示，出现在爱月儿房中的成龙配套的仕女画题乃是当时整个社会所喜爱的流行题材，妓女不过是跟随着时尚而已。因此，《金瓶梅》中的这一场景反映的其实是明代社会的品位水平。

湖北钟祥梁庄王墓出土青花掬水月在手图锺（现藏湖北省博物馆）

湖北钟祥梁庄王墓出土摘花香满衣图锺（现藏湖北省博物馆）

　　阅读扬之水著作的妙处,就是时时地接触到这种能让人对历史产生质感体验的细节。日本古装言情剧《大奥》中有个镜头:第三代幕府将军德川家光青春叛逆,微服夜游,看到街边摊上吊着一个个透明小玻璃球,球内盛着清水,有小金鱼往来游动,他不由好奇地伫足凝观。见此我简直是乐开了花。须知,扬之水在另一本著述《古诗文名物新证》中曾有考证,在元时的二月二这一天,大都(北京)就时兴沿街叫卖这种小玩意。看到几乎一模一样的玻璃工艺品出现在日本电视剧中的幕府初期的江户街头,我着实惊奇于中日两国在历史上如此联系紧密,紧密到如此细节的地步,似乎由此对所谓东亚的历史产生了新的好奇。

　　实际上,扬之水指出,早在宋代的上元夜,用盛水的玻璃圆球或玻璃瓶养几尾小鱼,吊在灯光前,借烛辉映出水光鱼影,就是盛行的做法,叫做“琉璃泡灯”。如果问一个当代中国人:你觉得宋代的中国有玻璃器吗? 答案恐怕还会是“No”。然而,文献中透露,在宋代,酒宴上的高档酒具之一是琉璃酒碗,各种场合也讲究用琉璃瓶、盆来插放鲜花,东京的饭铺里普遍用碧琉璃碗作为餐具,女性还曾流行佩戴琉璃首饰,富贵人家在夏天挂琉璃珠帘,上元灯节则有各种样式的琉璃灯⋯⋯如果把眼闭上,在自己对于宋代的想象中稍稍加入一点玻璃的闪光,你会发现,对于那个遥远朝代的感受立刻变得有所不同。

西安市第一中学出土碧琉璃碗（引自《奢华之色》卷三）

明佚名画家《掬水月在手》（现藏上海博物馆）

明人生活中的人物画,宋人生活中的玻璃器,都是因为各种原因被后代忽略了的史实。这种忽略诚然如扬之水所批评的那样,"未免深负古人",另外恐怕也影响到今人的眼界。《宋元金银首饰》延续着扬之水一贯以来的风格,通过似乎波澜不惊的严谨考证揭示了一个有趣的真相:物质的世界就是精神的世界,二者无法剥离。一个不识字、缠足的元代女性,头上金钗的钗头花却是图解唐诗的仕女纹样,你说她有文化还是没文化?

反正,那位元代女子肯定知道斜挑在自己鬓畔的钗花的含义:月下,一位美人将双手伸入盆中的清水,捧起倒映在水面的圆圆月影。倒是今天的人们,因为历史的断裂,碰到出土文物上的同类图式之时,完全看不懂其中的意思,只好解释为美人在"洗手""洁手",显得怪没文化似的。

好在扬之水将"掬水月在手""惜花春早起"以及"庭院小景""春游醉归"等长期流传的优美图像成功加以了破译。经过学术研究的招魂之后,这些昔日因为多少代人的深情而逐步积淀成形的经典画面有权利在当代中国人的审美经验中复活吧。我们或许可以希望,在未来的某部国产影视剧里,将会有一位夜色下的古装女子捧起一掬清水,电脑合成技术在她水光澄澈的掌心里映现出天上圆月的如镜倒影。

历史流星的捕手

《红楼梦》中第四十回透露,大观园缀锦阁的前室暗间书架上陈放有一套十只的竹根套杯;贾母房中也有一套"黄杨木根整抠的十个大套杯"。读扬之水《奢华之色——宋元明金银器研究》(以下简称《奢华之色》)第三卷,一个意外收获便是明白了这种套杯的出处,原来,其渊源在于宋人饮酒的器皿。

从小说叙述来看,在曹雪芹的时代,"一连十个,挨次大小分下来,那大的足似个小盆子,第十个极小的还有手里的杯子两个大","雕镂奇绝,一色山水树木人物"的套杯,基本上成了摆放在多宝格上的精巧文玩,很少真正动用。不过,关于这种套杯的具体使用方式,清人依然清楚:"他都是一套,定要吃遍一套方使得。""这个杯没有喝一个的理。我们家因没有这大量的,所以没人敢使他。"我在搜寻宋词中关于玻璃酒具的信息时,就意外地两次遇到类似的描述,即,郭应祥《霜天晓角》"赵

簿席上写目前之景":

> 琉璃十碗。兽炭红炉暖。花下两枝银烛,和气冶、欢
> 声满。
>
> 从他吹急管。杯行须款款。尽做更移漏转,也犹胜、
> 春宵短。

以及杨炎正《生查子》:

> 金莲照夜红,玉腕扶春碧。曲妙遏云行,人好欺花色。
> 欢生酒面浓,笑染炉香湿。饮尽十玻璃,月堕东方白。

此外,宋徽宗《宣和宫词》则咏有:"十花金盏劝仙娥,乘兴
追欢酒量过。烛影四围深夜里,分明红玉醉颜酡。"看来,宋人
聚宴时也很喜欢"闹酒",并且自有一套闹酒的游戏方式。方式
之一就是配备一套十只的酒杯,每次斟满其中的一只,然后以
歌声或乐声劝酒,让十只酒杯轮番上阵一遍。兴浓的话,还会
重启新的一轮,如此周而复始,直到沉醉方休。往事本已模糊,
如今,经过扬之水梳理钩沉,宋人饮酒的场面居然闪烁着金辉
玉泽的细节,恢复了清晰。原来,那时的成套劝酒之杯或者在
体量上由大到小依次变化,同时采用各异的器型,如袖珍小鼎、

鹦鹉螺杯、梨花等象生造型的小杯等，尤以蕉叶形浅杯为全系列中的最小一件。(《奢华之色》卷三，《罚觥与劝盏》，214页)也或者，整套系列在体量上相近，并无大小之分，但于造型上采用统一的主题设计，最常见的为每只杯采用一种花朵的外形，如秋葵、菊花、梅花、芙蓉花、栀子花、莲花、荷叶、桃等。(同上，《盘盏与台盏》，6—46页)也就是说，宋人的宴会之上，会有由各种象生花造型的酒杯，连同造型一致的配套酒盘或酒台，作为一个整套的系列，用于一次次的劝酒。

"十花金盏"显然正是这种成套的象生花形酒盏，因此，扬之水对于宋代出土金银器的厘清，结果竟是直接把我们送回到北宋覆亡前那最后的逸乐时刻。再如曾慥《调笑》"破子"所吟：

四川蓬安南宋窖藏出土银芙蓉花盘盏一副(引自《奢华之色》卷三)

福建邵武南宋窖藏出土银鎏金菊花盘盏一副(引自《奢华之色》卷三)

"酒美。直无比……十花更互来相对。常伴先生沉醉。"如今，借助《奢华之色》的研究成果，我们可以猜测，词中所言之"十花"乃是指成套象生花酒盏，这显然有助于对于词意的理解。

利用出土实物、图像与文献，那么认真地，为纷杂的随葬金银器物一件件找回当初的名称与用途，这种努力固然透露出惊人的耐心与毅力，然而扬之水的情趣亦尽现其中。一如孙机先生在序言中指出，缺了扬之水式的似乎无限细致的努力，"这件文物遂有可能成为一颗出轨的流星，游离于历史之外，与有关记事脱节，以致在当时的社会生活的框架中找不到它的位置"。事实的相对一面则是，往昔"社会生活的框架"犹如一幅七巧板式的巨大拼图，要依靠学者们把"出轨的流星"一一捕回，填补到图中，拼图才能逐渐完整，呈现出生动的景象。

出现在《红楼梦》中的竹根套杯、黄杨木套杯的细节更进一步显示，扬之水关于一个具体时代中的某类具体器物的研究，其成果却很可能具有连带性，顺道就解决了其他时代的谜题。风俗绵延，余音袅袅，宋时在酒席实战中大显身手的成套酒杯，到清代前期演进成"套杯"形式的陈设品，然而，若无扬之水为我们讲清宋人饮酒方式与器皿之间的关系，则缀锦阁多宝格上的套杯也就无法清楚理解。

不过，将往昔各个时代的生活图景拼贴完整，让今人对于历史的理解尽可能地接近真相，其实只是扬之水研究的初层意义而已。仍以《红楼梦》为例，应该注意到，就在黄杨木套杯短暂露脸的同一场合，现场布置颇为独特：

> 这里凤姐儿已带着人摆设整齐，上面左右两张榻，榻上都铺着锦裀蓉簟，每一榻前有两张雕漆几，也有海棠式的，也有梅花式的，也有荷叶式的，也有葵花式的，也有方的，也有圆的，其式不一。一个上面放着炉瓶，一分攒盒；一个上面空设着，预备放各人所喜食物。上面二榻四几，是贾母薛姨妈，下面一椅两几，是王夫人的，余者都是一椅一几……攒盒式样，亦随几之式样。每人一把乌银洋錾自斟壶，一个十锦珐琅杯。（第四十回）

因为并非正式宴会，所以席面布置依了宝玉的主张，反而更加追求形式美感与享受性的统一：以高几代替了餐桌，这些高几的几面则分别为梅花、海棠、荷叶、葵花、方、圆诸式，更妙的是，几上用于盛放食物的攒盒，也与几式相配，即，梅花几上放梅花形攒盒，海棠几上放海棠形攒盒，以此类推。在扬之水指出宋人开创有"十花金盏"的形式之后，我们也就容易明白，贾府中这种精致的陈设方式，乃是前代以象生花造型为系列酒杯的进一步发展。有意思的是，小说中接着写道，每只几上还会配有"一个十锦珐琅杯"，茶杯的"什锦"造型与图案，或许也与几式相呼应呢。若从扬之水的研究成果来看,是否可以说,扣合着一个主题,展开活泼多变的题材表现,形成系列的"什锦"图案或造型,这一很有特色的设计思路,乃是以宋代为起点呢?

至少有一点很清楚的是,将唐宋时代发达的写生——即写实——的花卉形象加以适当地图案化,引入工艺品造型与图案,这一潮流成形于晚唐,而在宋人手底获得爆发式的进展。"十花金盏",以及后来的梅花几、海棠几之类造型,在东亚以外的其他文化中可说是难寻踪迹。因此,唐宋花鸟画的成就一旦被用于支援工艺美术,在日常用器的造型与装饰中大显身手,不仅塑造了宋代制品的特色,也塑造了此后中国传统文化的风貌。扬之水的《奢华之色》重要贡献之一,正在于清楚指明了这一"民族特色"的确切起点。

由此可以看出,扬之水更深一层的雄心,乃是厘清缤纷在中国传统文化中的图像词汇,也厘清这些词汇的起承转合的脉络关系。实际上,卷二附论《造型与纹样的发生、传播与演变——以仙山楼阁为例》中,作者直接阐明道:"造型、纹样传播与演变的轨迹中,承载着对设计者和设计史的一种最为贴近的叙述。"如果画样、图式、图谱等可以视作"语汇",那么这些语汇传播与演变的轨迹是否便构成了"修辞"?

《奢华之色》之于金银器的着力,其意义也不局限于工艺史的内部、设计史的内部。这一套著作在某种程度上给我们配备了古人曾经拥有的目光,去观看一个在前人眼中曾经清楚无比的图像系统,看清种种图像中的寓意,看清这些寓意中的文化与知识,曾经,这一切是那么的被大家熟悉,那么的日常。工艺美术中的"图谱"的重要性,在扬之水的笔下,一贯是以颇为反讽的方式得到强调。典型如《金瀛洲学士图掩鬓》(《奢华之色》卷二,177—185 页)一节,让"瀛洲学士图""玉堂学士图"两个流传数世纪的重要图谱重新焕发清楚的容颜,也让我们意识到自己面对传统图像世界是何等的"没文化"。由于今人丧失了对于这些图谱的认识能力,所以对于文物上的装饰每每乱作强解,表现出可笑的愚昧。

我们瞪着"掩鬓"钗上的"瀛洲学士"图案会茫然不解,但,潘金莲、宋蕙莲们却该很清楚其含义吧?《奢华之色》勾起我的愿望之一,就是期待有人为我们重构往昔那些普通人的知识世界。对于绝大多数不识字的男女来说,恰恰是工匠们随处应用的程式化的图谱,构成了他们知识的重要来源吧!戏仿抽样调查的方式,选取各个时代的某一小人物,利用文献、出土文物以及如扬之水这样学者的研究成果,重新勾勒这些普通人在彼时世界的具体见识,让我们通过他们的眼光去重新体会已被时光卷走的人类经验,应该是很值得着手的一项大工程呢。

因此,《奢华之色》所展示出的,乃是名物研究在广阔度与纵深度上更为开放的可能性。书中研究各种酒具的定名,却在同时破解历代不同的饮酒风俗,即为非常具有阅读魅力的一个侧面。《武林旧事》记载,南宋孝宗曾经"亲捧玉酒船"向高宗祝寿,这只玉酒船装有机关,一旦酒满其中,安置在船内的人偶便能活动,逗得高宗很是高兴。《酒船与槎杯》(《奢华之色》卷三,62—70页)一节展示宋代劝酒专用"酒船",竟是让如此的记载也恢复了生动。自古至今,"敬酒"都是中国人宴席上的重要环节,然而,宋人的敬酒方式却是何等的细腻雅致。说来让人好奇,从哪个时代起,中国人的酒杯就不再配用托盏了?

"闷骚男"雍正

  《十二美人》(紫禁城出版社 2010 年)一书定名为"博古幽思"的那幅图中,美人身后右侧博古架第二层内的宣德红釉僧帽壶,其真身此刻就在紫禁城午门的《明永乐宣德文物特展》上盈盈亭亭呢!要看的快去呀乎嗨!

  实际上,红釉僧帽壶上方,博古架顶层内只显露部分的宋汝窑三足洗,也曾现身于紫禁城延禧宫的陶瓷展。至于左侧架顶层的宋汝窑青瓷无纹水仙洗,则如《十二美人》书中指出,实物可能就是现藏台北故宫博物院的那一件。水仙洗下层的所谓"白玉四足壶",则在郎世宁所绘的《平安春信图》里再次出现,这同样是早被行家注意到的细节。

  乍看起来,简直没有比《雍亲王题书堂深居图》(此据朱家溍定名)更"写实"的画作了——也许,用更传统的"写真"一词来概括这一组作品的特点,要更为合适吧。每一个细节都描摹

明宣德红釉僧帽壶（现藏北京故宫博物院）

清佚名画家《雍亲王题书堂深居图》（现藏北京故宫
博物院）之一"博古幽思"局部

仔细,在文物或文献中,这些细节基本上都可以找到具体的实物对应。在这样的情况之下,对于仅仅不到三百年历史的一组美人画,今人的读解却如此破碎,甚至在作品的定名上都未能达成一致,便似乎是很奇怪的现象。如在最新一期的《紫禁城》杂志(188期),扬之水就发文指出,《十二美人》一书定名为"烛下缝衣"的一幅,实际上乃是意涵庄重的传统题材"补衮图"的又一次呈演。扬文《刺绣·补衮及其他》中的考论绝对让人信服,然而,在确定"烛下缝衣"一图实为"补衮"之后,仍然无法打消我们将这幅图与"晴雯补裘"情节联想到一起的冲动。沈从文先生早就发出的论断:"这十二个图像还可作《红楼梦》一书金陵十二钗中角色衣着看待,远比后来费小楼、改琦、王小梅等画的形象更接近真实。而一切动用器物背景也符合当时情形。"(《中国古代服饰研究》,香港商务印书馆,516页)依然是回音袅绕,无法撩断。从这个角度来讲,巫鸿《陈规再造:清宫十二钗与〈红楼梦〉》(《时空中的美术》,北京三联书店)中的相关探讨实乃逼近真相的一次重要推理。

不可否认,赵广超、吴靖雯两位先生所著的《十二美人》一书,提出了富有见地亦相当全面的分析,不过,若是能再进一步,把近年以来各家学者、专家关于《雍亲王题书堂深居图》的议论、探讨一一列录于后,读者到手的不仅有"一卷美人",同时还能观赏诸家之于这一套美人画的缤纷读解,那绝对会是赏心乐事一桩。

迄今为止的这种多解的局面，其实意味着作品所涵信息的异常丰富。奇特的情况是，随着研究者对于图中信息的破译愈为深入，画面之于现代观众反而愈显隔阂。好残酷啊，随着世道的天翻地覆，让画面得以组织成形的那些游戏规则已在无人察觉之中雨散云收，一去不返，这种丧失让我们似乎注定永远地站在雾障烟迷的彼岸。依照今日关于写实与幻想的定义，我们怎么能够容忍，既对手炉、银火壶之类日常器物照实勾勒，又在窗外画上寓意化的红色蝙蝠？"裘装对镜"在起稿时完全照搬了一幅前人画作《闺秀诗评》，然后开心地添加各种也许是雍正喜欢的居室布置细节，甚至模仿他的书风，把他于雍亲王时代所作的《美人把镜》诗描摹在背景挂轴里，我们这些"原创"崇拜的信徒，当然不免瞠目的反应。顺便爆料，曹雪芹在设计刘姥姥初见凤姐的环节时，也使用了与"裘装对镜"惊人相似的"图稿"。

也许，多个方面的"二重性"是这一组作品的特质之一，如写实与寓意、"时式"与"古样"、想象的文人生活情境与真实的宫廷室内设计，等等。男性气质与女性气质的并存，应该也算是作品的"二重性"的一种，可以说，这是一组"雌雄同体"的作品。中心人物连同其时尚化的发式、服饰、首饰，以及"对镜""补衮""望归""梧桐纨扇"之类的主题，俨然在玩味"闺阁"心情;周围的环境却基本与这些女性无关,满布雍正自己感兴趣的东西,一部分代表着他真实拥有的堂皇富丽,一部分代表着他向往的文人清雅,二者没有边界地杂混在一起。话说回来,似乎这种"雌雄同体"性是存在于传统仕女画中的普遍气质,或者可以解释何以画中美人们总显得突兀,与周围的环境不相协调。这些美人不是生活在自己的闺房里,而是陈列在男性士大夫所愿望的居室中、园林内。

于是,墙面出现落款董其昌的书法、四王风格的绘画,这一类现象也就没啥奇异了。十二美人图上,清晰强大、无所不在的其实是雍正的形象,是他的性情,他的好恶,他的梦幻。

由于朱家溍先生的敏锐,通过保存至今的清宫造办处档案,这一组作品得到了在时空中的相当清晰的定位:

雍正十年……八月廿二日据圆明园来帖内称:司库常保持出由圆明园深柳读书堂围屏上拆下美人绢画十二张,说太监沧州传旨:着垫纸衬平配作卷杆。钦此。

十二张美人绢画原本是一架围屏的屏面,伫立在圆明园的深柳读书堂内。不见任何理由的说明,1732 年,围屏上的十二位美人被拆换下来。于是,在我们的视野中,这一架美人屏风的第一次显形,竟是被毁灭的一刻。资料档案经常就是这样,像文艺作品一样充满内在的紧张性。若是换了日本人或英国人，此条档案大概早就转化成艺术电影的开场镜头，或者悬疑小说、历史言情小说的首章了。

伴着拆换而来的，便是被捐弃、被遗忘的命运，竟然应和了"秋风纨扇"（"桐荫品茗"一幅的主题）、"拈书怕觌鸳鸯字，自执时钟叹岁华"（"持表观菊"墙面贴落中的诗句）的怨题。直到二百多年后的二十世纪下半叶，这些绢画不知经过怎样个过程，流转到故宫延禧宫库房，卷裹在雍正十年秋天被改装时所配的杉木卷杆上，与沈从文、朱家溍们的人生交错。哪位文学家能写出比这更苍凉，更神秘，更有怨怅感的传奇呢，甚至《牡丹亭》里的"拾画"、"叫画"也难比什一。

宣告美人屏风的命运被猝然斩断的那条档案资料，如今可在《养心殿造办处史料辑览（第一辑）·雍正朝》（以下简称《辑览》）一书中随时读到。这本辑录雍正朝造办处档案资料的奇趣读物初出之时，我曾经想以"十三爷的另一面"为标题，抒发一番读后感。当年大热的电视连续剧《雍正王朝》把"十三皇子"、怡亲王允祥塑造成干练的大武生形象，颇得女性观众好评。然而，《辑览》中，这位亲王却在百忙里每每地奉皇帝哥哥之旨直接操心宫廷工艺品的制作，甚至在自己的王府里试烧彩色玻璃、珐琅片。坦白讲，我严重怀疑，"拈珠观猫"中的那只香炉，就是雍正五年为凑趣万寿节而"未用官钱粮，系怡亲王恭进

《雍亲王题书堂深居图》之一"拈珠观猫"中"嵌玉顶、紫檀木盖""随紫檀木座"的"烧铜古鼎"。

的""嵌玉顶、紫檀木盖""随紫檀木座"的"烧铜古鼎"中的一件。当然,十三爷的另一面实际上是他四哥的不打折的镜影,《辑览》一书最为吸引人之处,恰恰是耀映其中的雍正的性情。

说句不敬的话,在这册档案资料中,雍正简直就像某一类生理周期之前处于情绪紧张期的女人,对奢侈品有一种近乎偏执的热衷。不过,与今天拿着信用卡血拼购物的女人不同的是,雍正同时完全够得上"设计师"的称号。在位的第九年,他曾很细致地为自己构想了一个象牙雕的花篮式帽冠,上面架十字交叉梁,以便在篮中盛放鲜花,用花气来熏香自己的天子冠帽。雍正三年,他下令在圆明园后殿仙楼下"做双圆玻璃窗一件",并且具体给出细节:"双圆玻璃做径二尺二寸,边做硬木的。前面一扇画节节见喜,后面一扇安玻璃,玻璃后面板墙亦画节节见喜。"大约仙楼下的这一堵墙比较厚,而墙后不远处又有一道板墙挡住视线。本来是很不好处理的空间,雍正却颇有才华地想到利用西洋透明玻璃,在墙上安装一个双面的圆窗,朝向室内的窗玻璃上彩画"节节见喜"图案,另一侧玻璃则素面无绘,不过,在窗后板墙上与圆窗位置相当的地方,也画上一模一样的"节节见喜"图案,于是,人在仙楼内,会在窗上看到前扇玻璃与后面板墙上两重的纹样依约叠影,获得一种视觉上的趣味感,甚至对于此一方空间的进深产生错觉的感受。至于所谓"节节见喜",正可见于"倚榻观鹊"一幅的画面深处:翠竹上一对喜鹊在叽喳对鸣。

似乎，构想出各种各样的奢侈品或居室设计方案，让臣工将之转化为实物，是这位铁腕君主缓解紧张和压力的最佳途径。当然，即使这类活动也曝光着行为者的内心状态，足为心理分析的案例。雍正七年九月初六日，皇帝哥哥传旨制作雕刻精美、镶嵌珠宝的"梳子、篦子、抿子、刷牙等九件"，"以备怡亲王福晋千秋用"。大伯子拿牙刷一类梳洗用品作为生日礼物送给弟妹，放在今天也显得尴尬吧？偏偏雍正就干得出来。这种细节所流露的大约是他对亲信弟弟强烈的控制欲甚至占有欲吧。

《辑览》把雍正一朝十三年的造办处档案浓缩在一处，或许难免夸大雍正的这一侧面，以致竟然形成像个"经期前女人"的诡异

《雍亲王题书堂深居图》之一"倚榻观鹊"中的"节节见喜"局部

效果。这些看去很亢奋的活动,实际上是稀释在雍正那以勤勉、苛严、焦虑著称的帝王生涯当中,"这位人类历史中最勤奋的皇帝,一生'忙碌',未曾南巡、没有出狩围场,任内甚至没有到过承德避暑山庄。圆明园主人最花费的工程便是修整康熙皇帝所赐的圆明园"。(《十二美人》之"一卷美人",18 页)

《雍亲王题书堂深居图》正是如此脉络中的一件造物。按照《辑览》所展示的制作流程,大约是由雍正先派人传旨,讲述自己心中的具体构想,要画工起样呈进。看到画样之后,这位细致的设计家会给出非常具体的意见,包括各种细节的改动,然后再传旨要画工修改。直到他本人"看准了",也就是对画样完全满意了,才会同意制造实物。屏风一经造好,雍正多半还会命令做一些细部的改造,如换衬面、底座等等。总之,一个人终归是完整的,在这类事情上,雍正显露的是与他批奏折时一样的脾气,絮叨,繁琐,有强迫症的嫌疑。插播一句,怡亲王的强迫症才真是明显,估计是被父、兄两朝的严酷吓出来的。

然而,动人的是——剥离了政治背景、显现在工艺品中的雍正实在是很动人的——在这样絮叨、繁琐的监督下产生的宫廷工艺品,居然以极端的细腻与柔美光照世界,并且,也以非常之女性化的气质光照世界。任谁的眼光一瞭到雍正朝的粉彩瓷器,都会觉得有柳丝里拂来的春风骀荡心头,整个灵魂登时温柔下来。也许,世上唯一把女人肌肤模仿成功的人工造物,就是这种粉彩器的白瓷胎,在合适的光照角度下,这种白瓷的表面真的满布与女人肌肤毛孔一样细微的颗粒!看着雍正朝宫廷艺术品,人会自然的忘掉正史中关于这位帝王的一切叙述,会不可遏制的相信,它们的主人是一个粉面含春的女人。明耀在宫廷美术中的雍正的形象,与他在政治史中的形象是完全对不上的,这真是一种奇异的分裂。

然而,细腻、柔美、女性化的那位雍正,无疑与《雍亲王题书堂深居图》的气质相和谐。按当时的习惯,这一座十二扇的围屏应该是一字排开,挡在宝座的后面或"宝座床"的前面。清朝皇帝有为自己制造超小起居空间的习惯,好像这样才能获得安全感,"三希堂"即是典型之例。"辑览"中,雍正就喜欢下令在宝座床上安装冠架、笔筒一类小设施,仿佛要把全部生存都精缩到一张床面的袖珍天地中。眼前的一架长屏满布大概从没亲眼见过的江南汉装美人,还有着自己最宝爱的物品一一罗列其中,古往今来的各种经典闺阁画题也被尽量用上,仿学西洋

清雍正十二色菊瓣盘(现藏北京故宫博物院)中的黄、明黄、姜黄、米黄釉盘

的透视画法则赋予这一切一种空间感的幻觉，仿佛是就在自己近旁绽放的真实世界。雍正不惮心血地制作这样一件造物，究竟是出于什么样的动机？又为什么一朝之间忽然将它遗弃？

用今天网络流行语来说，这位其貌不扬、即使在激情时也难脱刻板的大叔，其实是个内心里锁闭着一园郁勃繁花的"闷骚男"。《雍亲王题书堂深居图》足以成为一个非常好的起点，去了解雍正的人生中的另一个热烈的侧面，以及去了解有关他的所有那一切。

鲜花熏香的皇冠

"再照样做一件,将葵花式托撑改做十八根直撑,口圈要开的开,以备放花熏冠用。"这是谁发的命令? 是雍正,在他当皇帝的第四年,操心自己那顶天子帽冠的熏香问题。

不得不佩服朱家溍先生的过人识见,他生前选编的《养心殿造办处史料辑览·雍正朝》(以下简称《辑览》)一书,读来简直像小说,而比目前能读到的大多数小说都有味得多。就说书中载录的几条涉及"熏冠"的资料,真是越琢磨越觉有趣。

看起来,把帽冠加以熏香,在清朝贵族中是很普遍的做法。如雍正六年(1728)造办处为怡亲王福晋"寿日"所做的"年例寿意活计"中,就有"庆云捧寿熏冠炉"一项。不过,从"熏冠炉"这个称呼就不难推测,当时流行的方式,是在小香炉里焚香,然后把帽冠架在熏炉的上方,让炉中升起的香气一点点氤氲帽冠。但是,雍正偏偏不肯满足于这个普遍的方法,他挺费心思地为

自己设计样式独特的熏冠架。在雍正九年,又发出一道上谕:

> 尔等照朕指示做一花篮,做紫檀边、嵌雕象牙,中心花
> 要透地,将花篮内提梁分为四瓣,做帽架。花篮内安铜烧
> 珐琅胆,取出当器用,上安珐琅盖,盖上嵌眼插鲜花,又像
> 盘子,盛得佛手、香橼,熏冠用。

以紫檀做花篮的篮框,嵌上象牙雕成的篮体,篮中放一个
铜胎烧珐琅的花插,篮上的十字跨梁形成帽架,应该说,雍正很
有些设计天分。当然,这位勤勉、严苛的君主所有关于宫廷工
艺品制作的指示,都像这一条一样,反映出他一贯的性格,精
细、机敏,注意细节到了絮叨的地步。更惹人兴趣的是,一个
"大老爷们儿"如此开动脑筋,要创新冠架的形式,目的竟是为
了让冠架之内有足够的空间放上一瓶鲜花,以便可以用天然花
朵来熏香冠帽。实际上,雍正四年指示,将冠架上的葵花式托
撑拆去,代替以一圈十八根直棍,显然也是要让这一圈直棍作
为帽撑,从而在其内有足够高长的空间,可以摆放一个小花插,
"放花熏冠"。

从《辑览》可以看出,雍正对于鲜花的香气有着异常的兴
趣。他屡屡指示制作象牙等珍贵材质的香囊、香熏、香袋,指示
当中不忘了强调"盛花用""盛鲜花用,亦可盛香袋用"。这些可

清宫旧藏如意足文竹冠架（现藏北京故宫博
物院），顶盖可以打开以放入香料，菊花瓣纹
上的镂孔则使香气散出，熏染帽冠。

以盛鲜花的香袋,被挂在宫灯上,也被挂在专用的挂杆上,用于熏香宫室。

在明清时代,用天然芳香的花、草作为香料,盛在香囊中,甚至缝在内衣的夹层里,作为熏香身体的一种方式,是非常流行的。典型如潘金莲送给西门庆的一件兜肚,"里面装着排草、玫瑰花"(《金瓶梅》第八回)。不过,这些香花香草一般在采摘之后加以晾干,以便于保存。像李纨就曾说:"还有一带篱笆上的蔷薇、月季、宝相、金银藤,单这没要紧的草花,干了卖到茶叶铺、药铺去,也值几个钱。"(《红楼梦》六十七回)但是,雍正喜欢的做法,却是用"鲜花"作为熏香房间以及熏香帽冠的香料。怎样来理解这个小小的细节?最简单的解释可以是,焚香熏衣的奢侈习俗在流行至少上千年之后,让有闲阶级普遍厌倦了。《红楼梦》中就一再传达这种情绪,如宝钗曾说:"我最怕熏香,好好的衣服熏的烟气火燎的。"(第八回)雪雁则介绍黛玉的作风是:"我们姑娘素日屋内,除摆新鲜花草、木瓜之类,又不大喜熏衣服。"(六十四回)从这个角度来看,雍正不过是响应着时代风气,却又挖空心思,力图显得自己过人一筹。

但是,如果我们肯多动一点脑子,开动一点想象力,那么完全可以找出更有创造性的解释方案。比如,雍正关于熏冠架的喋喋不休,很容易就让人联想到麦克白夫人不断啜泣着洗手的情节。这位皇帝近乎神经质地放心不下冠帽的气味,一定要利用鲜花的最新鲜的香芬,让头上那顶"皇冠"气息清洁,是不是恰恰反映出他有着类似麦克白夫人的心理状态? 当然,无论粗疏地用"时代风气"一言以蔽之,还是简单地移用莎士比亚对于人性的阐释,都是太偷懒也太缺乏才华的做法。我们拥有着如此强大和丰富的传统资源,却不能超越莎士比亚,这实在是个莫名其妙的局面。

大明衣冠的撷花人

　　法兰西 24 台（由法国创办的国际新闻频道）有个"生活艺术"（L'Art de Vivre）栏目，持续介绍该国的特色工艺与设计。最近，一位"紧身胸衣专家"在栏目中惊鸿现影，他——是的，一位男士——是为数寥寥的仍然擅长束系欧洲传统女用紧身胸衣的行家之一，业务活动的重要一项，就是受聘去为古典歌剧演出、历史题材影视拍摄中的女演员们穿戴老式胸衣。

　　采访中，专家当场为一位女记者穿好叫做 corset 的这种倒梨形胸衣，然后灵巧地在胸衣的两条肩带上各系上一只古典样式的泡泡短袖，呀，胸衣一经袖头点缀，立刻呈现为一袭华服的风貌，女记者也变成了十八世纪半身画像里的贵妇！网聊时随便谈起这个消息，当即有年轻网友大表兴趣，"打滚"（网上爱用的谐语）要我提供可以围观的网址。然后大家就感叹，怪不得欧美的古装剧水平高，敢情连束胸衣这样一个细节都有专业人士负责！接下来的话题自然又扯到对国产古装剧的失望与不满，认为其中的服装首饰发型乃至家具建筑日益的天马行空，不着四六。

当年曾与学界人士一起去看讲述荆轲故事的大片，结果看到了马镫子、白瓷碗、大蒜……于是哈哈哈地散了。数年过去，这种拿国产古装影视作品当消遣素材的活动似乎倒有发展成全民娱乐的趋势，知名论坛上但凡出现一个调戏古装剧的帖子，准保跟帖云集！不过，我没想到的是，80后这代人居然就在观看与品评不靠谱古装剧的过程当中激发出对传统的好奇，也激发出勇气，掀起一场方兴未艾的研究与复兴往昔服饰的运动。就在刚刚过去的"三八"妇女节，新浪网推出了一期"中国古代女子服饰志"，资料方面便是得力于两位"汉服吧"的"吧主"——大汉玉筝与月曜辛。

以网络上的论坛、贴吧为活动基地，显然是这场探索传统服饰的青年运动的时代特色。如果我把刚刚出版的《Q版大明衣冠图志》（北京邮电大学出版社 2011 年）一书归为这场自发的文化复兴运动的初见成果，想来，书的作者、大明衣冠论坛的"坛主"撷芳大人不会反对。

据我有限的见闻，《Q版大明衣冠图志》是近年来第一部详细的断代服饰史，终于结束了写服饰的历史必上下跑马三千年的奇怪局面。堪称学术史奇观的是，在这个"第一部"中，却是

明代皇后袄裙像(引自《Q版大明衣冠图志》)

一个个可爱的卡通娃娃来展现几个世纪前的中国服饰,于是就出现了一派天真模样的明代小皇帝、小皇后！这也就是"芳大"(网友对于撷芳主人的敬称,嗯,此君是个小伙子)将自己的学术力作名之为"Q版"(大约是谐音英文词汇"cute"?)的原因,显示出日本动漫文化对于80后一代的影响。

最先以发帖子的形式在网上走红、采用卡通人物为表现手段的服饰研究作品,不仅能够出书,而且得以跻身"明代文化丛书"之列,反映了我们这个时代的开放与宽松。"Q版"的衣冠图志却很当得起"学术"二字,二百五十余帧的绘图与配套说明文字,展示了明代各个阶层在多种场合的穿戴,相当完备。最重要的是,几乎每一帧都是以明代传世绘画、实物或考古出土品为依据,辅以文献资料,严肃并且严谨。

当然,不能说这部著作就毫无遗漏,由于主要依循《大明会典》的体例,所以散落在笔记中的一些线索未能拾珠,如士大夫专用于出游的服饰,《遵生八笺》中提到"云笠"——在斗笠周围垂一圈皂绢,无疑是前世男用席帽的沿袭;"月衣",如果平铺在地上,形廓便如一轮圆月,披到身上则像披风,大约即是清代的"一口钟"。此外,女服中很有特色的"水田衣"也未见提及。可见,关于明代服饰的研究仍有继续推进的空间。

一册"Q版"在手,我不禁有点想看热闹的心理:芳大如此翔实的著作出版之后,影视剧涉及明代题材时,会在服饰方面有所改观吗?另外,一个长期埋伏的念头再次涌起:由于唐代绘画富于写实精神,近年考古发掘的墓葬中又往往有纪年信息,因此,根据这些纪年墓,以图录加文字考证的形式,撰写一部鸿篇巨制的唐代服饰编年史,将唐代服饰在每一年的形态罗列个大概,是完全有可能的。实际上,宋、元、明、清又何尝不可如此。

中国历代服饰的断代编年史,或者类似的对于往昔历史的详尽研究,不知是否也要等待撷芳主人这样的新人类乃至更新的人类来完成?

衣裳上的百年

如果有谁宣称所谓汉衣冠的历史其实乃是胡服的历史，大概最好顶上锅盖蹲墙角里去躲避飞来的拍砖。然而，二十世纪中国衣冠的变迁与"胡服"（马褂、旗袍）、"洋服"混绞在一起，确实是《百年衣裳——20世纪中国服装流变》（袁仄、胡月著，三联书店2010年）一书予人最大的感慨。

尽管衣着乃至中国人的形象在一个世纪间发生了彻底的巨变，但结果却是诞生了一个生气勃勃的"新中国"，这是我们身为亲历者所应该学会的一条重要历史经验，《百年衣裳》恰恰为我们展示了此一于毁灭中新生的斑斓过程。

不过，对于生活洪流的回顾与梳理，仅仅一本著作很难完全覆盖。晚清时代女性曾经流行的一种小小风情——把手帕拴系在腕间的手镯上，书中就无暇提及。

《儿女英雄传》里，邓九公的年轻姨太太便是"手上带着金镯子玉钏,丁当作响,镯子上还拴条鸳鸯戏水的杏黄绣手巾"(第十五回);安老爷偶然遇见的一个"年轻的小媳妇子",则是"手腕子底下还搭拉着一条桃红绣花儿手巾,却斜尖儿拴在镯子上"。张爱玲《金锁记》也写道:"七巧挽起袖口,把手帕子揿在翡翠镯子里。"在小说的结尾,又有这样的文字:"她自己也不能相信她年轻的时候有过滚圆的胳膊。就连出了嫁之后几年,镯子里也只塞得进一条洋绉手帕。"正是这样一种俏皮做法,让曹七巧初次的露面风姿独特:"且不坐下,一只手撑着门,一只手撑住腰,窄窄的袖口里垂下一条雪青洋绉手帕。"

由此说开一句,《金瓶梅》中,第一次呈现在西门庆眼里的潘金莲,也是"通花汗巾儿袖中儿边搭拉"。这是否意味着把手帕揿在镯子上的做法早在明代就有? 当然,从小说其他处的描写来看,明人无分男女,都是把汗巾揣藏在袖管里,不曾涉及将帕子的一个尖角拴系在镯子上的形式。因此,更可能的情况为,潘金莲只是把汗巾塞在袖内,但故意令其末端溜出袖口,垂在腕后。作者给她安排这样一个细节,显然意在彰露其喜欢卖弄风情的品性。总之,手帕的一角不老实的从袖内探出来,"搭拉"在女性的玉腕边,也算往昔时光里制造婉媚气息的一种持续传承了。

若如此盘点,尚有许多细节,如清代贵妇总是在旗袍的腋下垂挂带有飘带的荷包,慈禧太后的花盆底上垂有珠玉璎珞的

晚清吴友如《赪碧交辉》一图中出现有
"袖口里垂下手帕"的细节。

流苏,青楼女子的高底鞋的鞋跟里会装有叮铃作响的铜铃,也
未被《百年衣裳》点到。

因此,"百年衣裳"是一条主轴,围绕着它,还有必要进行
"百年配饰""百年头脚""百年衣料""百年印染"乃至"百年性
感""百年风尚"等多重主题的研究,甚至不妨细化成"中国人的
腰""中国人的脸颊"这样无惧琐碎之嫌的题目。相信种种细节
的深入不仅能帮助我们体验观念的颠覆,更会为今人重新发掘

传统提供重要的资源。在我看来，腋襟垂挂荷包，高跟周围垂珠珞、内装响铃之类，是完全可以为当前的时尚制造一点俏皮的"怀古风"的。

最要紧的也许是盘点过去百年的衣料兴替。《百年衣裳》描述"阴丹士林布"的国产厂家以提倡国货为广告口号，便是很有意思的片段史实，须知，当时印染这种蓝布的染料要由德、美生产商提供。工业化生产的"洋布"取代手工生产的"土布"，彻底改变了女性着装的游戏规则，同时也造就了多种历史悠久的纺织品的衰亡。如宋时就已以"几若罗縠"闻名的"黄草心布"，至二十世纪五十年代还有生产，但近年基本上已经只剩文献中的留痕。苎麻织成的夏布也经历着类似的情况，其实，将这类传统织物开发成高级衣料、高档装修与设计材料，令其留存下去，不至烟灭，乃是一个民族起码该尽的努力。

《百年衣裳》中最令我吃惊的一个细节是，1935 年，曾经一度流行"成心不穿丝袜，反在脚面脚胫之上，画上各种花卉"。不知这是当时的国际流行风还是国内女性的自创？今天的哪位时尚设计师如果重拾这七十多年前的流行，想必女孩子们会很喜欢跟进吧。所以说，甚至不必向更远的时代上溯，即使过去的一百多年，便有那么多的时尚经验足堪为今日生活提供灵感。

图录，展览的延伸

从书架取下流辉绚彩的《花舞大唐春》（文物出版社 2003年）、《天山古道东西风》（中国社会科学出版社 2002 年）翻看，我会不禁想：是否有专门收藏艺术展览图录（catalogue）的藏家？

二十世纪九十年代，本人身为北京艺术博物馆的一名"学习行走"的时候，为精品展览制作配套的图录画册，在大陆的博物馆业尚未成为惯例。曾经，我受馆长之命陪一位研究中国传统艺术的法国青年学者观看馆内的展览，书画展、工艺美术品展都让他激荡不已，反复问我，这些展览是否有相应的图录？他多么想带走几本作为今后学术研究的资料啊，听到我的否定回答一脸怅然。

难怪他失落。在欧美，成规模的艺术展览一定会伴有高水平的图录，就摆在展厅内外出售，这早已成了惯例，甚至是博物馆的一条小小的生财之道。此类展览图录可不是普通的花哨画册，通行的体例是，把相关研究领域内最权威的专家学者的一组专题文章列在前面，随后则为展品的图片及资料信息。所以，在西方大学的艺术史课上，教授开给学生的阅读书目中列有很多年前的某某大展的 catalogue，一点也不稀奇。

好像真应了墨菲定律的一条——从我离开博物馆之后，这个行业就起飞了。新世纪以来，大陆博物馆的艺术展览、文物展览生气勃勃，努力与国际接轨的表现之一就是每有大展必有精美——也许过于精美了——的图录画册。前不久我赶热闹回北京艺术博物馆参加《民国瓷》展的开幕式，老同事们为这样一个中等规模的展览也配制了图录（北京出版社 2010 年），且设计得颇为不俗。听老同事笑言，当天，故宫博物院恰好举办《明永乐宣德文物特展》的研讨会，"宫里"的同行们无法分身，便派了一个代表来"艺博"为开幕式助阵，顺便带走了十多本图录呢。

业内人当然会把好的展览图录当作档案资料来重视。典型如《花舞大唐春》，是北京大学赛克勒考古与艺术博物馆举办的陕西何家村出土唐代窖藏金银器专展的配套图录，画册内不仅有国内一流学者关于唐代金银器及丝绸之路文化交流的专文，对于单件展品的介绍也篇篇考证精炼，且列出主要参考文献。一场展览转眼云烟散尽，但是图录却长久生辉，它并不是那场展览的冰冷遗蜕，而是展览被升华之后的金身。

可惜，在国内，对于展览图录的爱好似乎还只限于"圈子"

"珠山八友"之一刘雨岑"粉彩花鸟图四方笔筒"(现藏景
德镇陶瓷馆)局部(引自《民国瓷》)

内。在国外,它的支持者却是喜爱逛博物馆的公众。大都会博
物馆、卢浮宫等处每有重要大展,必出现观众等待入场的排队
长龙,展览图录随之热销也很自然了。因此还有艺术史家抱
怨,因为照顾大众的口味,近年来图录有重画片、重设计形式而
轻文字、轻学术内容的倾向。但在我们这里,看展览,尤其是看
古代文物展览,毕竟还没成为城市人的一项习常消遣活动,相
关的图录自然也就难于出现在各家的客厅书架上。

或许,大型公共图书馆应该承担起这样一项任务:把每一
年的精华展览的随展图录都加以收集,归为文献的一类,替展
览这一现代社会特有的公共文化活动建立起档案。然后,为它
们在开放阅览室中专辟一个栏架,让我们不大习惯去博物馆的
公民们通过接触图录来慢慢意识到看展览的魅力。如此也可
算开启民智的一项具体实践。

建立中国的光荣感

最近有网友在微博上叹息,茂陵卫青墓前的"文保碑"从根部断掉,倾倒在地,引发一波伤感的转发:"那可是,卫青啊!"好在得到有关部门迅速回应,很快通过官方微博发布消息宣布,已经树立起新制的"标识碑"。

但是,网友们还是吐槽,每次去探访、祭奠卫青墓,往往看到那里卫生状态很差,垃圾遍地。更离奇的是,为了在茂陵博物馆的围墙与卫青墓之间开辟一条通道,居然将大将军墓一侧生生切去了坡角,暴露出封土剖面。接着,大家又谈到霍去病墓石刻,这些标志人类历史上一个伟大时刻的纪念物经历两千年时光之后,至今还只是用些毫无艺术设计的亭子、大棚遮盖,常有无知游客胡乱摸、爬,令人痛心。于是包括我在内的网友议论,应该为这些石刻专门建立一个具有现代化文物保护条件的室内展览馆,并且制作同样的复制品,安放在墓冢的原有位置,让游人感受汉武帝为骠骑将军"为冢像祁连山"的气概。

也有熟悉文物保护专业的朋友批评我们的鼓噪没脑子,这些石刻已然在露天久经风雨,真要改变存放方式,或许效果适得其反。至于卫青墓、金日磾墓是否能划入茂陵博物馆统一保护,馆方也曾在接受媒体采访时表示,这些问题需要上级机构协调,不是博物馆自己能做主的。其实,怎样解决具体问题的前提,是今天的中国如何看待卫、霍,如何看待他们所代表的那一场光照古今的军事胜利?

汉武帝时代对于匈奴的压倒性胜利,究竟意味着什么? 当然可以有各种解释。站在今天的角度来看,它的意义之一是开创了一个传统,即,当中国作为一个政治实体与其他政治实体发生冲突的时候,具有成为战胜方的强悍能力。简单说就是,古老中国一向有着胜利的传统。随着历史的起起伏伏,这一胜利传统与被入侵、被欺凌的阶段交织在一起,但,正是因为胜利的传统其实起着决定作用,中国才能日益变得幅员辽阔、人口众多,并且在几千年里始终是世界文明的发动机之一。

所以,对于茂陵的整体应该重新定位,不仅将其看成陌生过去的破败残余,而是把它敬奉为推动中国走到今天的军事胜利传统的首要标志。我们应该建立的新观念是,众多汉唐名将所代表的军事战斗力,并非只是汉唐盛世的胜利与光荣,而且

马踏匈奴的整体拓片

霍去病墓石刻之———马踏匈奴

是今日中国的胜利与光荣。因此,霍去病墓石刻不止是些陈旧的雕塑,它们是"中国的光荣"的象征,是中国文明最重要的纪念物之一,本来应该像对待"神物"一样慎敬。同样,昭陵六骏,伏波将军马援墓,以及汉唐各位名将的墓冢,都象征着中国的光荣,理应受到至尊级别的敬待。

只有将伟大军人们代表的胜利史彰显得光辉熠熠,民众才能知道往昔岁月不仅仅只有"靖康之难""扬州十日""甲午惨败""南京大屠杀",才能建立起身为中国人的自尊与自信。汉唐名将墓地附近的军事单位也应该定期组织官兵前去献花致敬,教导当代军人牢记中国的伟大胜利传统,知道先人已经馈赠给他们何等的荣耀。

卫青墓前的垃圾,其实反映的是当代中国人对于历史上的胜利传统的漠视。对比起来,其他国家总是把自家的军事往事耀武扬威地鼓吹,哪怕只是小领主之间"村长打乡长"的规模而已。但在我们这里,两千年前率先找到击败匈奴的战术、引发人类历史蝴蝶效应的"大将军"墓前会扔着"姨妈巾",咱还真是善于卑微,善于自我作践啊。然而,军事史也是文明史的一个重要部分,历史上的中国人经常在这一部史诗中扮演战胜者的角色,通过战争与胜利,中国人同样为人类文明做出了巨大贡献,这本来只是一个简单的真相。

我在微博上留言,希望有机会去茂陵游玩的朋友们能在卫青墓前献花祭拜，以此昭告世界，今天的中国人没有忘记自己拥有的光荣。一个国家，一个民族，一个文明，如果不能建立起光荣感，注定不会得到命运的垂青。

夜访卫青

眼前的少年远比我预期的要更为俊美。我一边结结巴巴极力说明来意，一边偷眼望着四周，哟，汉宫内寝的陈设还真像扬之水老师说的那样，香炉里喷出的是陌生的花草香气。此刻，真的就是汉武帝第一次召见卫青之后的那个晚上吗？

总算让他相信我不是陈皇后派来的刺客，总算让他明白我来自未来，目的只是想向他问个问题。穿越时光试验室的那帮疯子虽然看多了《柯南》，但他们研制的蝴蝶结翻译器倒是真给力，看得出，渐渐的，卫青的眼神从警惕转为了兴趣。

但是，我怎么才能说清楚在这次疯狂的采访任务中带来的那个设问：两千多年后，一群网民建议中国的第一艘航空母舰命名为"卫青号"，他本人对此做何感想？

"那东西……是这样？"他忽然指向席上的涂金博山炉——

汉代铜博山香炉(现藏山东博物馆)

承盘中,浅水环绕着香炉,炉盖上则是群峰耸立,云气缭绕,象征着大海围绕仙山。

"对对,不过浮在海中的是船,像仙岛一样大的船!"我对他的理解力感激极了。

他眼中瞬时有星光闪烁,然后,转为夜色一般深邃的沉思。"千秋万代以后的事,谁去挂怀。我现在想的,只是击破匈奴!"

你将完成你的使命。我这样想,嘴上却忍不住说出反话:"匈奴那么凶悍,你有办法吗?"他嘴角浮起一丝笑影。

随着一阵快活的歌声,那个雄健魁梧的身影在众人簇拥下，穿过重重帷影，走来了。卫青的面影忽然浮起一丝落寞。

我知道，要不被汉武帝捉住砍头，还是赶紧消失为妙。

就在我揿下时光回归的按钮之前，卫青叫住了我。

"告诉未来，我会击破匈奴，我会的。"

高原上的海洋

　　大巴行驶在黄土高原上，从车窗向外望，连绵的川塬依约蒙罩着似乎还很犹豫的绿意，据导游小王介绍，这是退耕还林的初步效果。"在开展'退耕还林'之前，这里真的是一望无边的单调黄色啊。那么，古人怎么会想到选择在这样恶劣的环境中建立国都呢？是因为关中的地形险要，易守难攻……"小王热心地讲解着，他的话语分明示意，这一片广袤的土地自古就是草木稀少，贫瘠荒凉。

　　类似的说法显然流传很广。在英国历史学家阿梅斯托很受好评的著作《食物的历史》中，就语气肯定地提到"风沙遍地的黄河流域平原"，还说黄土高原在人类"农业起步"的久远年代里只是"上面稀稀落落生长着树和灌木丛"。历史的场景当真如此吗？须知，我们的物质生活史学者孙机先生已然凭借有力的材料证明了，在先秦时代，关中地区是犀牛们代代生存

293

的家园！证据之一是，在重见天光的甲骨文中，卜辞提到了西周人在高原上猎获犀牛的情况。犀牛出没之地，怎么也不可能"风沙遍地"吧？

在班固《汉书》的《地理志》中，汉时的"秦地"乃是一片异常茂郁的风貌，"号称陆海，为九州膏腴"。为什么叫作"陆海"？唐人颜师古解释说，因为大地在这里高升而起，形成高原，而这片高原又是如此的物产丰富，就像大海一样"无所不出"，所以被称作"高原上的海洋"！这样的记载，读来真让今人心中刺痛啊。《汉书·地理志》上还说，在长安附近的鄠县与杜陵一带，以生长有大片的竹林而著名。可以推知的是，直到唐代，这一带的竹林依然茂盛，年复一年，为长安人提供着春天的新笋。在暮春三月时分，通过品尝樱桃和新笋来感受时光的美好，是唐时长安广为流行的风俗之一，人们要聚在一起，举行以樱桃和春笋为主题的宴会，叫作"樱笋之会"。以当时的制度，百官每天上朝之后，都可以集体享受到朝廷提供的"工作餐"，而每年四月十五日这一天的工作餐，一定是用新笋做菜，配以浇上蔗浆和乳酪的樱桃作为甜食。也因此，四月十五日这一天的朝廷工作餐就得到了一个异常清新的称呼——"樱笋厨"。这盛产樱桃与春笋的三秦大地，在《汉书》中被赞为"九州膏腴"，意思是中国大地上最为丰饶富裕的区域。因此，长安之所以能够成为九朝古都，自然环境的异常优越恰恰是重要条件之一。

可惜的是，漫长时光中连续不断的、不知回馈的开发，最终导致这一片"高原上的海洋"枯瘠成了缺乏生机的黄土地。孙机先生就指出，春秋战国时代大量使用犀牛皮做铠甲，是造成犀牛在"陆海"上逐渐减少的一个重要原因，因此，至晚到西汉末期，犀牛在这一带地区就绝迹了。可见，今日的黄土地绝非是天生如此，而是人类为大地制造的、难以痊愈的创伤。尽情享受着大自然慷慨恩惠的唐朝人并不知道，他们脚下的土地，在人类毫无节制的索取之下，正走向生态崩溃的致命阶段。

"以史为鉴，可以知兴亡"，唐太宗的名言一直以来只被用于警诫人事，其实，人事与周遭的环境从来都是息息相联啊，"陆海"的花开花灭，恰恰铸就了中国文明在这里的潮起潮落。这事实让人沉痛，但是却不该让人就此消沉和放弃。事实上，在古代文明繁盛过的地方，环境恶化的情况几乎都会发生，希腊、印度也遭遇到了同样的情况。问题在于，面对前人因为无知所犯下的错误，我们该怎样怀着宽容与担当的精神去尽快补救，为了自己，也为了后代。

不过，有一点让我不解的是，黄土高原在历史上曾是一片丰饶之乡，是造化赐福的土地，这在历史学界早就不是什么新鲜的说法，是业内人士都清楚的结论，很多优秀学者一直以来还做出了富有成果的相关研究，但是，这些研究成果却没有传达到更广泛的社会范围中去，没有让广大民众知晓。所谓黄土高原自古贫瘠的错误观念始终在四处流传。

在今天的中国，专业研究与社会大众之间，似乎缺乏有效的联通渠道，以至诸多重要的学术成果无法成为民众行动的参数。记住历史，其意义乃是为了烛照今天的现实。类似黄土高原曾经草木葱郁、百兽出没的研究结论，如果能够迅速地为社会各阶层所普遍地获知，那么，书斋里的辛勤血汗，就可能化作最积极最实际的因素，化为动员民众起而行的激发力量。

设计的失落

在杂志上看到介绍意大利家具品牌 Driade 的一款"红珊瑚烛台",顿时感到说不清的失落。

这个烛台的造型就像一株珊瑚树,蜿蜒的曲枝在顶端承着七个小小的烛托。看到它,一句古诗立刻浮上了心灵的水面:"珊瑚挂镜烂生光。""莫愁"这个名字大概没人不知道,其实,早在南北朝乐府诗《河中之水歌》中,莫愁本来是幸运少女的代表,十五岁就嫁入富贵豪门,生活奢华。"珊瑚挂镜"是《河中之水歌》举出的一个细节,用以说明这位美少女的闺房有多气派——她的镜台是用天然的珊瑚树枝做成,每天梳妆的时候,就从镜匣中取出明镜,挂到珊瑚枝上。当初读到这一诗句,眼前立刻呈现出一面圆镜在红色珊瑚枝间灿烂生光("烂生光")的景象,从此再忘不掉。

杂志介绍说,Driade 的烛台由于采用了红珊瑚的造型,即

Driade 的红珊瑚形烛台（引自《三联生活周刊》2007 年第 30 期）

清宫旧藏珊瑚桃树盆景（现藏北京故宫博物院）

使上面不放蜡烛,也是一个引人注目的装饰品。一丛珊瑚枝静立在房间一角,像一束凝冻的火焰,当然会是引人注目的装饰品!早在公元三世纪,晋朝人就意识到这一点啦,不然,王恺和石崇为什么偏要比试各自家里珊瑚树的大小呢!而如诗句所展示的,那时的人已经想到用枝条纵横的珊瑚树做成一具高大的镜台,其效果正像 Driade 的"红珊瑚烛台"一样,一物二用,同时扮演了实用与装饰的双重角色。我常常暗想,为什么没有当代的中国设计师注意到这个古典的创意并把它翻新出现代版呢?自己给出的答案是,开采珊瑚树从来都意味着对于浅海环境的极大破坏,在提倡环保的今天,古人对于珊瑚的那种喜爱变得不合时宜啦。但是,一见 Driade 的设计,我悟到,材料根本不是问题的关键。"红珊瑚烛台"利用铝质材料,以压模工艺铸造而成,再喷涂红漆,因此,它并不使用天然珊瑚,却在造型上传达了珊瑚树独有的形态与意趣,不仅如此,现代的材料、现代的工艺更让"珊瑚树"这一古老的形象焕发出工业时代的光辉,赋予它以唯今日生活所特有的质感。

相对照之下,可以说,中国的设计师们还没有想好如何处理当代设计与传统资源的关系。近年国内家居装饰中的"中国元素"风,主要兴趣在于生搬旧日生活的部分内容,比如在客厅里放上一张罗汉床,主人盘腿坐在上面读书,或者邀朋友一起团坐床上品茶。但是,如今真有人习惯长时间盘腿而坐吗?大家都已坐惯了沙发,谁还忍受得了传统硬木家具那冰冷冷的硬座面?于是乎,客厅、书房里看去优雅气派的罗汉床、太师椅、美人榻,利用率都让人怀疑。还有一种风气是,淘来各种老民俗用具,摆在家中作为装饰性陈设,商号挂的纸灯笼啦、农家用的米斗啦、雕花木窗扇啦,本是风马牛不相及的物件,现在却济济于同一个客厅,弄得好好的新居散发着时代不明的、暧昧的朽气。在这样简单僵化的思路之下,指望现代设计与往昔生活魂交神会,碰擦出火花,确乎也难。

类似 Driade"红珊瑚烛台"所挑起的失落感,对一个喜欢留意中国经验的人来说,并不陌生,时不时的,就要逢上一遭。曾经在宜家看到一种不锈钢制成的壁饰,造型非常之酷,带有一个细长筒,可以插花,也可以插蜡烛,那一刻,就有同样的落寞心绪蓦然升起。挂在墙上、用于插花的壁瓶,一样也存在于中国的传统生活中,早在宋代的时候,士大夫们便流行将壁瓶挂在寝帐中,插上梅枝,在梅花的寒香中入梦。如此的雅致,如此的经典,为什么就不见中国设计师来将其转译成一种现代形式?而在瑞典设计师的手下,壁瓶竟摇身而呈现如此"前卫"的风貌!这外形简约的壁饰闪着酷酷的不锈钢光泽,似乎在提醒我们回味齐白石的名言:"学我者生,似我者死。"此话本是针对绘画艺术而发,但是,用来思考中国当代设计的出路,难道不是同样富有启示性?

面对往昔生活的积累，只宜充满灵感地"学"，万不能简单地求"似"。或者说，在向任何一种传统形式寻求灵感的时候，要尽力地领会其"意"，融会其"神"，而不能刻意地模仿其"形"。中国现代设计的"生"之路，或许就开启于此吧。

三树桃花出美人

　　春天在北方，总是不肯多有一点流连，让人年年心怅一回。不过，在花飞点点无声飘零的日子里，我竟然接到了这样一条优美的短信："昨天山中雪，破坏了我的采桃花泡酒计划。"顿时感到，时光有着另外一种形式的隽永。

　　唐代医典《千金方》里介绍的古老美容方法，竟然真的被一位闺友记在了心上，对此也许我不该意外。她不是唯一的有心人，近来，每每听到闺友们认真讨论以桃花进行美颜的往昔经验，传统在悄然地，润物细无声地，回归到今日生活之中。不过，呵呵，按照晋唐医书的标准，我这些热爱生活的好友至少要在房前屋后拥有三棵桃花树啊。在枝头蕊繁的春日，把三棵桃树上的花瓣全部采摘下来，拣选干净，装在绢袋中，吊挂在屋檐下，任其自然风干，然后捣、碾成末。每天，用水将桃花末调成糊，在饭前服下一勺匙，一天三次，如此将全部桃花末服完，就能喜见皮肤"洁白悦泽,颜色红润"的效果,另外,腰肢也会变细!实际上,桃花有着"走泻下降,利大肠甚快"的特性,饭前服用桃花末,其实是通过其催泻的功能来清热排毒吧。同时,也等于吃下了天然的减肥药,食物被加速排出体外,自然有助于保持身形苗条,古人说桃花末能"细腰身",显然是这个意思。

在晋唐时代,黄土高原上一定漫山遍野地生满桃树,不然,何以那个时代的生活百科书、医典会把桃花当作如此普遍的一款美容材料呀。到了三月三日前后的时节,女性纷纷走上山野,采摘一树一树的桃花,自制各种美容用品,也就成了那时的一个风俗。桃花的味道发苦,口感并不很好,所以,唐代还流行过"桃花丸",将桃花末与甘草、杏仁等配在一起,合制成豆大的丸粒,服用时直接吞下。另外一种更为简单的方法,是将新摘的花片浸泡在米酒之中,制成"桃花酒",据说不仅让人容色光华,还"治百病",是一种非常好的保健酒。我那位兴致勃勃进山采桃花的女友,本意就是想泡制《千金方》中所提倡的这种保健美容酒,只可惜因天公不作美而未遂。

不过,当今喜欢在喝茶时向茶壶里加进几朵干桃花的女士们,必须留意一下噢,李时珍可是慎重指出了,桃花既然利泻,那么,如果长久服用,可能有耗人阴血、损元气之弊,反而不利于容颜的保持。因此,美女们——也许还包括美男们?——可以考虑的是,在医典当中,桃花还有另外的一个重要功能,那就

明陈洪绶《隐居十六观》册页（现藏台北故宫博物院）之一，用写意的风格表现隐逸山林的士大夫亲手酿制桃花酒

是直接外敷，修护皮肤表面的细微缺陷，增进肌肤的光洁。唐代的生活百科知识书《四时纂要》中就记载了一个近乎神秘的民间美容方法：在阴历三月三日采摘桃花，风干收藏，待到七月七日那一天，用乌鸡血与干桃花末拌在一起，涂满面庞与身体，如此二三天后，就能让皮肤光润如玉。《四时纂要》甚至宣称，这是太平公主当初用过的美容秘方！删除掉其中迷信的成分，其实是在用桃花的花泥进行全身的皮肤护理呢。想不到，传统文化早就制造出这样的"浴血美人"形象，如敛翅的彩蝶静静地栖藏在文献中，等待当代的文学影视创作终有一天悟到它的价

值,用它来完成黑暗女王式人物的塑造。

在古人的经验中,不仅桃花,其他多种花朵如白菊花、木芙蓉花、萱草花、秋海棠花,都有着治疗不同皮肤病的药效,可以与其他药料配在一起,外敷使用。北宋医典《太平圣惠方》中就记载了一则用桃花与李花祛除面部黑斑的妙方,读来很是引发人的兴趣。百花次第开放的时节,采摘桃花一升、杏花一升,将这些花瓣分别装入纱袋,吊浸在流动的春水中,泡浸七天。经过如此长时间的浸泡,桃、杏的花儿都化成了花泥,讲究的话,还可以在花泥当中加入当归的成分。洗脸时,将桃花泥或杏花泥在脸上涂一层,轻轻搓揉,过一会儿再洗去。如果这一次洗脸用了桃花泥,那么下一次洗脸就用杏花泥;早晨的盥洗用杏花泥,则晚上的盥洗就改上桃花泥,总之,两种花泥轮流使用。据说,这般来上个三七二十一次,就能去除面上的黑斑,同时还能消灭粉刺等小毛病在皮肤上遗留的微痕。原来,往昔岁月中,早就存在着"桃花面膜""杏花面膜"的美容方式。

正在悄然风起的传统复兴,也许会在不久,就让一盒盒的桃花泥修护膏或者掺有桃花末的浴盐,出现在二十一世纪美女——以及美男——的掌心里,没有宝钗的冷香丸那么复杂,却有着一样的优雅神韵。

当美人走下屏风

　　唐人的历史感,如果由今人去回首,实在可以体味出很丰富的意蕴,但是,在历史学家之外,一般人似乎不大注意到这笔财富。其实条件是非常有利的,唐朝的文人们往往像民间艺人一样,用讲故事来传达他们的历史感受,那是一个美丽故事遍地生花的黄金时代。其中一个最流行的故事样式,就是讲一个唐时的人——在那时来说,就是一个处身"当代"或"近代"的人——如何在梦中与往昔的历史人物神会。

　　在这些故事当中,把现实与历史连缀得天衣无缝的,当属《杨太真外传》中所录的"霓虹厕宝美人屏风"一则。这故事说来还挺复杂:唐玄宗偶然翻阅《赵飞燕外传》,于是以前代美人之轻盈来调笑杨贵妃的丰腴。杨贵妃不服气地说,《霓裳羽衣舞》在艺术水平上可是超越了前代!为了安抚心爱女人的娇嗔,唐玄宗把一架精美的小屏风赏赐给她,屏风上用百宝嵌的方式呈现出历代美人的形象。但是,不久,杨贵妃得罪了唐玄宗,一时失宠,被撵回娘家,这架屏风随她一同出宫……一天,在杨国忠午睡的梦境中,架在床头的百宝屏风上的历代美人,褒姒、西施、虞姬、绿珠、潘玉儿、张丽华……忽然全都化作真人,一起走下屏风,进行了一场歌舞欢会。

忽然想起这则故事,是因为听说《云门舞集》要来大陆上演,由此想起,这个舞团还有一台《金陵十二钗》,把《红楼梦》中的十二位女性形象搬上舞台,据说极为独特而富有魅力。我一直觉得,"霓虹厕宝美人屏风"这则故事,是最理想的舞剧题材,其所能制造的意境将远超过十二钗的舞影。当然,需要把复杂的、充满兴亡感喟的情节加以简化,比如,可以设想一开场是杨贵妃亲自调教梨园女伎排练《霓裳羽衣舞》,而画满历代美人的屏风是一道背景陈设。当象征着盛唐之灿烂的大型集体舞曲罢人歇,独自倦睡的杨贵妃,梦见屏风上一个个经历过亡国丧家之乱的女性,一一走下屏风,用舞蹈,倾诉各自的际遇与感怀。

对于编舞者,这将是多么艰难而有趣的挑战啊!从文献中可以知道,历代的舞蹈变化极大,各擅风采,但是,今天的艺术家只能根据零星的文字记载与文物资料,调动灵感,去想象那些古舞的风神。但是,这挑战又是多么富有魅力啊!不仅有虞姬的垓下之舞、赵飞燕的盘中之舞,还有潘玉儿的步步金莲、张

陕西礼泉燕妃墓中的乐舞图壁画（现存昭陵博物馆）
中，唐代舞姬的风姿得到准确微妙的捕捉。值得注意
的是其舞服实为"袿衣"的变体，因此这位舞者与其同
伴们可能正在演绎唐代承袭自南朝的某种舞蹈。

丽华的高阁靓妆，乃至洛神的凌波、绿珠的坠楼，创作空间几乎
是无限的。

　　利用一个巧妙的构思，让多位舞蹈者和编舞者得以凭借一
段段的独舞，获得充分施展才华的空间，这在舞剧创作中颇为
常见。最简单也在当今最流行的一种，就是在舞台上假设一个
舞蹈大赛或者舞团招收新成员的场合，让表演者们以"参赛"或

者"应考"的身份,各自登台献艺。然而,沉睡在我们的故籍中的"霓虹厕宝美人屏风"故事,难道不是提供了一个天成的舞台,让舞蹈家们一较高下? 更何况,故事中通过一个个悲剧女性的命运,暗示着个体生命的难以自主,荣华与权势的脆弱虚幻,历史盛衰的无情,这就让舞蹈充满能量与张力,而非"参赛者"或"应考者"的单纯炫技所能望尘。

关于安史之乱,"霓虹厕宝美人屏风"故事中只谈道:"禄山乱后,其物犹存。"但是,这场导致唐朝国势从此衰败的大难,显然是整个故事隐藏的重心。在故事中,跳下屏风的美人众多,其中有十几个舞伎一边踏歌一边唱道:"三朵芙蓉是我流,大杨造得小杨收。"预言了杨家的速兴速灭。但是,杨国忠,以及从兄弟口中得知了这个奇怪梦境的杨贵妃,都采取了鸵鸟的对策——两个人从此再也不敢直面这座屏风,玳瑁为押、珍珠为络的珍贵水晶屏风就此被高锁在小楼上。梦中的兆示丝毫没能让这两个狡黠的灵魂有所收敛,怙恶不悛依旧,直到天覆地崩。

循着弥漫在这个唐朝故事中的惆怅情绪,我似乎看到想象中的舞剧那收尾的一幕。当美人们重归画屏,恢复成屏面上的绘影,杨贵妃醒来了,前人往事尚历历在目,一时,似乎她有所警悟。但是,就在这时,宫中的热闹又开始了,顿时把杨贵妃卷进繁华的漩涡,她被挟裹而去,无法止步,无法回头。

气味的文明

入冬时分,需乘飞机出差,一进机场航楼的大门,几乎被迎面而来的一股怪气味呛倒。那气味,让人以为一下回到了二十世纪八十年代的火车站候车厅。定睛一看,发现自己是进到了"国内到达"大厅,厅里挤满了接机的人群。

怪气味实在太强烈了,让我不得不转身出门,尽量在露天走了一程,才重新进入航楼。一边心里奇怪,到机场来接人的人,想来都不会太穷困吧,怎么汇在一起,竟然能发出如此强烈的不洁气味呢?后来偶然和一位闺蜜谈起,闺蜜的意见真真让我跌倒。她说,她很有些相当成功的朋友,夫妻都是体面的白领或老板,住着大房,开着好车,但是会听到这些朋友抱怨其配偶不爱洗澡。"以前洗澡不勤,那是因为条件差",我叫起来,"再说,拥有现代化装修的新居,最大的乐趣不就是可以享受现代卫生设施吗?""并不是人人都爱洗澡。"她肯定地说。我无语了,心里还是疑惑她的说法的可信性。

　　不好闻的气味,我其实并不陌生。由于上班需坐地铁,在封闭的车厢里,遭遇这种气味那是难免的。最难受的是有时一位陌生人从你身边经过,结果他嘴里一股可怕的酸臭口气在你不防备间忽然扑进你的鼻息,逢到这种时候,只能自认不走运。不过,地铁的乘客来自各种背景,对于那些犹在底层努力、在为基本温饱操心的人,确实不能苛求人家的卫生状况。毕竟,在任何时代、任何社会,讲究卫生,都是有经济条件且有教养的阶层才能拥有的奢侈。但是,如果说真有成功的白领乃至生活稳定的城市公民不注意个人气味,这就让我不解了。

　　希望不要把这种现象简单归结于传统吧。在历史上,中国的有教养阶级恰恰相当注意卫生,也极端讲究个人身体与生活环境的气息美好。宋人笔记中就记载,北宋名臣蒲宗孟一天之内要洗两次脸、洗两次脚,并且隔天就洗一回澡,同时,还要用含香料的口脂、面药来保养面部,所穿的衣服经过熏香,并在身上佩带香料制品。同时代的王安石据说不爱洗脸、不爱洗澡,连他的夫人都受不了,结果被政见不同的文人们当作把柄,编排出各种生动的逸事,引为笑谈。实际上,虽然使用香水的习惯一直没有流行开来,但熏衣、佩带各种含香料的饰物,是持续了两千年的重要习俗,历代的贵族男性、士大夫男性大多由此而香气喷人。男性尚且如此,女性当然

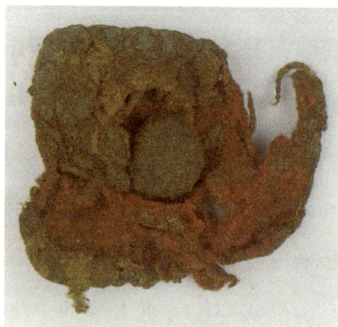

新疆洛浦山普拉墓地出土的毡香囊与皮香囊（现藏新疆维吾
尔自治区博物馆），囊中均装有球形香丸。香囊及香丸产生的
年代相当于汉代时期，是珍贵的实物线索。

就更加讲究,从头油、胭脂到休息的床帐,都是幽芳暗发,袅袅迷人。

再说今天国人大多不注意的口气问题,其实恰恰为古人所忌讳。早在南北朝时代,就时兴将进口的鸡舌香含在口中;孙思邈《千金方》则介绍了"五香丸"的配制,其成品专用于"常含"以治"口及身臭",制法类似的"透肌五香圆"一直流传到宋代;至元代则兴起了"香茶",同样是用来含在口中去秽气。另外,洁齿的习俗大约在晋唐时代形成,法门寺出土的皇室供品中有"揩齿布一百枚",到宋代则出现了牙刷。当然,传统生活中,这种种卫生习惯仅限于在人口中占少数的社会上层。与之相比,现代社会恰恰应该是让更广大的人群得以提高生活品质,拥有干净、优雅的生存。

近代中国进入"凤凰重生"的艰难动荡岁月,旧有的生活传统戛然断裂,学自于现代西方的、崭新的生活方式还在逐步建立之中,因此,有种种的不尽完善之处,也属于正常的现象。但是,尚在重建之中的生活究竟有多少的不足,我们应有清醒的认识,并要有改进的决心。前一阵网上有则消息说,对在华外国人进行民意调查,结果一些外国女性对中国男性的"不够清洁"表示反感。这消息颇引发了网上的热议,各种反应都有,包括有人愤然号召:不要管外国人怎么看,咱们按自己的习惯过自己的生活!或许,我们其实不妨借机做点反省,在国民生活水平普遍提高、据说城市中产阶级逐渐成形的情况下,关于个人卫生的观念与发达国家相比又如何呢? 身体气味所反映出的卫生状况,应该也视作文明程度的一个指数吧。

我们的香气哪去了？

　　闺密迪女史半真半假地召集"橙蟹会"，植女史还真的轻托两只黄黄的香橙进了门："今天咱们就把阿猫呼吁的那个'橙齑'予以恢复!"于是乎"纤手佳人，用并刀剖出甘穰"（元人卢挚《双调·蟾宫曲》"橙杯"），再由我拿把木饭勺，信心不足地捣打落在碗中的瓣瓣橙肉，试着将之捣弄成泥。正在狐疑古人的生活经验是否真的能够复制，植女史再次出语惊人："啊，捡柏子熏衣的季节又到了，过两天我还会带女儿去捡柏子!"

　　那是去年金秋阳光特别好的一天，我和植女史偶然到太庙散步，看到柏树籽壳掉落满地无人理会，就对她感叹：宋代的士大夫提倡朴素自然的生活方式，所以流行用柏子作为香料，在香炉里焚熏。说者无心，听者有意，过了些日子，植女史就在她的博客中谈道：她带着女儿七七去捡了一些柏子放在衣柜里，于是，冬天的衣柜里那一股淡淡的、特殊的柏子香气啊，没有任

植 槟

槟子同

李明珍《本草纲目》中关于"槟
楂"的图示

何当代的人工合成香料可以相比。如今又到金秋风起时,植女
史还真的有心把捡柏子熏衣的做法当作一种家风年年进行下
去啊!

也许,我们都该像植女史一样,尝试恢复古人那些好的传
统。就以制作"橙齑"来说,如果换上是宋人,那被挖空果瓤的
橙皮也不会被丢弃,而是直接放到衣箱当中,当作天然的熏衣
香料。传统的中国人最注重服装散发健康清爽的气味,因此,
衣橱、衣柜里,"熏衣香"断不可少,古来的做法是利用各种晾干
的香草,晋唐以后,也流行以沉、檀等贵重香料配制专门的"裛
衣香"。到了宋代,直接把各种新下树的、香气鲜明的果实放到
衣柜里,因为朴素、清新而又方便,所以成了广为流行的熏衣之

道。除了香橙之外,香橼、木瓜乃至榲桲都是常用的熏衣香果,另外,"燕地"也就是今天北京一带特产的一种口感很差却特富香气的苹果也在其列。不过,宋代最重要的香果是被今人基本遗忘的"榠楂",这种果子的优点是,一旦放入衣箱之中,不仅生香,而且还能杀蠹虫。

在宋人的生活中,这种种香果也用于熏房、熏睡帐,在枕头侧畔放一盘木瓜或苹果,在冬天的暖阁里垂吊一串串"香橼络儿",都是曾经常见的一角小景。这一风气到明清时代演变成上层社会最日常的生活习惯,案头架一只大瓷盘,堆满香橼或佛手,余香满室。特别是入清以后,历经两千年的焚香传统因日久而显得陈腐,被贬之为"俗"道,用果子熏香居室则经士大夫们提倡为"清雅"的新标准,君不见,《红楼梦》中竹影森森的潇湘馆也只"摆新鲜花草、木瓜之类"而"不大喜熏衣服"!

用清香的天然果子来熏衣、熏帐、熏房,无疑是最环保、最健康、最绿色也最经济的一种方式,而且方便简单,很适合今天的生活节奏——一般来说,一盘香果可以直接摆放半个月,然后整盘换新就可以。更富启示的是,这些传统的重要香果,除了橙之外,要么根本无法食用,要么滋味不佳,然而,古人很知道开拓其香气浓烈的长处,以之提高人的生活品质。反观今天,我们一提到农业与种植业,似乎只能想到种粮食、种蔬菜、种果树、种棉花……也就是只与"吃饭穿衣"有关。连带的悲剧则是，土地也被想象得非常卑贱，好像在满足人的吃穿之外，也无非还能供原始欲望萌动的男女去高粱丛深处打个滚儿。因为我们自己仅仅知道吃饱穿暖的满足，就以为大地，以为大地上的春种秋收，也只具备供给人类吃饱穿暖的低级功能，这是于万能的大地何等的羞辱啊！相比之下，古人所理解的"农事"反而宽泛，香料作物种植业在历朝历代的活跃流变与广泛传播就是一个例证。当今，国家提倡要发展农村，要让农业升级，要提升农民的生活水平，那么，发展香料经济作物的种植，是否可能成为一种途径？国际上香水一类的奢侈品生产离不开香料作物，这是人人都知道的哦。能否重新开发传统，从而把提升农业水平与建立更有品质的生活方式、生活观念，甚至与建立我们自己特色的消费品行业结合起来，从这个方面来让农业、让土地恢复尊严？

橙齑居然很容易地做好了。植女史又变戏法般拿出几片紫苏叶——也是在当今很被忽视的一种传统香叶——将元代倪云林的煮蟹法加以改良，每只螃蟹脐上插一片姜、背部裹一片紫苏，如此有铺有盖地入锅蒸。才一揭锅，便引发阿迪的赞叹："添了紫苏果然不一样，好清香，一点没有腥气！"然后，闺蜜们试着用橙齑蘸蟹，或者用橙齑与姜醋汁混合着蘸蟹，结果是全体欢呼："好鲜爽的口感，真的很棒！"

蟹宴的洗手汤

盛夏时几个闺友闲坐喝咖啡，曾经笑约，这个秋天要群策群力，把明人的"食蟹之会"在各个环节上加以恢复，完整地体验一下五百年前的金秋风味。当时有这样一番豪情，是因为往年曾经尝试橙泥佐蟹的宋人食法而竟大获成功。可惜，待到北京最美的季节来临，"一枝花"们却乘着好天气忙事业的忙事业，泡帅哥的泡帅哥，金兰之约不属于人生中的急务，于是被暂时搁置了。

我本来倒是盘算过，如果这一拟议的复古活动真能启动，就给自己安排个最偷懒卖乖的活儿——负责吃蟹之后的"洗手汤"！到时，找几片紫苏叶在水里煮一番，熬出一锅紫苏汤，然后分盛在玻璃小碗里端上席，告诉大家，这就是明代宫廷中专用的洁手用品，遥想当年，"蟹螯初劈白于霜"、"苏叶还倾洗手汤"。估计当场的效果能够相当的唬人，呵呵！

如今吃海鲜时，餐桌上会备有浸着柠檬片的小水碗供食客随时洁手去腥，这是从西餐拿来的好方法，不过，何以中国历史上曾经有过的、同样馨爽清雅的"洗手汤"，就不被餐饮界想起呢？明宫太监刘若愚《酌中志》明确记载，彼时宫中后妃们食蟹，一定"用苏叶等件洗手"，到了明末文人秦兰征的《天启宫词》中，则进一步注明为"食已，用紫苏草作汤盥手"。紫苏叶一般称为"苏子叶"，这种气息独特的碧叶自唐代起就深受中国人重视，于传统生活中扮演着很醒目的角色，包括在明代的宫廷与民间用为蟹宴上的特备洗手汤。

假如不拘泥于明代，那么我还可以搬出《红楼梦》来唬闺友和蓝颜知己们。不是么，史湘云做东的螃蟹宴上，"凤姐又命小丫鬟们去取菊花叶儿、桂花蕊熏的绿豆面子来，预备洗手"。与明代不同，清代的富贵阶层流行用"菊花叶儿"和"桂花蕊熏的绿豆面子"作为吃蟹时的洁指之物，清代著名食谱《调鼎集》即提到，菊花叶能有效地去蟹腥。有意思的是，这一特点不仅让它为蟹宴的风雅扮演了不可缺的角色，在事先的烹调过程中也起了很微妙的作用。《调鼎集》所提出的蒸蟹法，要在入锅之前，先把螃蟹用淡酒"喂"醉，具体方法则是在盆中放入淡酒、水、椒盐、白糖、姜葱汁以及菊叶捣烂之后泡水而成的清汁，然后把螃蟹放入盆中，令其饮酒而醺醺然。哈哈，我在家先找些菊花叶打成叶泥，泡在水中——不，索性更奢侈一点，泡在白酒里,然后提上两瓶菊叶汁直扑蟹宴现场,趁闺友蒸蟹之前,变戏法似的亮出泡着菊叶泥的酒瓶:"先把活蟹浸半个小时!"待到满桌狼藉之际,再把剩余的菊叶酒汁盛在小碗内端上,让好友们一边从容说着闲话儿,一边将十指在叶汁内轻搅……

如果完全复原"红楼宴",那么似乎"桂花蕊熏的绿豆面子"也得一并再现吧。熏香的豆面,实际上是传统生活中久富历史的一种卫生洗洁粉,不过,到了明清时代,用传统工艺制作的"香皂"非常发达,贵族与富裕市民改而以香皂作为日常使用的洗洁品,在这种情况之下,香豆面反而变得地位次要,只有在油污与异味级特别强的时候,才会动用它来代替香皂。因此,贾府在蟹宴上特别备好带香气的绿豆面,正是当时生活方式的自然体现。按照传统方法,这东西也不难复制,把桂花包裹在小绢包里,埋在绿豆面中,然后将盛装豆面的容器加以密封,就能让绿豆面染上桂花香气。

实际上,根据传统文献的语义来推测,我觉得,紫苏叶、菊叶并不一定制成"洗手汤",更简捷的方式,是将其直接当作香皂一般使用,取一两片碧鲜叶子在指掌间轻搓几下,然后向清水中洗手。《红楼梦》中便直言"取菊花叶儿",而不是让小丫鬟们端上"菊叶汤",可见钗、黛、湘们食蟹之后便是用菊叶搓手,再用桂花香豆面将纤指反复轻揉,最后以水洗净。如此说来,餐桌上不妨放一盘紫苏叶、一盘菊叶、一盘熏花香的豆面,再在每位宾客手旁安排一只清水小碗，品蟹当中，可以随时取一片碧叶或一撮香面，向指上搓去蟹腥，然后在水碗中过净。这样的节奏，才符合品蟹所特需的悠闲舒缓氛围。

近代以来，一些有档次的餐馆酒楼会以茶叶汁作为食蟹时的洗手汤，如民国时的北平名饭庄正阳楼为客人预备的洗手盆内就不仅投有茶叶，还洒有菊花瓣。相比之下，恐怕还不比上明时的紫苏汤、清时的菊叶汁更有效，也更清新。

香花饮

　　和姐去了一处据说是京城最新起的时髦场所，因为白天里一直在喝咖啡，又不善饮酒，所以只好点了一罐"软饮"。良辰美景，赏心乐事，只可惜喝到嘴里的饮料全无营养，更乏意趣。

　　其实，要想得到一杯益人身心且风致嫣然的消夏饮料，传统生活留给了我们太多的太有道理的细腻经验啊。就说近年风行的花草茶，无论在咖啡店里，还是女孩家自己动手，也不过是把花啊叶啊放在壶里，浇上热水。我的二表妹茵就讲，她们办公室的女孩们上班第一件事就是放四朵玫瑰花在杯里沏上。然而，这样粗率的办法早就被宋人否定了。宋代的中国人已然注意到，用热水直接浇到香花上，会破坏花的香气，效果并不太好。那么该怎么办呢？古人的方法是，在前一天的晚上，把水煮熟晾凉，然后选取玫瑰、茉莉、柚花等任何一种香花泡到这凉熟水里，静置一夜，让花朵中的香精慢慢进入水中。第二天，把浸透了花香的冷熟水与现煮沸的热水兑和在一起,才是宋人标准的消夏饮料"香花熟水"!

今天,再时髦的饮料店也不能于盛夏的暑日里端出一杯梅花茶,让顾客鼻底忽来一缕寒梅的幽香吧?然而,古人的生活中,这类"反季节"的"代茶饮"原本花色多多,各有特色,"暗香汤",也就是梅花茶,正是其中很经典的一种。方法并不麻烦,在冬季,把半开的梅花蕾摘下,拌以炒盐,密封在瓷瓶里,到了夏天,在茶碗中放一点蜜,再放进去三四朵梅花蕾,用滚水一冲,花蕾立刻绽开,如怒放在枝头的花葩一样新鲜。据说,以之来代茶,令人心神清爽。此外,柏叶汤在养生功能上还要胜过暗香汤。柏叶的保鲜办法既简单又独特,是采下嫩柏叶,用细线系住,吊挂在大缸里,缸口用纸糊封住。如此过得一个月,柏叶被慢慢晾干,但是仍然能够保持青翠,鲜色不败。将之磨成末,密封在锡瓶里,需要的时候就取出一撮柏叶末,用热水加以冲泡,所成的热汤呈翠绿色,叶香鲜明。古人特别强调,柏叶汤尤其适合在晚上作为代茶饮料,因为它同样有提神的作用,但没有茶那种让人高度兴奋的力道,也不像茶那样多饮则伤胃。

这等天然、环保、绿色、健康的传统饮料,就该由茶楼、咖啡店等休闲场所来替大家加以恢复啊!另外,在我看来,高档时髦场所最该重新振兴的传统饮料,乃是花露。花露其实就是用鲜花蒸馏成的天然香水,在明清时代,既用于美容化妆,也被当作最具有滋补、保健性能的饮料,《红楼梦》提到的"玫瑰香露"便是其中的一种,小说中写得非常清楚,用凉水加以稀释,作为消暑去热的清凉冷饮。传统花露足以启迪今人的一个宝贵优势,就是开发出多种成本低廉的原料,"诸花及诸叶香者,俱可蒸露"(《养小录》),如稻叶、桂叶、橘叶、荷叶这样随处可见、一摘满把的植物叶子,都被利用为蒸馏香露的上佳原料。传统花露的种类真是繁多啊,并且各有其不同的养生性能,比如玫瑰花露治肝、胃气,金银花露专消诸毒,栀子花露清心降火,芙蓉花露悦颜利发……

完全用绿色植物的花、叶、果皮蒸馏而成的香精,不难想象,那气息是多么的芳郁氤氲。《红楼梦》中就提到,用玫瑰花露作冷饮时,"一碗水里只用挑上一茶匙,就香的了不得呢"。另外,花露不仅可以做冷饮,还可以与热水兑在一起,成为"代茶"热饮,更可以作为一种调味汁,加入各种饮料、食品之中。奶制品因为营养丰富而在当今被大力提倡,然而,却无人注意到,在明代,张岱曾经将鹤觞花露加入牛奶之中,然后上火蒸制中国传统的"奶酪"。

制作花露的成本相对高一些,需要大量的鲜花才能得到少量的露液,另外还要依靠特殊的工具——蒸馏器。在清代,花露形成了商品化生产,人们可以在市店中买到它,同时,富贵人家为了保证质量,讲究在家中自己制作。对现代人来说,在自家厨房中用鲜花蒸馏香水，实在是承担不起的麻烦事。看起来，让消费者重温这一昔日的奢侈，让传统回转为时髦，就历史性地成为了时尚休闲场所的任务。即便是一处超酷的空间，若是不能给味觉、嗅觉提供细腻幽雅的感官享受，那么也提不到"品质"二字。

闲话钟形裙

由于"三八"妇女节的缘故,首都图书馆让我去做了个关于古代女性传统服饰的讲座,于是不免又向着素不相识的听众们叹息一回:当今流行的种种化妆与服饰形式都只知向西方看齐,简直没一样考虑中国女性的体貌特点啊。说这话的时候也不由心里疑惑:自己年岁也还不老,不会在别人眼里像个保守过气的九斤老太吧? 服装上搞搞拿来主义,借鉴西方传统,不是好事吗? 难道还要闭关锁国,坚持"汉衣冠"不成?

可是,当前国人对于欧美服装的"借鉴"与"吸收"实在太奇诡啦,让人摸不到头脑啊。每年都让我瞠目一回的,在春节联欢晚会上,女主持人和女歌手个个一袭礼服长裙,十有八九会采用十九世纪欧洲贵妇的"钟形裙"样式。呃,安娜·卡列尼娜们是在腰间系上鲸骨环裙撑,以此制造出钟形裙的效果。一个个鲸鱼骨弯成的圆圈,由小到大依次用布料连缀在一起,形成如钟罩一样的一条衬裙,这就是裙撑,把这"钟罩"系在腰间,然后套上镶有层层花边的、衣料轻滑的连衣拖地长裙,于是锦或纱的裙摆在裙撑托衬之下蓬张开来,就像一朵倒垂的盛开花朵,当然好看啦!我就最爱看西方电影里表现贵妇们更衣换裙的场面,每当锦裙裾下显露出那傲立不倒的裙撑,总是大感乐趣。看来女主持、女歌星们和我一样,对此般欧洲贵妇装束情有独钟,于是乎,在春节联欢晚会上,就只见一条又一条钟形的硬壳大蓬裙,不仅形状诡异,且还配以民族特色的、讨喜的红、紫、绿面料,着实触目而惊心。

有些人或许以为,使用裙撑把裙摆撑张如花,是欧洲服饰史上独有的风景,中国传统文化压抑个性,不会允许人体有如此恣肆的表现,所以中国人就创造不出这东西。由此进一步推理,今天大胆移用欧式钟形裙,就是张扬自我、个性解放的行为喽!可是……裙撑早就到达过中国啊。最清楚的记载见于《大金国志》,道是女真族的女性"以铁丝为圈,裹以绣帛,上以单裙笼之",呵呵,金代的女真族服装就使用铁丝做成的"裙撑",而且具体形式与欧洲贵妇用鲸鱼骨环做成的裙撑显然相去不远。

另外,在朝鲜的历史上,也曾经流行女服——以及男服——使用裙撑,朝鲜传统绘画对此有生动的表现。在韩国一度大热的长篇历史剧《女人天下》中,李朝宫廷中的王后与妃嫔都是在长裙之下衬以裙撑,便是历史现象的再现。由于明代皇廷与朝鲜王廷关系密切,所以,朝鲜的裙撑还传入了中国,并且一度成为超热的时髦,搞笑的是,当时,裙撑在男人当中甚至比在女人当中更加风行!

女真、朝鲜女服使用裙撑,这一风气又是由何而来? 国内似乎尚无人认真研究。不过,在新疆克孜尔石窟 205 窟壁画中,绘有龟兹国王与王后的形象。据考证,画中的龟兹国王名叫托提卡,其在位时间为初唐时期。立在他身后的王后名为斯瓦扬普拉芭,这位王后衣装华丽,腰肢袅娜,但在其细腰以下,上衣的下摆与龟甲纹的锦裙浑圆地撑开,宛如覆钟,显然是内衬有裙撑。因此,金代乃至朝鲜女服一度流行裙撑,或许是接受了从西域流传过来的服装时尚。

此外,还有一种尚待仔细研究

新疆克孜尔石窟 205 窟壁画中的龟兹王后像(现藏柏林印度美术馆)

329

的观点,见于明人于慎行《穀山笔麈》:

> 及读《王莽传》,莽好以氂毛装褚衣中,令其张起,乃知
> 古亦有之。

他认为,早在西汉末年,王莽就喜欢穿着具有类似裙撑效果的服装!其根据则见于班固《汉书·王莽传》:

> (王莽)好厚履高冠,以氂装衣。

唐人颜师古于此作注曰:

> 毛之强曲者曰氂,以装褚衣中,令其张起也。

且不论王莽"以氂装衣"是否就意味着他用上了裙撑。从颜师古的注来看,对于用硬毛垫衬在衣服之内以便让衣裙蓬张开来的作法,唐朝人倒是并不陌生。

总之,裙撑很早就在传统服饰中出现过,而且似乎出现了不止一次。那么,它为什么始终没有能够长久流行,形成传统的一个有机部分呢?恐怕,中国女性身材纤小,不适合这种夸张形式,是最重要的一个原因。只有像欧洲女性那样体型高

拔,三围突出,宽肩,颈长,臂长,腿长,才能矗立于圆钟形的长裙之中而显得身材窈窕有致,可是,这样的身形显然不为咱们所具有。如克孜尔石窟壁画所示,在初唐时代,西域地区就已经使用裙撑,但是,唐代贵族女服却并不把这东西引用过来,可见,那时的女性在创造流行的时候,总是以自身的形体特点为基础。

因此,女主持、女歌星在大型秀上争着以硬撅撅的钟形裙亮相,实在难免东施效颦的滑稽感。更可注意的是,今天欧美的演艺界女明星们经常身着高级礼服出席隆重场合,但所穿礼服采用钟形裙样式的则相当少见。钟形裙几乎就是不平等的贵族时代的一个象征符号,为什么竟独得某些中国人士的青睐呢?

服装的西化早已是既成的事实,是不可逆转的趋势,中国女性不太可能重新穿起旗袍,更不可能重拾"汉服"。但,如何让西来的服装样式适合今天的中国人,这却是拿来的过程当中必须清醒处理的课题。

穿越妙策

　　据说网络文学近年最火的两大题材一是"穿越"，一是"耽美"。所谓"穿越文"，就是幻想一位现代酷女孩因为某个意外的机缘，忽然穿越时空，回到了古代的某一皇朝，于是得以与青春年华的汉武帝、卫青或者唐太宗、雍正等著名历史人物谈情说爱、悲欢离合。写手是女孩，读者也是女孩，显然，这是年轻女性们在虚拟空间中聚众狂欢，共同满足对浪漫的渴望。

　　"穿越文"火爆，让网上出现了不少幽默的讨论帖子。有个帖子就嘲笑写手们视野太窄，只会让自己笔下的女主角——网上调侃地称为"女猪"——在明君英将面前高唱现代流行歌曲，据说唱得最多的是《一剪梅》，然后汉武帝啊雍正啊就陶醉于"女猪"的歌声而竟生情愫。看到这类帖子，我是一边跟着笑一边不由得暗暗着急，恨不得也上个"保证不会惊动历史的十大穿越妙策"之类的帖子，出出点子。

　　说来纯属好玩的写作,实际也并非不费脑筋的。一个现代女孩,忽然落身在古代的后宫里,要在三千佳丽当中很快引起君王的注目,非得有一点特别的"才艺"、做出一点突出的表现才成。可对写手来说,有一个非常具体的困难,就是这个现代女孩的作为不能够违背文明发展规律,不能引发"蝴蝶效应",必须顺应历史的实情。女主角必须在不改动实际社会进程的情况下,运用现代生活赋予自己的知识能力,在古代世界一展才华,这确实是摆在作者面前的超级挑战,然而也正该是这类写作的趣味所在啊。

　　其实,以中国历史之绵长丰厚,要在"穿越"中耍些可爱的、娱人娱己的小聪明,是顶不难的事。最简单的一招,就是把另一个朝代当中出现过的器物、工艺、技术,改头换面,用到女主角所在的时空里。比如,将汉代用于计时的"铜漏壶"改成陶瓷或石质的材质,安放在宋代的园林当中,让漏壶里的滴滴落水不断点打在荷香的庭池上。实际上,宋人庭院中确实安设有类似形式的计时漏壶,作者完全可以厚着脸皮写成,恰恰由于自己的女主角开动脑筋"古为今用",才使得十一世纪的生活中从此有了这种诗意的"时钟",也于是宋词中才有了"夜久凉生,庭院漏声频促"(蔡伸《看花回》)的优美。然后,不妨顺便安排女主角亲眼看到李约瑟向往不已的场景——伟大的科学家苏颂率领手下试验安装巨大的"自动报时钟楼",甚至让她利用现代

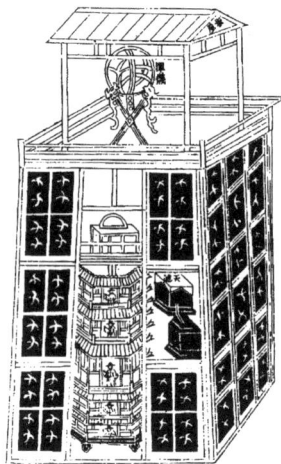

苏颂主导创制的水运仪象台外观
图(引自《新仪象法要》)

机械知识对苏颂指点一二,历史感不就油然而生了吗?

同样简单的一招,是把文献中随便哪种没有记载发明人的巧技据为己有,凭借穿越文爱用的搞笑风格,将冰冷的史料记录转化成活泼的历史直播,呈现给读者。比如一个数理化"小白"的女生,就凭着化学课上的一点印象,硬是用饭甑和火灶造出了一具蒸馏器,一举实现了昂贵的阿拉伯玫瑰香水"蔷薇水"的生产本土化;酷爱美食的馋猫拔下头上玉簪从胡商手里换来胡椒,用香辣汤俘获了皇上的胃与心,同时也改变了中国滋味史。如果作者特别大胆的话,可以干脆让女主角去参与那些光开花没结果的历史事件,比如金融专业的白领促成了"交子";资深驴友替郑和手绘一张印度洋海岸线的草图,并且,并且——永乐帝之所以派舰队下西洋,根本就是她力谏推动的……

穿越文到底属于"言情"一路,当然不一定非搞得风云跌宕、壮怀激烈,花香帘影、香软红艳才是当行功夫。照这个标准,那可没人比艺术设计领域的女生更适合穿越了,室内装饰公司的受气新人为汉武帝的宫殿装上云母窗,或者为吴主孙亮制作那一组在文献中如此著名的琉璃屏风;时尚业的菜鸟利用王蜀宫中端午"斗草"的机会举办一场既华丽又清新的古代时装发布会;开美容专栏混稿费光说不练的懒妹,把翠蝴蝶花揉出蓝汁,与红花汁一起反复浸泡丝绵,为清官的后妃们制造出一种叫做"夜色"的、色泽沉暗的点唇胭脂,并且公然以点在唇上的一抹"夜色"与雍正帝展开性格上的交锋……

穿越文是最轻松的玩闹,大家就该一起玩个痛快,玩个精彩,玩个疯狂。玩也玩得认真,日本动漫做出了最好的榜样。把一种娱乐最终玩到了独孤求败的地步,结果就是日本的这一类文化产品远远跨出了国界,征服了全世界很多地方的年轻人的心灵。用"穿越"的魔棒点开时光的大门,传统文明世界宛如千山青色层层推伸向历史深处,女孩子们可是广阔天地,大有可为哟。

复兴不是造梦

朋友发来短信笑话，说最近在考古发掘中出土了两具曹操的头骨，一个是他少年时代的，一个是他成年以后的。

终于意识到悠久的历史传统是百宝深藏的财富，可以转化成现代资源，是个怪喜人的趋势吧，可在公众眼里，这种努力怎么越来越像是在制造真假莫测、让人搞不清身跌第几重的"盗梦空间"？

近来经媒体揭露，一些天真美眉才胸闷地得知，原来世界上存在着两种珍珠粉，一种是似乎只存在于传说里的、真的用珍珠磨成的粉，一种是存在于现实——或梦境？——中的污染贝壳磨成的"珍珠粉"。最该觉得郁闷的其实是时运不济的贝壳粉，人家本来不用易容变装也可以傲娇于世的。用品优质佳的贝壳加工成的"蚌壳粉"，早在晋唐时代就被开发成为夜间保养皮肤的美容粉。如《千金方》中就有一个配方，是把"牡蛎"煅烧之后研粉,与白附子、蜜陀僧、茯苓、芎䓖的细粉拌和在一起,每夜就寝前用羊奶调成糊,涂满整张脸庞,并且用手按摩,到第二天早上洗掉——根本就是在做面膜嘛。如果商家老老实实地参考古代医典,遵循真实不虚的传统,把蚌壳粉加以推陈出新,再动用现代营销的技巧,未必不能创出个好品牌。然而非要以真作假,弄出伪珍珠粉骗售。到底是投机取巧的风气在作祟。

最近买到冯彤先生所著《和纸的艺术——日本无形文化遗产》(中国社会科学出版社 2010 年)一书,介绍日本的各种传统纸,其中的"纸衣""纸布"让我目瞪口呆。非是咱家没见识,于是惊奇这世上还有纸料的衣装。宋元时代,纸衣、纸被在中国曾经是并不少见的日用物品,然而,在今天,这不过是无数桩基本被遗忘干净的往事之一。幸亏邻国是有好记忆的。至今,日本寺院的佛教仪式上,司职人员还会穿一种"白衣",就是直接用纸张制作。据《和纸的艺术》的介绍来看,用于制造"白衣"的纸张的加工方式,与中国往昔制造"纸衣"的工艺基本一致,同时,也与唐宋以来制造"纸帐"时对于纸料的处理方法基本一致。

从唐代起,冬天用纸罩成的帐子作为寝帐,就是士大夫当中的风尚。宋代文人尤其流行"梅花纸帐",在雪白的落地纸帐内的四个帐竿上各挂一只小胆瓶,插入盛开的梅枝,"长教梦绕月黄昏"。这东西在明清时代逐渐少见,最后终至灭绝。如今,倒是可以直接从东邻找回昔日处理相关纸料的特殊工艺,把宋

南宋马远《梅花小品》(现藏台北故宫博物院)

人的风雅恢复起来哦!

　　由想象中梅花纸帐的复兴前景,我又忍不住意识流到西门庆家赏雪时厅前所挂的"轴纸梅花暖帘"以及他家藏春阁书房的"梅梢月油单绢暖帘"。利用特定的工艺与配料,将纸、绢涂上油,制成油纸、油绢,再以之做成升降式卷帘,挂在冬季的门户上,既保暖,又透光,称为"暖帘"。在西门庆的时代,这些暖帘还时兴描绘上梅花傲寒的画面呢!

　　假如把油纸、油绢重新启用,作为室内装修材料,不知会是什么效果？客厅与封闭式阳台之间的宽大亚口,如果安装联排门扇,影响通透感,不装吧,冬季寒气满室。若能以油纸帘代替联排门扇,大概会更有意境吧。夜晚,放下卷帘,轻明的帘上朦胧映着隔楼的灯火;清晨,才一进客厅,便见整面的雪洁帘面已被新鲜的阳光嘹亮地洇透。

实际上,让往昔的材料、工艺重焕新生,仅仅是借鉴传统的途径之一。更具有实践意义的,是从古人的观念中获取处理现实生活的灵感。比如,帘子不一定都得采用不透明材料,客厅亚口处就无妨安装半透明的卷帘,像从前的油纸帘、油绢帘那样,既保暖,在一定程度上保护隐私,同时又适度透光。

新闻摄影照片显示,人类丢弃的塑料饮料瓶堆积如山,触目惊心。假如有谁能把这些塑料瓶再造成制作半透明卷帘的材料,那真是功德一桩。我就总幻想能在自己家的亚口上安装一架类似油纸帘的半透明卷帘,采用当代金属卷帘的结构,边框处接合严密,一旦放下来就会把整个亚口丝风不漏地罩住,使得厅内热气绝不流失,同时却又允许室外的光亮始终在帘上盘桓。

我甚至不介意来一番西门庆式的俗气,任这一壁宽大的帘面疏落着月上梅梢的踪迹,看冬日的晴阳把窗外枯枝的踪迹叠与苍梅的斜影。

我们会等来肯下这种功夫的有心人吗?

明朝的玫瑰

　　读到报上的一则报道很有趣,说情人节时商家兜售的玫瑰其实都是月季花。一位闺密也读到了这消息,于是带着长期压抑之后的扬眉吐气,逢人就笑讲:"我早就这样说嘛!"在这位闺蜜的童年时代,她家的房后就栽有大棵的玫瑰花树,年年花开的时候,奶奶、姑妈都要做芳香的玫瑰酱。月季花在她家院里也有栽种的,所以她对两种花的区别最清楚不过。"这事让俺耿耿于怀二十多年了!"她无奈地自嘲。

　　不过,报道中讲,玫瑰和月季花同属于蔷薇科,在英文中都称为"rose"。我翻了一下书,在欧洲历史上,月季确实被归在玫瑰的类别中,培育玫瑰新品种的时候还曾用月季进行嫁接。看来,把月季花与玫瑰视同一物,也是随情人节一起传来的洋观念吧。生活的方式与观念从来都是流变不居的,情人节也好,化身为玫瑰的月季也好,本不足怪。然而,不管岁月的大河怎

340

样急流奔涌,已往的经验与知识都不应该真的像浪花那样,随着后浪的覆盖,前浪便湮灭无迹,不留丝痕。今天,很多人大概都不清楚,玫瑰花在中国人生活中最初的灿烂盛开,乃是明朝人的成绩。

从五代起,随着阿拉伯玫瑰香水进口到中国,人们开始得知"大食"有一种香气异常浓烈、可以造"花露"(即香水)的花卉,其花型与中国的蔷薇相近,于是就把这种只知其有而未见其实的神奇异域香花呼为"蔷薇"。虽然宋人非常推崇"大食蔷薇水",但是,一直到宋末,异国的"蔷薇"始终没有能够引植到中国。直到明初永乐年间,奉命出使西域的陈诚亲睹哈烈(今阿富汗赫拉特)的玫瑰种植业,仍然按照既定的习惯,把当地大量种植、"花色鲜红"、"香气甚重"、主要用于蒸馏香水的玫瑰花呼为"蔷薇",说明此时的中国人仍然不了解玫瑰花,更谈不上栽培和利用。

非常神奇的,到了明代中期以后,"玫瑰花"这个名称似乎一夜之间就变成了中国人生活中最普遍最日常的词汇,同时,被呼为"玫瑰"的那一种姹紫嫣红、香气芳烈的鲜花在明清人的生活中全方位地灿烂开放。不要以为《红楼梦》中宝玉所倚的"各色玫瑰芍药花瓣装的玉色夹纱新枕头"是曹雪芹的诗意虚构,清初人曹庭栋所著的《养生随笔》中就介绍了一种用玫瑰花做囊芯的薄被,是把几十片丝瓜囊捶平,联缝在一起,其上遍撒

清吴其濬《植物名实图考》中的"玫瑰"图示

玫瑰散瓣,然后缝入被套。

推测起来,在明代开始风行的玫瑰花应该是从西域引进的异域花种,或者是异域花卉引进之后与本地花品接种而成的结果。不管怎样,从明代开始,玫瑰种植就已经专业化,江南出现了成亩的玫瑰花田,北京郊区也有条著名的玫瑰谷,整条山沟都种满玫瑰。花农种出的玫瑰用于制作各种化妆品、清洁用品,比如泡在茶子油里制成护发的头油,或者掺在碱面中,让洗涤时起去油垢作用的"玫瑰碱"带有香气。另外,明清时代人们须臾不可离身的香囊,也多以晒干的玫瑰花瓣填充其中。因此,傻乎乎地举着一把玫瑰鲜花招摇过市地去见心上人,对明清人来说是挺不可思议的事情。要用玫瑰花表达感情的话,起码也得先弄个刺绣精美的小囊袋,把花儿装在里面,才好出手啊!受礼人才可以把这礼物系在贴身处,时时闻到花香,从而念念于送礼人的深情啊!至于像潘金莲那样伶俐的人儿,则是要把玫瑰花缝在贴身肚兜的夹层里,让一件花香隐隐的内衣成为魅惑的礼物呢。

实际上,玫瑰花的价值主要在于香气,其花形的观赏性并不高。明人文震亨在其著名的《长物志》中就说,玫瑰花不仅枝条不雅观,不适合作为园林中的观赏植物,而且花色微俗,连簪戴在头上都不合适。明清时代,私人种植玫瑰也是最普遍不过的现象,家家户户的庭院中、花园中都会给玫瑰花丛留个位置,但主要不是为了观赏,而是作为家用香料的来源。翻一翻《金瓶梅》,就可以很清楚地体会玫瑰曾经扮演的美妙角色,在这部小说成书的时代,各式玫瑰馅的点心就不必提了,连喝一杯茶都要浇玫瑰卤。最神的是,有一次潘金莲梳妆打扮的时候,按照当时风俗要在真发髻上扣戴一顶银丝假髻,而她特意在那银丝假髻里堆满了鲜玫瑰花瓣,让银丝镂纹间艳色依约,香气轻溢。

老北京的胡同里,农历四月天的时候,曾有悠长的卖花声回荡:"花儿来——玫瑰花呀!抓玫瑰瓣儿来!"(翁偶虹《北京话旧》)——那是早在情人节闹得满街"玫瑰"让人躲也躲不清之前的往事了。

芸娘的花屏

芸娘的花屏被洋人复制出来了！在设计杂志《缤纷》上看到法国设计师兼建筑师让-玛利·马索（Jean-Marie Massaud）所创意的"绿色空间"植物架，我的第一反应就是冒出了这样的一个"无厘头"想法，并且伴随着一股近乎痛心的感觉。

本来，鉴于《浮生六记》近年的大热，我还一直在等待着哪位中国设计师会注意到书中所说的"活花屏"，把这一精巧的传统陈设转化为现代设计。关于它的形制，作者沈复可是说得异常清楚，也绝不难复制呀：以竹竿作为边框，用细竹条在框中编成大眼方格纹，形成两扇宽一尺、高约六七尺的镂空竹屏面。然后，按照两个屏面之间相距五寸的距离，安装一个底托。该底托的制作也很简单，取一对五寸长的短木棍，在二者之间均匀地钉上四根一尺长的木条，如此而成带有四根横档的一个长方形轻架——如果考虑到防潮防腐，那么最好轻架的四角均安

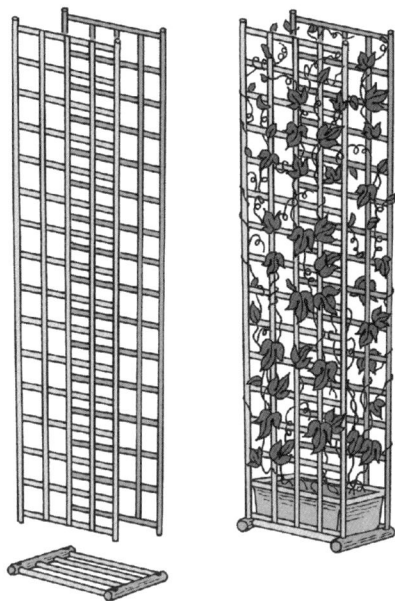

活花屏形制示意图（焦梭绘制）

装一条矮脚，让底托可以稍稍离开地面，即文中所谓"作矮条凳式"。再在每根短木棍的两个端头各开一个圆洞眼，将一对竹屏两边的竿脚插入洞眼之中，这样，就形成了一个重屏并立、其间留有五寸夹空、下衬固定底托的特殊设施。把一只紫砂花盆放置在双屏之内的底托上，盆中栽种藤本植物，让绿蔓在竹屏格上蜿蜒而生，于是一屏幽绿，遮蔽日光的同时却能透过风凉。人们一旦抬动竹屏，也就连同花盆一同兜起，可以非常方便地搬移整座设施。同时，花盆是掩蔽在双重竹屏风之间，从外面看不到,这就保证了竹屏在造型上的完整效果。

芸娘让人制作了多扇这样的活动翠屏,因为材料轻巧,两个人就可以抬动,所以随时可以按照起居所需改变翠屏的位置,还能够任意排列组合,挡在窗前,绿荫满窗,室内生凉;摆在院中,围成曲折的阵势,人坐其间,又如身处小小的碧绿迷宫。沈复满心欢喜地给这种移动式绿色屏风起了很恰切的名号"活花屏",并感叹:"有此一法,即一切藤本香草随地可用。"

奇妙的是,马索这位法国设计师的"绿色空间"植物架竟与芸娘的活花屏貌合神也合,只是在材料上使用了现代的金属框架和白色纤维绳,在两扇长方形边框之间焊以金属细棍,固定成平行的双层屏架,然后让白色纤维绳在金属框内纵横交错,

让-玛利·马索的"绿色空间"植物架(引自《缤纷》杂志 2009 年 8 月)

织成空疏的格纹——颇接近中国传统的"冰裂纹"——轻巧的花盆就直接钩挂在绳结上，藏身在夹屏中间，而蜿蜒的绿蔓与白色格纹形成清凉的色彩搭配。想来马索不会读过《浮生六记》，我们无从得知他究竟怎样萌发出关于这一植物架的灵感，或许，它就是创作者个人才华爆发的表现。然而，这个无巧不巧的偶合却是一声缭绕的钟音，向着中国设计的此刻生态发出难以驱散的疑问：几千年的传统在"实用设计"方面分明积累了多姿多彩、出神入化的经验，为什么不见它们在现代生活中获得新生？就以"活花屏"这个具体例子来说，把竹框与竹条换成金属框与白纤维绳，很难吗？

也许，问题该这样问：当代中国设计师究竟怎样建立自己与传统的关系？在目前，他们与传统之间存在着哪些障碍？这一问题在今天显得异常尖锐，因为业界最近打出了中国设计向国际进军的口号，跃跃欲试，想要武林争霸。我个人的印象是，误区在于人才们总是急于展示中国文化的伟大，又以为只有形而上的领域才能与伟大沾边，因此执拗地非要在实用形式中体现"气"啊"道"啊这些无从把握的玄学玩意。可是，中国人几千年活下来，肯定不主要地靠"气"和"道"，而主要靠"勤劳勇敢"，勤劳，便肯干；勇敢，便不怕尝试，也于是，便为子孙留下了世上最为丰厚的经验传统之一，包括实用设计方面的种种大小成果。轻视这些心劳手作培育出的形而下的繁花，光迷恋道、气之类与形式无关的缥渺概念,芸娘的花屏,就永远不会在中国设计师的手下转生。

其实,"活花屏"并非芸娘的独创,乾隆年间有《虎丘竹枝词》咏道:"夹竹屏风映绿窗。"可见中涵花盆、绿蔓蜿蜒的"夹竹屏风"在清代的江南流行颇广,是一种常见的实用设施。如果我们的设计师早将它复制出来,那么,私宅小院或者餐馆、咖啡座就有了一种轻巧美妙、环保节约的设施为庭院分割空间。

我甚至曾经幻想,花店会兼营各种"活花屏",负责送货上门以及屏架回收,这样,花屏便可以成为中国家庭的一种常用陈设。它不一定只摆在庭院,亦可装点室内,落地窗前或客厅当中小小一架,夏日碧影生凉,冬天新翠青青。多了这样的细节,我们才可以说,中国人会创造有自己特色的生活,有可供其他人羡慕和借鉴的地方。

步步莲花步步情

    岁月相续,眼见又是一个紧接着春节的情人节,到时必然是满眼的玫瑰和巧克力。每逢这个时节我就幻想,把明清女性那可以一步印出一个香粉花卉图案的神奇鞋跟以现代工艺加以翻新,是不是可以让这个为爱而设的节日多添一分情趣?

    不要以为"步步生莲"仅仅是个比喻,清代文人顾瑶光《竹枝词》中,姑苏女子到佛寺进香的场景便是:"长廊转处笑相迎,朵朵兰花履印轻。"何以如此?作者注云:"高底鞋刻空,入以胡粉,一步一兰花也。"说来让人难以想象,明清女性在缠足的情况下还要穿高跟鞋,当时叫"高底鞋"。于是,在明代晚期,就有一些特别时髦的女子想出个点子:把高跟制成中空的形式,安个活动小抽屉,并且鞋跟的底面与屉底雕出一致的镂空花纹,再将一只装满白色香粉的绢囊置于屉内,如此,便能随着女性的玉步轻移而在地上印成一个又一个莲花或兰花的完整图案。

清代苏州桃花坞年画《十美踢球图》中,缠足女子穿着高跟鞋踢彩球

于是乎,环珮声远,这粉印的花纹却淡香依依,宣告着她的曾经到来与离去。据说风气还传染到满族女性的花盆底鞋上,竟有入宫备选的秀女在乾隆面前表演"镂花高底步莲生"的戏码。

试想,如果在情人节的这一天,从清晨起,就有各种各样表现诗意化主题的精巧花纹鞋印悄然出现在地面,随着黄昏将近而逐渐密集,到夜色降临之后,这些千姿百态的花纹更是散发荧光,让情人们走过的每一寸地面上都有神秘的花光点点浮动。印痕会很快暗淡,但,随着成双的身影走过,便又有新的花光显现……那该是多么爱意荡漾的氛围。

当然,今日的花纹鞋跟必须环保,必须无碍环境卫生,以现代技术的发达,它完全不必是纳缝在明清女鞋上的那种固定高跟。最理想的方案,应该是一种可以轻易粘附到鞋跟底面上的薄"鞋底",在情人节的当天用过一次之后便作废。这样,就可以制成"情人底",也就是说,花样相同的鞋底成对配套,供相爱的人们买去同时贴在自己的鞋底上,节日这天,无论分离还是厮守,都把同心的足印画落在大地上。

显花的也不该是香粉,而是某种可以随时成印但过一阵就能自动消失的涂料,并且在黑暗中将闪烁荧光。如果可以利用电脑制图技术,让情人们按照自己的意愿设计、定制花纹,那就更妙了——每一对痴爱者都可以在人海中,在缤纷错杂的众多鞋印花纹中,寻找唯一属于自己的那两串花押式的暗号!

假如真有厂家推出这种奇妙的印花鞋底,那么,情人节时就又多了一种告白的方式,并且,相比玫瑰花与巧克力,这一方式更能完成考验与试探的任务。怀着忐忑向心仪的人送上鞋底,其含意显然不止于"我爱你";是否答应共享同一对鞋印,等于就是最明白地同意或拒绝与对方从此携手人生路。倘若一个男孩或女孩在节日将近之时竟然收到多个印花鞋底,那又是怎样欢喜与彷徨的心情呢,大约是足以整成好莱坞式言情片的题材了。

因此,也许,在真的有设计师将这种鞋底付诸实现之前,不妨先在影视剧中虚拟一下如此可爱物件的存在,翻出个"步步生莲"的清新活泼的现代版,为天下有情人提供节日的快乐。

清冷枚《十宫词图》(现藏北京故宫博物院)之一。图中,宫道上布满莲花纹饰,
美人走过,便仿佛"步步生莲花"了

比如,讲述两对情人如何因为偶然拿到了同一种花纹的情人鞋底,又在节日当天约会在同一个地方,于是上演一出阴差阳错的浪漫喜剧。或者,一个青年仅仅因为一对陌生的鞋印花纹勾起了某种回忆,出于好奇循着花纹一路前寻,接下来发生的事情改变了几个人的命运……甚至干脆以厂商发布这种奇巧的花纹鞋底为故事的起点,想象出多对应邀试用产品的情人随即遭遇的有趣传奇。

其实,又何妨以一位苦情女子绣履中泄下的莲花香粉印痕作为重要的情节,编排一部缠绵悱恻的古装言情剧? 也许,男主角可以是纳兰性德呢! 不是么,他在词作中两次提到"靥粉",也就是鞋跟中香粉留下的花痕:"银床淅沥青梧老,靥粉秋蛩扫。采香行处蹙连钱,拾得翠翘何恨不能言!"女子行经之处留下了成串的香花足印,并且,在那足印上还叠落有她的一支翠钿头花。翠花是无意间掉下,还是被有心丢置? 只有当事人才心内清楚。总之,男子捡起头花,一腔浓情无由倾诉,竟是"回廊一寸相思地","十年踪迹十年心"。

"脚踪儿将心事传",无论是在现实中成真也好,还是演绎成文艺作品里的情节也好,那种委婉的浪漫定然能打动颗颗年轻的心。

红楼的物质性

谁会忘记"玫瑰露引来茯苓霜"？有趣的是,胭脂一般的玫瑰露竟是盛在"螺丝银盖"的"玻璃瓶"里,以致柳家的一见之下"还当是宝玉吃的西洋葡萄酒"。为什么会有这样的描写?《钦定大清一统志》记载,"雍正五年入贡"的"西洋""土产"有"玻璃瓶贮各品药露",看来,曹雪芹是有意借用新鲜的西洋包装形式,从而提高玫瑰露的身价,一如非说"雀金呢"是"俄罗斯国"的出产一样。

实际上,康熙、雍正两位皇帝对于西方玻璃的兴趣,带动这个时代的上层社会生活中每每有玻璃的光泽闪烁,如果将《红楼梦》与《养心殿造办处史料辑览(第一辑)·雍正朝》一类文献彼此参证着阅读,对这一现象就会有很深的感受。《红楼梦》中喜欢采用"真事隐""假语存"的特殊手法,在很多描写上故意抹去本朝典章、风俗的痕迹,但是,这并不意味着小说中的时空状

清康雍时期玻璃撇口缸（现藏北京故宫博物院）

态真的就模糊不清。曹公终究不能——他也无意——完全脱离自己的时代，在不需要隐晦的地方，我们的大师恰恰极为擅长调动最具体的物质现实的细节，营造出他所想要表达的各种情境。

今人总爱强调大观园是诗意的世界，却经常忘了，这里也是一个物质的世界，并且是一个奢侈品的世界，而曹雪芹正是对物质有着异常的审美敏感，甚至可以说他是一位奢侈品的鉴赏专家。而且，绝对不可以忽视的是，他生活于其中并表达在笔下的物质世界，不属于中国历史上任何其他时期，仅仅属于康乾盛世这一时间段，对此，多年来已经有很多红学家、文物专家进行过研究，是没有疑义的定论。

　　如果抽掉《红楼梦》的这一非常具体的时间与空间基础,那就等于把所谓的诗意架空,在这样的情况下,作品的诗意其实是无法自立的。还是以玻璃作为例子,曹雪芹总是在强调贾府的富贵气派时提到这一种西方来物,比如待客时摆的玻璃炕屏,元妃省亲时园子里挂的水晶玻璃各色风灯,怡红院里的大玻璃镜。值得一提的是,怡红院使用"西洋元素"的"设计构想"与史料记载中的圆明园完全一致,比如嵌有大玻璃镜、装有机关的活动门,裱贴在过道中的、用西洋透视画法绘成的美人画,自鸣钟,以及在窗上安装玻璃,在圆明园中都有真实的应用。有意思的是,恰恰在这些地方,曹雪芹是惊人地忠实于生活,并无丝毫的夸张。比如大观园里只有怡红院一处镶有窗玻璃,历史上的实情则是,当时透明平板玻璃还是很珍贵的东西,即使圆明园中也是很小心、很珍惜地使用。另外,与富丽堂皇的场景形成对比,在潇湘馆这一真正寄托情怀的地方,可绝不会安排窗上镶玻璃之类的时髦做法,不过,又有哪位读者不恋恋于那用来映衬翠竹清影的银红色糊窗"霞影纱"?

　　这里单提玻璃,是作为一个极端的例子,强调《红楼梦》中的物质世界的时间性。其实,小说中的其他细节一样指示着这一鲜明的时间特征,比如,凤姐在日常生活中的服饰打扮,就是标准的康雍时期江南汉族贵妇的装扮,在这一点上作者非常写实。更不必说,大观园虽然只是纸上的幻境,却也是明代造园艺术在入清以后持续高度发展之后的结晶。曹雪芹把其所熟悉的贵族生活加以才气四射的铺陈与升华,于是读者才有福气获得那么丰富的审美感受。因此,假如今人在将这部小说改编成影视作品的时候,无视其中非常具体的时代特性,脱离曹公笔下的物质环境,搞一个天马行空的"太虚幻境",那么,是否能够传达小说那种特殊的美感?

还拿玻璃来谈,这种外来品(以及当时造办处制造的仿制品)在《红楼梦》中其实是个很小的角色,露脸的机会寥寥可数,以致往往被读者忽略。但是,试想,如果真的将玻璃这个成分拿掉,那么,《红楼梦》还是我们现在所读的这部《红楼梦》吗?宝玉雨夜探望黛玉,是小说里最感人的情节之一,但是,如果该情节呈现在影视画面上的时候,黛玉最后拿给宝玉的不是"玻璃绣球灯",而是一只羊角灯或者纱灯,那么是否还能体现原著的幽微用心? 然而,假如让一位穿着疑似汉代服装的黛玉忽然拿出一只十八世纪欧洲玻璃质地的球形灯,那岂不犹如时空穿越一样的怪诞?

曹公笔底无废墨,因此,《红楼梦》的改编恐怕是牵一发而动全身的事,并非那么容易就能做好的。

文艺复兴在青州

历史会遭遇这样的转折性契机，某一项重大发现，改变了人们对于众多事物的看法，引发了大家重新认识世界的兴趣，促动了多个学术领域的变革，甚至导致了新学科的建立。山东青州龙兴寺佛教造像的出土，应该就是这样难得的契机之一。

类似的契机，我们已经遭遇过一次，那就是一个多世纪前敦煌石窟的发现。敦煌艺术彻底地改变了近代中国人对于唐代的历史和艺术的认识，并且进一步修正了对整个中国历史和艺术的认识——如果我们谦虚一点，暂且先不提它对于整个人类历史和艺术的意义。青州石刻的出土，意味着另一次震撼性时刻的到来。这些神奇而神秘的，向我们微笑着的佛和菩萨，让一个被时间之尘悄然遮蔽的伟大艺术时代再见天光，仿佛转世一般，重新获得了不朽。

有种种的线索表明,东晋南北朝时代,是艺术史上最辉煌的创新时代之一,是中国艺术的一个巅峰时刻——如果我们谦虚一点,暂且先不提它在整个人类艺术景观中的意义。我并不赞成对于欧洲文艺复兴的极度迷信,但是,在没有更好的概念之前,我们不妨先借用一下这个词汇——可以说,在中国的四到六世纪,有一场宏伟浩大的文艺复兴运动,曾经遍及大江南北。这一运动与一些伟大的名字相连,如顾恺之、戴逵、王羲之父子,以及那些著名的帝王,同时,它也与众多的来自不同民族、不同文化传统的无名工匠们联系在一起。其发生的契机,当然是境外佛教艺术的传入,在与其他众多我们尚没有认真研究的因素(如汉代以来的本土艺术传统)的共同作用下,它激活了中国艺术家的潜力,在将外来艺术本土化的勇敢探索中,艺术变得焕然一新,臻于完美。一些记载依稀指明了这场创新运动的曾经发生,比如戴逵改造佛像"古制"、顾恺之把维摩诘画成"隐几忘言"形象,等等。另外,传世的北朝石窟雕刻,近年不断出土的精彩绝伦的南北朝艺术品,也都在呼唤着我们对那个远去时代的注意力。

但是,文字记载语焉不详,传世石窟残损严重,出土艺术品则从规模上还不足以产生震荡人灵魂的力量,须知,人的认识从来不是机械的、纯客观的,必须在心灵受到强烈撞击的情况下,才会引发更新知识的欲望。终于,青州石刻给了我们感受

山东青州龙兴寺出土北齐贴金彩绘石雕菩萨像
头部（现藏青州市博物馆）

这种震荡的机会，它们的规模和水平让人瞠目，更重要的是，它们如此新鲜完好，让我们得以清楚看到 1500 年前那些伟大艺术家的惊人成绩：在这些外来的佛和菩萨的金身上，闪烁的却是中国人的容貌，中国文化的表情，并且，这容颜，这表情，达到了如此的至美境界，不仅让我们感到温暖，也让世界被打动。

青州石刻只是一个辉煌时代不经意间留下的片言残语，就如这些雕像上残存的点点金箔。面对这些绝对杰出的佳珍，我们甚至不能断言，它们就一定是那个时代的最高水平。但是，我们已经足够幸运了，想当初，一些无名的男女，怀着感动的心情捐资塑造了这一尊尊佛教造像,即使在那样虔诚的心境中,他们也一定不曾奢望,在十五个世纪之后,这些雕像会回到子孙们的面前,有如一次转世,在天光下,再次摇荡中国人的灵魂。

（此篇小文是为中华世纪坛艺术馆与青州市博物馆合办的《出世神韵——青州佛教造型艺术展》而作）

桃花俊得江山助

　　印象中老是错误地以为，《桃花扇》是以《传歌》一折正式开场。当初，这一折让我一下读呆了——一个雏妓的楼上，贴满了名士的墨迹，杨文骢又在壁上蓝瑛所画的山石旁，添写了几笔兰花。然后，女孩儿在杨柳风中，唱起了《牡丹亭》，"遍青山啼红了杜鹃"。真是让人不尽的伤感。

　　蓝瑛也会被孔尚任写入戏中，是我完全没想到的。在现代人撰著的绘画史里，他在明末画坛上只是一个二流成就的画家。然而，一次，我和同事们去逛故宫，正碰上蓝瑛的专题展览，他的作品之精妙、之蕴雅，让一帮子年轻人目瞪口呆，连喊"以前轻薄了"！看明人的作品，这样的经历当然是常有，最不能忘的还有一次，也是这帮同事，对着董其昌的一幅册页上的烟树，惊得几乎集体掉了下巴，事后还由不得地凑在一起呷着嘴花子赞叹了半天。当然，史家没有说错，蓝瑛、董其昌，他们的艺术成就确实只是二流,绝不能算一流——如果把他们客观地归位在那个"遍青山啼红了杜鹃"的文化黄金时代!

明人的艺术,让人几乎不愿去碰触。每一次与它狭路相逢,被激起的感动总是太缠绵,"触起闲情柔如草,搅动新愁乱似烟",至少恍惚三日,是人生禁不起的消耗。就说绘画——虽然欧洲艺术一样让人动情和激赏,但我总不能驱除心中的一等愚见:对于绘画的悟性,欧洲人始终没有达到明末士大夫的那一高度。看明代文人画,你会惊奇得不能相信:人的心智真的可以发达和成熟到这样吗?微贱的人,怎么能上升到如此的智性呢?

当年读剧本时,更让我没想到的是,孔尚任会让蓝瑛再次出场,在人去楼空的媚香楼上,用"花梢晓露"调弄丹青,画一幅《桃源图》。熟悉他那白云红树画风的人,多少能够领会孔尚任的用心。站在今天往回看,其实明末的文明成就并未被战争所摧毁,相反,到了康乾时代,

明蓝瑛《白云红树》(现藏台北故宫博物院)

无论文化还是经济都蔚为大观,艺术的气质则一扫明人的靡弱,健壮活泼、勇开新局,借用今天的时髦词来说,那"别姓人家新画梁"恰恰闪烁着前朝所没有的"帝国"气象。但是,孔尚任的问题仍然是有意义的:一个文明繁盛的时代,怎地就会在政治上如此一败涂地?知识分子究竟在其中扮演了怎样的角色?文明可以重振,文化可以传承,但毁灭在战乱中的千万无辜生命,又怎可能就此抵消?通过一部剧本,孔尚任给出了一个历史学家的解释,虽然这解释很含蓄,很文学,并且,被过于浓烈的颓唐之气所淹没。对于知识分子,他尤其是很含蓄地,很文学地,不留情面。"半边南朝"是那样的乱象,蓝瑛仍然前来投靠杨文骢,住到"苔痕绿上花砖"的媚香楼,画他的画,卖他的画。剧作者如此安排,自然并不仅仅是为了侯方域重访香君居处做情节上的铺垫。剧中,对明末文化精英的勾画处处含着诘问,而蓝瑛所托庇的杨文骢,在作者的着力用笔之下,彻底成了一个跳来跳去的男人。

因为承接着那个"遍青山啼红了杜鹃"的年代,注定的,孔尚任的《桃花扇》是一部文雅蕴藉到极致的作品,连"宫壶滴尽莲花漏"这样极黄的色情表达,也要用典;左良玉惊闻崇祯吊死煤山的噩耗,则一定要在黄鹤楼上。这是修养太好的中外作家都难免的毛病。但是,并不因为我们今天换了一套语汇系统,《桃花扇》就失去它的活力。坐在保利剧场的幽暗中,听到台上唱出"风流俊品"一词,我竟生怳有所悟之感,思绪一下跳到遥远的、似乎毫不相干的法国文化精英身上。一直不知该怎样概括今天的法国知识分子,好象这"风流俊品"四字用上去倒很贴切,孔尚任用以形容当年的复社文人,但在今天,也仍然新鲜。"搅动新愁乱似烟"哪,总不会——桃花扇底送了法兰西?

也许是我的错觉:《桃花扇》对于明之所以亡的结论,也许并不符合科学的历史观,但,它从此在中国知识分子的灵魂中钉上了深刻的耻辱感。到了清末,正是这一深刻的、自觉的、快要刻入基因的耻辱感,促使当时的社会精英们奋勇努力,把领导民族走出危机、救国救亡当作自己当然的责任和当然的命运。这应该才是文学不可替代的力量,所谓"通过本该如此来呈现应当"(引自杨立华先生文章中语)。

感受往昔大师之美

真是异常奇妙的体验，让人灵魂轻悦如醺。

宋代的汝窑瓷器，何等的稀世之珍啊，在首都博物馆的各个展厅里之间穿来转去，居然在一个半天里三次与之相遇。在清冷素雅的汝窑盘旁，还一定伴有温润如玉的官窑瓷器、梦幻般绚丽的钧窑花盆。元代青花瓷瓶，也让我真正体会了一把那让世人如此颠倒的"元青花"的瑰丽。在奥运会灿烂展开的同时，首都博物馆的四项大型展览也向众生提供着审美的盛宴。

一旦来到董源的《夏景山口待渡图》前，想要挪动脚步离开就变成了最困难的事情。凭着这一伟大的作品，我们本该理直气壮地重写人类艺术史！想一想吧，公元十世纪，在世界的其他地方，绘画还只能用于恭敬地描绘神与帝王，让人在威权前低头，董源这样的五代大师已经在展示一种充分人文化的大自然形象，通过呈现万物的自在，而传达人类心智的清明。

五代董源《夏景山口待渡图》(现藏辽宁省博物馆)局部

北宋范宽《雪景寒林图》(现藏天津市艺术博物馆)

体验着那江南水乡的溪山无尽,我以为这个夏天的"艳遇"已经到了巅峰,哪能想到,没过两天,就在天津博物馆再次邂逅人类绘画的最美结晶!

自己多年珍藏着范宽的《雪景寒林图》画册,不经意间在天津博物馆《百年珍藏展》上猝然与真品面对面,这才明白印刷品完全不能传达原画的神韵。尺幅硕大的画面让我仿佛穿越时光,置身在北宋人的视觉环境中。多么奇妙啊,在十到十三世纪,仅仅凭着笔与墨,我们的大师们尽情探索着中国河山的地域之美。董源笔下是典型的江南丘陵风貌,坡缓水柔,云低雾蒙;范宽则体现着北宋山水画的最鲜明特色,即,充分开掘了北方崇山峻岭的壮阔动人,那笔笔如漆书篆刻的线与点,既富有装饰趣味,又塑造着密林、山体的坚实体积感,让人想把现代的抽象艺术家们都拉来上一场生动的启蒙课。据说,文艺复兴艺术直到达·芬奇才发明出办法表达浮动在空气中的光与影。在五代、两宋时期,展现各种地理环境、各种气候状况中空气湿度的变化,展现或明或暗的光线在湿度不同的空气中的变幻效果,可是画家们的兴致所在之一。《雪景寒林图》就细腻地把握住北方地区雪后山林间那种寒冷中轻湿弥漫的微妙氛围,让人感到大自然在轻轻呼吸。进一步地,透过这带着湿意的空气,观者的视线被引向山体间的纵深空间,意识到天地的无限辽远,这一刻,仿佛自己的心灵之眼被画家唤醒,体悟到宇宙的阔大。

清朱耷《河上花图》(现藏天津市艺术博物馆)局部

宋哥窑盘(现藏天津市艺术博物馆)

　　好不容易拔动脚,居然又遭遇了一次汝窑与官窑,还中彩般看到了布满"金丝铁线"的哥窑盘。那一刻真是深深遗憾,在不了解宋代五大名窑之下起飞的现代设计是何等的有缺欠啊!如果没看过汝窑与哥窑名器,又怎么能领会什么是真正的极简主义?快乐中没想到还有一重震撼在等着我——八大山人的一卷水墨写意花卉直让人惊掉下巴。"妙在似与不似之间",实际上是催生了一件最为恣肆放纵、挥洒自如的抽象画作,那约略拟意花卉形貌的笔墨,其实却构成各种形状的线条、墨点、墨块的变幻组合。我真的相信,假如莫奈当初看到过这一画面,他就不会画那些《睡莲》作品。当然,前提是莫奈能够看懂这件作品。好奇的是，他看得懂吗？

　　奥运会的五十一块金牌让国人振奋。其实，在艺术创造领域，从七世纪到十八世纪，可以说传统中国一直都是金牌得主。当欧洲画家还只能借助神的形象来反映人文精神的时候，中国画家早就在描绘普通人的生活，早就在一花一鸟、山山水水中注视自然的尊严了，也就是说，早就让绘画脱离宗教与政治的权威而自在独立。点明这一事实，不是民族主义膨胀，只是恰如其分地评估历史以迈向未来。如果能在充分理解汝、哥名器的极简主义境界的情况下开展现代设计，那又将是怎样的局面？

　　不过，迈出展厅的一刻，我还生出另一层隐忧，将这些珍品陈列出来供国民们观赏，固然是应有之义，不过，经历数百年、上千年的绢、纸质珍品，如何保证其不因展出而受损呢？恐怕也是全社会都该一起调动心思的议题。在这方面，卢浮宫等欧洲博物馆确实有宝贵的经验供我们学习。把民族珍宝适当地经常公开展览，其实也是同时让全体公民一起来关心、监督文化遗产的保存情况，这，总比让国宝深藏在库房，公众无从知晓其存毁，是好得多的选择。

呼吸千秋绘事

一卷《列女图卷》，已足以让武英殿绘画馆正在举办的《故宫藏历代书画展（第七期）》成为本年度最重要的展览。

尽管这一画卷因为年久而晦暗，画中所呈现的人物在姿态、角度上的丰富变化仍然历历清晰。更重要的是，当年的画家具有这样一种本领——让观看者通过掩映着轻纱的多重服装，感受到一个坚实、完整的人体的存在，这些人体不仅撑起了华丽的衣服，而且随着各种复杂而微妙的动作，带动轻纱飘拂，绮罗簌动。通过描绘宽大、飘动的衣饰，而把人体比例掌握得如此之准，同时能通过衣服的运动暗示出衣服下的人体的运动，并且让观看者感受到那人体强健、带有生命、富有活力，这是极高超的技巧，极高超的艺术。同样的能力也展现在东汉画像砖、画像石艺术中，我不明白，有那么明显的证据证明，《列女图卷》虽然传说为顾恺之的作品，但其最初原本实际乃是东汉时期绘就的作品,何以专业界对于这样一个重要的史实始终迟疑?尽管目前我们看到的这一摹本已是宋人的手笔,卷中屏风上出现了宋代山水画的图样,但是,在整体上,画面仍然保留着公元一至三世纪汉代绘画的风貌,面对着它,我们是在直接感受那个伟大朝代的贵族们的外貌以及内心。

能够亲眼看到《列女图卷》的真迹已经属于意外的惊喜,随后再到《挥扇仕女图》前玩味晚唐五代宫廷贵妇的仪态,到《货郎图》前观察宋代小商品买卖在村头的活跃,这真是最高规格的盛宴了。我特别建议花痴型历史迷仔细看一眼《挥扇仕女图》中那位立在小侍女高擎的明镜之前,正在对镜捏弄蝉鬓造型的美人,须知,鬓与眉曾经是传统女性面妆中最为性感的部位呢!细节型历史迷则不该漏过宋代乡村货郎的担子上种种货物的花色,尤其不要忽略悬挂其中的"解写文约"的小幡条,想来它是某位穷文人雇请货郎代为推行的广告——谁说流动广告是现代人才有的点子?

即使与以往六届《故宫藏历代书画展》相比,这一届展览的珍品密集度也要让人惊呼"奢侈"。被印刷品所隐蔽的笔墨幽致只在真迹中散发光华,画竹名家王绂的一轴《竹》便是最好的验证。沈周、恽寿平、石涛、黄易等人的册页作品也都格外醉心。笔墨老练丰润,所绘成的物象却稚拙天真如儿童画,这种矛盾的张力是石涛喜欢的游戏,于是,他的"陶渊明诗意"便在

清石涛《陶潜诗意图》之"悠然见南山"（现藏北京故宫博物院）

清黄易《嵩洛访碑图》之"中岳庙"（现藏北京故宫博物院）

寂寞萧条中隐含着意会的幽默。幽默,实在是文人画中最不缺乏的雅趣之一,因此,在任熊那么意境婉约的《大梅诗意图册》中,竟会有一帧是染写"唐世昆仑姐"和"虞家白雪姑"一黑一白两只猫咪的滚斗情态。呼吸着这种幽默,搅起的却是感慨:文人画家曾经在艺术王国中达到如此境界的绝对自由,可以任意纵横,随心驰骋! 催人浮起无限苍凉之感的则是黄易的《嵩洛访碑图》,一位学者兼画家,用淡淡的墨彩描绘他所探察过的前朝古迹,显现在册页上的不是素描式的写实记录,而是他的感受,是他对万物如烟云的迷惘。毕加索所做的事,其实早在十八世纪就由黄易干完了,只是黄易在《嵩洛访碑图》所达到的心智高度,却是毕加索根本攀爬不到的。

诚然这一期珍品云集的书画展不可能展期太长,不过,第八期不久就会举办,仅仅预报中的《阆苑女仙图卷》就让人引颈期待哦! 遗憾的是,故宫博物院这一系列亮出最珍贵家底的大展,在全社会引起的关注度却完全不相匹配,看来,如何让全社会意识到这一系列展览的重要性,让这些展览进入现代城市人生活的中心,还是一个没有被理会的问题。立身在武英殿这一依然徘徊着往昔岁月气息的场所,用心灵去凝视 20 个世纪以来连绵不断的审美进程,这,就是一个现代中国人的独特的幸运吧——多么值得珍惜的幸运。

名作与民众

"现在故宫真的是一座博物馆了!"站在神武门下,我那刚在美国医科毕业的三表妹蕊喜出望外地感慨。

我本是特意拉她去看故宫博物院的最新一期古代书画珍品展。步入设在武英殿的绘画馆,迎面第一件陈列品就是相传为顾恺之作品的《列女图卷》,让我近乎震撼,想不到院方肯把这么珍贵的宝贝拿出来给普通观众欣赏。于是,也就义不容辞地竭力向表妹解释这件古老画作的重要性,希望她能够更多地认识到,中国绘画在世界绘画史上是何等的伟大而辉煌。有意思的是,表妹大约是因为受过西方现代抽象艺术的熏染,对着"清初四家"之一王翚的气势蒸腾的《仿巨然烟浮远岫图》大有感触,连呼喜欢,这也可以算一个小小的例子,证明明清文人绘画的"前卫性"吧。甚至陈枚的《万福来朝图》都让我俩一时驻足不去,对于清代宫廷绘画从此不敢小视。

清陈枚《万福来朝图》(现藏北京故宫博物院)

从绘画馆出来之后,玉器馆等处的多个常设文物陈列展览一样的让表妹惊喜。看着她开心的神情,我不由暗想,如果我们"60后"这一代人在成长的岁月中也能有机会从多种多样的文物展览中接受熏陶,那么,也许不至于整整一代人都普遍倾向于全盘否定传统,对于往昔岁月顽固地怀有一种建立在臆想之上的阴暗印象。一个真实的例子是,前不久我拉一位商科出身、但对文学和历史都有兴趣的朋友去看国家大剧院里的《赤壁怀古——大三国志展》,结果这位朋友彻底地倾倒在汉代青铜战马之前,再一听我讲述"汗血马"的往事,顿时对两千年前的那个不朽朝代发生了兴趣,连说接下来要好好读《史记》。让她遗憾与惆怅的是,在此之前,她从来无缘接触汉代文物,完全不知道它们是那样富于雄威之美!

近年来,中国的大城市生活逐渐具有的魅力之一,就是各种高水平的艺术展览明显增多,主办艺术展览的机构与场所也变得多样化。不过,全社会的关注度却往往不相匹配,或者说,如何让全社会意识到这些展览的重要性,让这些展览成为现代城市生活的亮点,还是一个亟待解决的问题。比如,去年有一个元代青花瓷的大展,展品中居然有从伊朗德黑兰博物馆运来的几件翠丽的元青花珍品,要知道,自从它们大约在十四世纪踏上前往异国之路,就一直消失在中国人的视野之外,这是七百年后的首次归来!然而,如此富有象征意义的事件似乎在国内并没有激起相应的热情,很多人大约根本没有注意到这个划时代的青花瓷展。

有一件往事让我始终印象清晰:当年,卢浮宫藏品《迦拿的婚礼》长达四年的修复工作完成之后,被整个法国当成了一件国家节日般的大喜事,电视、广播、报刊纷纷用重要篇幅进行报道,几位负责修复工作的女专家一时也成了明星,妆扮得体、风度优雅的形象屡屡见诸媒体,让旁观者都充分感受到法国人对于文化工作者的尊敬。

如今我们这里天天念叨"公关""推广"之类的概念,在我看来,卢浮宫利用《迦拿的婚礼》的修复所展开的公关活动,才实在是值得借鉴的一个成功案例。话说我到法国后第一次逛卢浮宫,就撞见这幅占满了一面整墙的意大利威尼斯画派名作之前树立着供修复时使用的架子,架上还搭有半遮半掩的幕布。此后整整三年,始终就是这样一个状态,让观众明明站在画前,但就是无法窥见庐山真面目。女专家们的修复工作就在展厅内进行,不过总是在闭馆之后才开始。因此,无论哪里来的游客,都会遭遇这一巨作被修复架挡住的情境,作者委罗内塞特有的绚烂画面在幕布的间隙里隐约闪烁着宝石般的华光,特别逗人一窥全豹的欲望。画面的超大巨幅也给普通观众深刻印象,直观地认识到修复工作的艰巨不易。于是,自然的,修复进度就成了民众与媒体感兴趣的话题,并像看好莱坞电影那样,对结局充满期待:究竟哪一天才能看到这幅伟大作品重新焕彩于人间呀?

实际上,如此让修复工作在公众眼前进行,还把文物展览与保护的关系等专业问题转变为社会话题。文物的展出与保护,从来都是一个严重的矛盾。过去国内博物馆担心珍品受损,习惯于把它们深锁库房。今天这一观念得到了改变,然而,如何让文物不仅惠及我们这几代人的心灵,还能传诸子孙,却是始终不容回避的挑战。卢浮宫当年在《迦拿的婚礼》修复一事上采取的做法无疑意味深长。毕竟,文物保护的责任不仅仅属于专家,更属于整个民族。民众也并不仅仅是由博物馆施行美育的对象,更应该是文物保护的监督者,是能动力量。因此,若论到博物馆与民众的互动,我们还几乎没有开始。

珍品的金秋

"吃好早饭，带小瓶水。"事实证明如此的短信嘱咐绝非多余，咱们小小的"三人观展团"真的完成了"故宫一日游"。自午前"入宫"，待溜达到中山公园来今雨轩用祁红送枣泥饼之时，已是夕辉满庭了。

与其孑然踽踽于去咖啡馆的路上，不如攒成一伙儿奔放在去博物馆的路上，这是大写在京城的晴秋阳光里的黄金定律。相比诸家博物馆的珍品文物展厅，再不会有更适宜朋友相聚的场合。就像此刻的故宫，三大国宝展——《明永乐宣德文物特展》、《故宫藏历代书画展（第九期）》、《宋代官窑瓷器展》，全都是人生中不可错过的片断，把这样的片断拿来与知己分享，难道不是最雅致的礼物？

先登上午门，强抑住要向天下挥手的澎湃心潮，然后轻呼一口气，迈入光线沉暗的《明永乐宣德文物特展》展厅，感到人生被推了一下：啊，居然这么晚才明白，永远不要低估那些至精至美的中国古代工艺品在灵魂中激起的颤栗感！郑和下西洋时代的明宫用器就在眼前，告白着真实而陌生的精雅与奢丽，此刻的身边人可不能是首次约会对象，也不能是一心生意的工作狂，因为你要和他或她一起为玉一般的青瓷罐、宝石一般的红釉僧帽壶迷醉，为剔红漆器的圆润丰满吃惊，还要喃喃辨认或描或镂的图案所呈现的"观瀑"之类诗意内容。凑头在展柜前，像一排好奇的小狗，耳鬓厮磨，心有灵犀，最是择友需慎之时呀。

下了午门，先转战武英殿的书画展，为看到《女史箴图》的宋人摹本，为能够面对伟大北宋画家郭熙的《窠石平远图》，为所有那些让人清气上升、浊气下降的文人书画，而兴奋，而徘徊流连。然后，尽管累了，但是因为懂行的朋友事先特别叮咛，《宋代官窑瓷器展》断乎不可错过——两宋官窑瓷器的传世品在全世界一共只有一百多件，而在这次展览上就可以看到故宫所藏的其中十多件——于是还是一起从西路移师东路，奋力寻找到藏在殿群深处的延禧宫。由明代宫廷的富丽，忽然转到宋代宫廷非凡的素雅，简直是不能适应的时空穿越。一厢是傲然战胜人事兴衰的完整珍品，另一厢，则是从近年发现的南宋官窑遗址中出土的碎片，两相对比，方让人惊觉，原来时光竟能让晶莹的瓷色也退去些许青翠，因为"我曾历经沧桑"而变得老到内敛。

明永乐制"宣德"款剔红双层葡萄纹盘(现藏北京故宫博物院)

南宋官窑圆洗(现藏北京故宫博物院)

　　故宫远非金秋里唯一甜美的幽会,哦,不,约会地点。北京艺术博物馆正举办的《民国瓷》展,吟哦着古老瓷器传统遭逢衰世依然不肯轻易歇落的芳华,让许多京城观众首次认识那个时代景德镇的绘瓷名家"珠山八友"。这是些在瓷面上作画的艺术家,感人的是,他们居然在烧瓷工艺中实现了海派写意花鸟赋彩用笔的点染潇洒,让悠长往事在注定歇幕时刻仍有一缕余韵回旋。由明代古寺改设而成的现代博物馆,不仅有文物展厅,还有着七重院落深处的古银杏,有着隔绝尘嚣的幽静氛围,供人小小徜徉。一旦出得博物馆的"山门",再漫步到紫竹院去看鸳鸯、临湖品茗，则可算神仙一日了。

国家大剧院的展厅也是一处宜于友情的地方。比如，拉上同样对近代中国美术有兴趣的朋友，到这"巨蛋"的下层观看《凝聚时代——彦涵从艺 75 周年作品展》，琢磨一下这位延安文艺代表画家所创作的人民英雄纪念碑浮雕《胜利渡长江》的画稿，然后上得剧院二楼，于接近玻璃墙的咖啡座小坐，点一杯卡布奇诺，遥望窗外蓝天下的云光旗影，此际之意兴感慨，非会心者不能与共。

实际上，咱最近的一次开心经历是在首都博物馆。《考古中华——中国社科院考古研究所 60 周年百项重大考古成果展》上的一项西周嵌假面铜胄，以包豪斯大师们梦想的简洁造型昭彰唯上古时代才有的肃穆、威严、神秘与美，让我和同来的闺密又惊又迷。她脱口而出："应该为它写一出戏剧！"我则轻轻说道："我想到的是一部小说。"一顶武士头盔的美竟激励得两人像加足了油似的，在步出博物馆后转上黄昏的长街疾走，手举糖葫芦串经过国庆节前夕华灯初起的天安门广场，畅谈一切能想到的话题，一直愉快到夜色深沉。

守住岁月与山河

OK,我们如今都很习惯"伊丽莎白女王""莱提西雅王妃"之类西洋人的简率称呼。但,中国历史上啥时有"李倕公主"这样的叫法?再说,唐高祖第五代孙女还能拥有"公主"称号吗?如果考古专业界为了取悦大众,也像国产影视剧一样戏说历史,那实在不是好兆。

仅仅从"李倕公主头冠"上所嵌宝石不够珍贵来看,这位唐朝宗室女似乎生前死后都没享受到"公主"的待遇——开元盛世时的公主就戴这首饰?在《百工千慧——中国文物保护科学和技术成果展》上,我围着这顶经过"复原"的"唐朝公主头冠"转了三圈,越转越觉困惑。恕我猜测,被修复专家认作"头冠"的出土原件,可能是一件硕大的"假髻",当时叫"义髻"——史书记载,天宝初年,杨贵妃就喜欢戴义髻。依文献来看,唐代贵妇用以标示身份的头饰并非"冠",而是数目不等的花钗与翟鸟纹钗花,因此,若按照在假髻上对称簪插花钗、缀饰钿花的思路来进行复原,是否更能接近实际情况呢?

不过,修复专家的努力依稀让我们亲眼看到盛唐时代的珠宝工艺的精美,因此,在"公主头冠"的展柜前驻足,凝眸于考古发掘出来的唐代钗钿原物,仍然是一次值得的经历。在同一个展厅中,我还曾反复琢磨一具完整的秦兵马俑的蹲姿背影的流畅自然,似乎从未有过地体会到这一雕塑奇迹在艺术上的成功。观众之所以被激发出如此的感受,同样要归功于文物工作者借助当代科研成果对出土俑的有效保护。

复原后的唐李倕头冠(引自首都博物馆编《千古探秘——考古与发现》,中华书局2009年)

"百工千慧"展的特别魅力就在于,让古代世界的迷恋者——这类人往往喜欢厚古薄今,否认进步的意义——在没有心理准备的情况下猝遇科学技术,竟至于转瞬间皈依科学的神威。死去的、凝滞的往昔历史,活态的、一路高歌猛进的现代科技,二者之间阴阳永隔,这大约是我们心中固定的印象。然而,恰恰是似乎只在美剧《CSI(犯罪现场调查)》的化验室里才会运用的生化技术,让战国墓中出土的两千多年前的彩锦与彩绣抵抗住今日空气的侵蚀,获得了接近不朽的特质。展柜中巨大完整的战国"荒帷"上,流云纹的绣线浮动着暗泽,这是公元前几百年的丝线在我们的眼前,与我们的世界中的光线玩弄反射与折射的游戏呀!

仿佛唯有好莱坞电影里才能有的高科技场面,也将直接嫁接到尘封的汉唐旧梦之上,看哪,履带车载式探测器可以经由盗洞进入地下的墓室内部,并通过带有低亮度光源的摄像镜头,把沉睡在幽暗中的密室内景,把昔日不知名画工留在墓壁上的画迹,直接传回地面。

惨烈的是被完整保存下来的史前时代先遭地震后遇洪水的灾难现场,旖旎的是依据战国时代纺织技术原样复制的华丽新锦。再如对古代壁画加以"脱盐"的工程,以及更有意思的,在石窟、在荒城遗址的残壁上挂满小吊瓶,为岩壁土垣"打点滴"(锚固灌浆加固技术),都让人恍惚觉得,疾进中的当代科技能够让属于祖先的过去不仅重新具有呼吸,而且甚至要接近永生。

"山河知岁月。"展览介绍中的这个标题撩人心潮。山河沧海桑田,沉默于岁月的荏苒,但人却执意要与乾坤的兴替对抗,要留住关于自己与世界的记忆,要拥有无限接近真相的历史,要搞清——我是谁?我从哪里来?我要向哪里去?

犹记得当年,有一次,一位教授走进课堂,建议美术史系的学生们考虑报名学习文物修复与保护专业。教授当时语重心长:你们不一定能成学者,但文物修复却是一门实在的职业。其实,这一行不仅是个职业,更是一项攸关国族兴亡的事业,并且,是以现代科技的长缨,试图缚住岁月与山河之苍龙。

图书在版编目(CIP)数据

唇间的美色 / 孟晖著. —南京:南京大学出版社,
2018.6(2020.4 重印)
(孟晖作品系列)
ISBN 978 - 7 - 305 - 20099 - 1

Ⅰ.①唇… Ⅱ.①孟… Ⅲ.①随笔—作品集—中国—
当代 Ⅳ.①I267.1

中国版本图书馆 CIP 数据核字(2018)第 069684 号

出版发行 南京大学出版社
社 址 南京市汉口路 22 号 邮 编 210093
出 版 人 金鑫荣
丛 书 名 孟晖作品系列
书 名 唇间的美色
著 者 孟 晖
责任编辑 沈卫娟
照 排 南京紫藤制版印务中心
印 刷 南京爱德印刷有限公司
开 本 787×1092 1/32 印张 12.5 字数 212 千
版 次 2018 年 6 月第 1 版 2020 年 4 月第 2 次印刷
ISBN 978 - 7 - 305 - 20099 - 1
定 价 65.00 元

网 址 http://www.njupco.com
官方微博 http://weibo.com/njupco
官方微信 njupress
销售咨询 025 - 83594756